Jennifer E. Smith

ser FELIZ é assim

CB134560

Tradução de
Daniela Dias

1ª edição

Galera
RIO DE JANEIRO
2014

CIP-BRASIL. CATALOGAÇÃO NA PUBLICAÇÃO
SINDICATO NACIONAL DOS EDITORES DE LIVROS, RJ

Smith, Jennifer E.
S646s Ser feliz é assim / Jennifer E. Smith; tradução Daniela Dias. – 1. ed. – Rio de Janeiro: Galera Record, 2014.

Tradução de: This is what happy looks like
ISBN 978-85-01-04778-6

1. Ficção americana. I. Dias, Daniela. II. Título.

14-13758 CDD: 028.5
CDU: 087.5

Título original em inglês:
This is what happy looks like

Copyright © 2013 by Jennifer E. Smith

Texto revisado segundo o novo Acordo Ortográfico da Língua Portuguesa.

Todos os direitos reservados.
Proibida a reprodução, no todo ou em parte, através de quaisquer meios.

Design de capa: Izabel Barreto

Composição de miolo: Abreu's System

Direitos exclusivos de publicação em língua portuguesa somente para o Brasil adquiridos pela
EDITORA RECORD LTDA.
Rua Argentina, 171 – Rio de Janeiro, RJ – 20921-380 – Tel.: 2585-2000,
que se reserva a propriedade literária desta tradução.

Impresso no Brasil

ISBN 978-85-01-04778-6

Seja um leitor preferencial Record.
Cadastre-se e receba informações sobre nossos lançamentos e nossas promoções.

Atendimento e venda direta ao leitor:
mdireto@record.com.br ou (21) 2585-2002.

Para mamãe, com amor

PRÓLOGO

De: GDL824@yahoo.com
Data: Quinta-feira, 7 de março de 2013 22:18
Para: EONeill22@hotmail.com
Assunto: (sem assunto)

Oi, por aqui tá tudo atrasado. Dá pra você levar Wilbur pra passear agora à noite pra mim?

De: EONeill22@hotmail.com
Data: Quinta-feira, 7 de março de 2013 22:24
Para: GDL824@yahoo.com
Assunto: Re: (sem assunto)

Acho que sua mensagem veio para o endereço errado, mas como também tenho cachorro e fiquei com pena do coitado do Wilbur preso em casa sem passeio, resolvi escrever de volta te avisando...

De: GDL824@yahoo.com
Data: Quinta-feira, 7 de março de 2013 22:33
Para: EONeill22@hotmail.com
Assunto: Re: (sem assunto)

Ah, me desculpe. Este celular é novo, então tive que digitar o endereço do e-mail. Pelo jeito me esqueci de algum número. Mas te agradeço em nome de Wilbur (que na verdade é um porco).

De: EONeill22@hotmail.com
Data: Quinta-feira, 7 de março de 2013 22:34
Para: GDL824@yahoo.com
Assunto: Re: (sem assunto)

Um porco! Que tipo de porco é esse que sai pra passear?

De: GDL824@yahoo.com
Data: Quinta-feira, 7 de março de 2013 22:36
Para: EONeill22@hotmail.com
Assunto: Re: (sem assunto)

Um porco do tipo sofisticado. Ele tem coleira e tudo...

De: EONeill22@hotmail.com
Data: Quinta-feira, 7 de março de 2013 22:42
Para: GDL824@yahoo.com
Assunto: Re: (sem assunto)

Põe sofisticado nisso!

De: GDL824@yahoo.com
Data: Quinta-feira, 7 de março de 2013 22:45
Para: EONeill22@hotmail.com
Assunto: Re: (sem assunto)

Claro. Belo Porco! Incrível! Radiante!

De: EONeill22@hotmail.com
Data: Quinta-feira, 7 de março de 2013 22:47
Para: GDL824@yahoo.com
Assunto: Re: (sem assunto)

Caramba, tem um porco de estimação *e* conhece *A menina e o porquinho.* Você só pode trabalhar numa fazenda ou então numa biblioteca.

De: GDL824@yahoo.com
Data: Quinta-feira, 7 de março de 2013 23:01
Para: EONeill22@hotmail.com
Assunto: Re: (sem assunto)

Mexo um pouco com as duas coisas.

De: EONeill22@hotmail.com
Data: Quinta-feira, 7 de março de 2013 23:03
Para: GDL824@yahoo.com
Assunto: Re: (sem assunto)

Sério mesmo?

De: GDL824@yahoo.com
Data: Quinta-feira, 7 de março de 2013 23:04
Para: EONeill22@hotmail.com
Assunto: Re: (sem assunto)

Não, eu não tava falando sério. E você?

De: EONeill22@hotmail.com
Data: Quinta-feira, 7 de março de 2013 23:05
Para: GDL824@yahoo.com
Assunto: Re: (sem assunto)

Eu não trabalho numa fazenda nem numa biblioteca.

De: GDL824@yahoo.com
Data: Quinta-feira, 7 de março de 2013 23:11
Para: EONeill22@hotmail.com
Assunto: Re: (sem assunto)

Deixe-me adivinhar então: você tem um serviço de passeadores de cachorros e estava aí na frente do computador torcendo para chegar uma mensagem de alguém pedindo para passear com qualquer coisa mais interessante que um poodle.

De: EONeill22@hotmail.com
Data: Quinta-feira, 7 de março de 2013 23:12
Para: GDL824@yahoo.com
Assunto: Re: (sem assunto)

Bingo. E olha só a sorte que dei hoje...

De: GDL824@yahoo.com
Data: Quinta-feira, 7 de março de 2013 23:13
Para: EONeill22@hotmail.com
Assunto: Re: (sem assunto)

Mas falando sério agora. O que você faz da vida?

De: EONeill22@hotmail.com
Data: Quinta-feira, 7 de março de 2013 23:14
Para: GDL824@yahoo.com
Assunto: Re: (sem assunto)

...pergunta a criatura que apareceu do nada na internet.

De: GDL824@yahoo.com
Data: Quinta-feira, 7 de março de 2013 23:15
Para: EONeill22@hotmail.com
Assunto: Re: (sem assunto)

...diz a garota que continua respondendo as mensagens da criatura.

De: EONeill22@hotmail.com
Data: Quinta-feira, 7 de março de 2013 23:17
Para: GDL824@yahoo.com
Assunto: Re: (sem assunto)

Como você sabe que eu sou uma garota?

De: GDL824@yahoo.com
Data: Quinta-feira, 7 de março de 2013 23:18
Para: EONeill22@hotmail.com
Assunto: Re: (sem assunto)

Moleza. Você citou *A menina e o porquinho.*

De: EONeill22@hotmail.com
Data: Quinta-feira, 7 de março de 2013 23:19
Para: GDL824@yahoo.com
Assunto: Re: (sem assunto)

Você também!

De: GDL824@yahoo.com
Data: Quinta-feira, 7 de março de 2013 23:24
Para: EONeill22@hotmail.com
Assunto: Re: (sem assunto)

É, só que meus pais são professores.

De: EONeill22@hotmail.com
Data: Quinta-feira, 7 de março de 2013 23:26
Para: GDL824@yahoo.com
Assunto: Re: (sem assunto)

Isso quer dizer que você não é uma garota?

De: GDL824@yahoo.com
Data: Quinta-feira, 7 de março de 2013 23:27
Para: EONeill22@hotmail.com
Assunto: Re: (sem assunto)

É, não sou.

De: EONeill22@hotmail.com
Data: Quinta-feira, 7 de março de 2013 23:31
Para: GDL824@yahoo.com
Assunto: Re: (sem assunto)

Isso quer dizer que você é um velho tarado nojento que usa seu porco de estimação como isca pra atrair garotas de 16 anos na internet?

De: GDL824@yahoo.com
Data: Quinta-feira, 7 de março de 2013 23:33
Para: EONeill22@hotmail.com
Assunto: Re: (sem assunto)

Me pegou.

Não, eu só tenho 17 anos. Acho que isso me afasta da categoria velho-tarado-nojento com uma certa folga.

De: EONeill22@hotmail.com
Data: Quinta-feira, 7 de março de 2013 23:38
Para: GDL824@yahoo.com
Assunto: Re: (sem assunto)

Faz sentido. Mas, de qualquer jeito, infelizmente não vou poder levar Wilbur pra passear agora à noite. E mesmo que pudesse, acho que você ia ter que procurar alguém mais perto, porque duvido muito que você more por estas bandas.

De: GDL824@yahoo.com
Data: Quinta-feira, 7 de março de 2013 23:39
Para: EONeill22@hotmail.com
Assunto: Re: (sem assunto)

Como você pode saber?

De: EONeill22@hotmail.com
Data: Quinta-feira, 7 de março de 2013 23:40
Para: GDL824@yahoo.com
Assunto: Re: (sem assunto)

Eu moro onde Judas-perdeu-as-botas, no Maine.

De: GDL824@yahoo.com
Data: Quinta-feira, 7 de março de 2013 23:42
Para: EONeill22@hotmail.com
Assunto: Re: (sem assunto)

Ah, então você acertou, porque moro no umbigo-do-mundo, na Califórnia.

De: EONeill22@hotmail.com
Data: Quinta-feira, 7 de março de 2013 23:43
Para: GDL824@yahoo.com
Assunto: Re: (sem assunto)

É, você tem um pouco de sorte.

De: GDL824@yahoo.com
Data: Quinta-feira, 7 de março de 2013 23:44
Para: EONeill22@hotmail.com
Assunto: Re: (sem assunto)

Um porco de sorte, na verdade.

De: EONeill22@hotmail.com
Data: Quinta-feira, 7 de março de 2013 23:48
Para: GDL824@yahoo.com
Assunto: Re: (sem assunto)

É mesmo! Ei, você não disse que tava tudo atrasado aí?

De: GDL824@yahoo.com
Data: Quinta-feira, 7 de março de 2013 23:51
Para: EONeill22@hotmail.com
Assunto: Re: (sem assunto)

Pois é, é melhor eu voltar aos meus afazeres...

De: EONeill22@hotmail.com
Data: Quinta-feira, 7 de março de 2013 23:55
Para: GDL824@yahoo.com
Assunto: Re: (sem assunto)

Beleza. Foi legal falar com você. E desculpe por não poder dar uma força com Wilbur.

De: GDL824@yahoo.com
Data: Quinta-feira, 7 de março de 2013 23:57
Para: EONeill22@hotmail.com
Assunto: Re: (sem assunto)

Ele vai perdoar você, com certeza. É um porco muito magnânimo.

De: EONeill22@hotmail.com
Data: Quinta-feira, 7 de março de 2013 23:58
Para: GDL824@yahoo.com
Assunto: Re: (sem assunto)

Fico feliz em saber disso.

De: GDL824@yahoo.com
Data: Sexta-feira, 8 de março de 2013 00:01
Para: EONeill22@hotmail.com
Assunto: Re: (sem assunto)

Ei, E?

De: EONeill22@hotmail.com
Data: Sexta-feira, 8 de março de 2013 00:02
Para: GDL824@yahoo.com
Assunto: Re: (sem assunto)

Diga... G?

De: GDL824@yahoo.com
Data: Sexta-feira, 8 de março de 2013 00:03
Para: EONeill22@hotmail.com
Assunto: Re: (sem assunto)

Tudo bem se eu escrever de novo pra você amanhã?

De: EONeill22@hotmail.com
Data: Sexta-feira, 8 de março de 2013 00:04
Para: GDL824@yahoo.com
Assunto: Re: (sem assunto)

Sei lá. Não tenho o hábito de sair por aí arrumando amizades virtuais...

De: GDL824@yahoo.com
Data: Sexta-feira, 8 de março de 2013 00:05
Para: EONeill22@hotmail.com
Assunto: Re: (sem assunto)

Mas?

De: EONeill22@hotmail.com
Data: Sexta-feira, 8 de março de 2013 00:07
Para: GDL824@yahoo.com
Assunto: Re: (sem assunto)

Mas por outro lado também sou péssima com despedidas.

De: GDL824@yahoo.com
Data: Sexta-feira, 8 de março de 2013 00:08
Para: EONeill22@hotmail.com
Assunto: Re: (sem assunto)

Então tá, combinado. Direi "oi de novo".

De: EONeill22@hotmail.com
Data: Sexta-feira, 8 de março de 2013 00:09
Para: GDL824@yahoo.com
Assunto: Re: (sem assunto)

Melhor assim. E eu direi: bom dia!

De: GDL824@yahoo.com
Data: Sexta-feira, 8 de março de 2013 00:10
Para: EONeill22@hotmail.com
Assunto: Re: (sem assunto)

Mas nem é de manhã ainda...

De: EONeill22@hotmail.com
Data: Sexta-feira, 8 de março de 2013 00:12
Para: GDL824@yahoo.com
Assunto: Re: (sem assunto)

Aqui no Maine é.

De: GDL824@yahoo.com
Data: Sexta-feira, 8 de março de 2013 00:13
Para: EONeill22@hotmail.com
Assunto: Re: (sem assunto)

Ih, é. Nesse caso: *olá, dona!* (tirando meu chapéu de cowboy)

De: EONeill22@hotmail.com
Data: Sexta-feira, 8 de março de 2013 00:14
Para: GDL824@yahoo.com
Assunto: Re: (sem assunto)

À moda do Velho Oeste, hein? Saudações.

De: GDL824@yahoo.com
Data: Sexta-feira, 8 de março de 2013 00:15
Para: EONeill22@hotmail.com
Assunto: Re: (sem assunto)

Você é uma invasora alienígena? Ni hao*.

---

* "Olá" em mandarim.

De: EONeill22@hotmail.com
Data: Sexta-feira, 8 de março de 2013 00:17
Para: GDL824@yahoo.com
Assunto: Re: (sem assunto)

Com certeza você precisou pesquisar isso.

De: GDL824@yahoo.com
Data: Sexta-feira, 8 de março de 2013 00:19
Para: EONeill22@hotmail.com
Assunto: Re: (sem assunto)

Não deu pra levar fé no meu chinês fluente?

De: EONeill22@hotmail.com
Data: Sexta-feira, 8 de março de 2013 00:20
Para: GDL824@yahoo.com
Assunto: Re: (sem assunto)

Não mesmo.

De: GDL824@yahoo.com
Data: Sexta-feira, 8 de março de 2013 00:21
Para: EONeill22@hotmail.com
Assunto: Re: (sem assunto)

Tudo bem. Então, minhas saudações! (essa quem disse foi Wilbur, é claro)

De: EONeill22@hotmail.com
Data: Sexta-feira, 8 de março de 2013 00:24
Para: GDL824@yahoo.com
Assunto: Re: (sem assunto)

É claro. Até amanhã...

De: GDL824@yahoo.com
Data: Sexta-feira, 8 de março de 2013 00:25
Para: EONeill22@hotmail.com
Assunto: Re: (sem assunto)

Espere, esse é seu jeito de dar tchau sem ter que dar tchau de verdade?

De: EONeill22@hotmail.com
Data: Sexta-feira, 8 de março de 2013 00:27
Para: GDL824@yahoo.com
Assunto: Re: (sem assunto)

Não. Pra ser sincera, nem sei direito se já terminei de dar "oi".

De: GDL824@yahoo.com
Data: Sexta-feira, 8 de março de 2013 00:30
Para: EONeill22@hotmail.com
Assunto: Re: (sem assunto)

Nem eu. Oi.

De: EONeill22@hotmail.com
Data: Sexta-feira, 8 de março de 2013 00:31
Para: GDL824@yahoo.com
Assunto: Re: (sem assunto)

Olá.

De: GDL824@yahoo.com
Data: Sexta-feira, 8 de março de 2013 00:33
Para: EONeill22@hotmail.com
Assunto: Re: (sem assunto)

Bom dia.

De: EONeill22@hotmail.com
Data: Sexta-feira, 8 de março de 2013 00:34
Para: GDL824@yahoo.com
Assunto: Re: (sem assunto)

Isso aí eu já falei.

De: GDL824@yahoo.com
Data: Sexta-feira, 8 de março de 2013 00:36
Para: EONeill22@hotmail.com
Assunto: Re: (sem assunto)

Já. Mas é que tá sendo um dia bom mesmo.

PARTE I

De: EONeill22@hotmail.com
Data: Sábado, 8 de junho de 2013 12:42
Para: GDL824@yahoo.com
Assunto: Re: oi

Você não acha um saco quando as pessoas respondem e-mails usando emoticons?

De: GDL824@yahoo.com
Data: Sábado, 8 de junho de 2013 12:59
Para: EONeill22@hotmail.com
Assunto: até que não

☺

De: EONeill22@hotmail.com
Data: Sábado, 8 de junho de 2013 13:04
Para: GDL824@yahoo.com
Assunto: Re: até que não

Vou fingir que não vi isso.

Uma vez li que na Rússia as pessoas sempre usam um ponto de exclamação na saudação das cartas. Não é hilário? Deve parecer que os russos estão sempre gritando uns com os outros. Ou então que estão muito surpresos por estarem conseguindo falar com o destinatário.

De: GDL824@yahoo.com
Data: Sábado, 8 de junho de 2013 13:07
Para: EONeill22@hotmail.com
Assunto: sem chance

Ou vai ver eles só estão felizes por estarem escrevendo para a pessoa em questão...

Tipo eu agora: ☺!

De: EONeill22@hotmail.com
Data: Sábado, 8 de junho de 2013 13:11
Para: GDL824@yahoo.com
Assunto: Re: sem chance

Hum, obrigada. Só que essa carinha aí... Ser feliz *não* é assim.

De: GDL824@yahoo.com
Data: Sábado, 8 de junho de 2013 13:12
Para: EONeill22@hotmail.com
Assunto: sem chance

E como é ser feliz, então?

De: EONeill22@hotmail.com
Data: Sábado, 8 de junho de 2013 13:18
Para: GDL824@yahoo.com
Assunto: Ser feliz é

Ver o sol nascendo no porto. Tomar sorvete num dia de calor. Ouvir o barulho das ondas ali no fim da rua. O jeito como meu cachorro se enrosca perto de mim no sofá. Dar um passeio a pé de noitinha. Filmes legais. Tempestades. Um belo cheeseburger. Sextas-feiras. Sábados. Quartas-feiras, até. Mergulhar a ponta dos dedos do pé na água. Calça de pijama. Chinelo de dedo. Nadar. Poesia. A ausência de emoticons num e-mail.

E pra você, como é ser feliz?

1

Não foi muito diferente de um circo, e chegou à cidade praticamente do mesmo jeito. Só que, em vez de carregarem elefantes e girafas, vieram com câmeras e microfones. No lugar de palhaços, jaulas e corda bamba, trouxeram assistentes de produção, trailers e metros e mais metros de cabos bem grossos.

Teve um quê de mágica na maneira como apareceram, surgidos do nada, montando tudo tão depressa, que mesmo quem já estava esperando pela coisa toda acabou sendo pego de surpresa. E, à medida que o povo de Henley foi se aglomerando para assistir, até mesmo os integrantes mais metidos da equipe de filmagem não tiveram como evitar o ligeiro arrepio de expectativa, a corrente elétrica que parecia tomar conta da cidade. Eles estavam acostumados a trabalhar em locações como Nova York ou Los Angeles, onde os nativos preferiam manter distância e ficar resmungando sobre os engarrafamentos enormes e pelo sumiço das vagas de estacionamento, balançando a cabeça para os holofotes que extinguiam a escuridão. Em alguns lugares no mundo, um set de filmagens não passa de uma aporrinhação, um transtorno que chega para interromper a vida real.

Mas Henley, no Maine, não é um desses lugares.

Como era junho, em pleno verão, a multidão que se aglomerava para olhar enquanto o pessoal descarregava os caminhões era bem numerosa. A população local costumava ser tão flutuante quanto o ritmo das marés. Ao longo de todo o inverno, os moradores permanentes perambulavam pelas lojas vazias, tentando ficar sempre bem juntinhos uns dos outros para se protegerem da friagem trazida pelo mar. Mas, assim que o verão dava as caras, o número de habitantes quadruplicava ou quintuplicava na mesma hora, com multidões de turistas voltando a lotar as lojinhas de suvenires, as casas de veraneio e as pousadas ao longo da praia. Henley era como um urso gigante, que passava os longos invernos hibernando para então despertar de volta à vida sempre na mesma época, todos os anos.

A cidade inteira aguardava ansiosamente pelo feriado do Memorial Day, quando a virada oficial da estação inaugurava os três meses de invasão ininterrupta de velejadores, pescadores, casais em lua de mel e veranistas. Mas Ellie O'Neill sempre detestara a alta temporada, e agora, enquanto tentava abrir caminho através da massa compacta de pessoas que atravancavam a praça principal, ela se lembrava do motivo de seu ódio. Fora do verão, a cidade era toda dela. Naquele dia escaldante do início de junho, entretanto, Henley pertencia aos forasteiros outra vez.

E aquele verão prometia ser ainda pior que os outros.

Porque naquele verão haveria as filmagens na região.

Algumas gaivotas cruzaram o céu, e uma sineta a bordo de algum barco longínquo começou a tocar. Ellie apressou o passo para se afastar dos turistas boquiabertos e dos trailers enfileirados ao longo da avenida do porto, tal como um acampamento cigano. Havia um gosto travoso de sal no ar, e o cheiro de peixe frito já começava a emanar do Lobster Pot, o restaurante mais antigo de Henley. O dono do lugar, Joe Gabrielle, observava o burburinho apoiado no vão da porta, os olhos treinados na agitação na rua.

— Movimentado à beça, hein? — comentou ele, e Ellie parou para acompanhar o olhar de Joe. Enquanto os dois observavam, uma limusine preta deslizou até a entrada da tenda principal do set, seguida por uma van e duas motocicletas. — E agora os fotógrafos virão também — murmurou Joe.

Ellie não conseguiu evitar franzir a testa enquanto observava a explosão de flashes que acompanhavam a porta da limusine se abrindo.

Joe suspirou.

— Só espero que esse pessoal goste *muito* de lagosta.

— E de sorvete também — acrescentou Ellie.

— É isso aí — concordou ele, meneando a cabeça para a camisa azul com o nome bordado no bolso que ela estava usando. — E de sorvete também.

Quando chegou à entrada da lojinha amarela com toldo verde e letreiro desbotado onde se lia SPRINKLES, Ellie já estava dez minutos atrasada. Mas não havia motivo para se preocupar; a única pessoa lá dentro era Quinn — a melhor amiga e pior funcionária que alguém poderia ter —, debruçada no balcão de sorvetes, folheando uma revista.

— Dá pra *acreditar* que nós vamos passar o dia presas aqui dentro, justamente hoje? — perguntou ela assim que Ellie entrou, fazendo balançar a sineta que ficava acima da porta.

O interior da loja era todo colorido, cheirava a calda de açúcar e, como sempre, tinha algo que remetia Ellie ao passado, removendo os anos da sua vida um a um, como se fossem as camadas de uma cebola. Tinha apenas 4 anos quando se mudara para Henley com a mãe, e depois da longa viagem pela estrada desde Washington — com o carro pesado por causa das tralhas que as duas estavam carregando, e silencioso por causa de todas coisas que estavam abandonando —, elas fizeram uma parada na cidade para descobrir o melhor caminho até a casinha de veraneio que tinham alugado. A mãe, apressada, estava ansiosa para pôr um ponto final na jornada iniciada bem antes das últimas dez horas dirigindo. Mas Ellie passou direto pela porta da loja para colar o nariz salpicado de sardas no vidro abaulado do balcão. Assim, sua primeira lembrança dessa nova vida sempre seriam os ladrilhos pretos e brancos do piso, o ar frio no rosto e o sabor doce do *sorbet* de laranja.

Agora ela se abaixava para passar por baixo do balcão e pegar um avental pendurado no gancho da parede.

— Acredite, você não ia querer estar lá fora — falou para Quinn. — Aquilo está uma loucura.

— Mas é claro que está — respondeu a outra, saindo de onde estava para içar o corpo e sentar-se no balcão ao lado da caixa registradora, os pés balançando no ar. Quinn sempre fora miudinha, desde quando ambas eram mais novas, o que fazia Ellie sentir-se uma giganta, muito alta e desajeitada, chamando atenção demais com os cabelos ruivos. Eram "Catatau e Zé Colmeia", como a mãe costumava chamar as duas, e Ellie achava muito injusto ter herdado apenas aquela altura ridícula de seu pai — principalmente considerando que a única coisa que mais queria na vida era não se destacar na multidão.

— Acho que jamais aconteceu nada de tão importante assim nessa cidade. — dizia Quinn, os olhos brilhantes. — É como aquelas coisas que a gente vê nos filmes, se não fosse *literalmente* um filme mesmo. — Ela voltou a pegar a revista que estava lendo e a ergueu para me mostrar. — E não é qualquer filminho alternativo, não, tem astros de verdade envolvidos na produção. Olivia Brooks e Graham Larkin. *Graham Larkin.* Passando um mês inteiro bem aqui.

Ellie semicerrou os olhos para enxergar a foto que Quinn lhe sacudia, a imagem de um rosto que ela já vira milhares de outras vezes: um sujeito de cabelos escuros e óculos mais escuros ainda, de testa franzida enquanto acotovelava um bando de fotógrafos para abrir caminho. Mesmo sabendo que ele tinha mais ou menos a idade das duas, algo o fazia parecer mais velho. Ellie tentou visualizá-lo ali em Henley, escapando dos paparazzi, distribuindo autógrafos, batendo papo com sua linda colega de cena nos intervalos das filmagens, mas não conseguiu fazer sua imaginação cooperar.

— Todo mundo acha que ele e Olivia estão juntos, ou que é só questão de tempo até isso acontecer — falou Quinn. — Mas quem sabe? Vai ver o cara gosta mais de garotas do interior. Será que ele vai aparecer na sorveteria algum dia desses?

— Só existem doze lojas na cidade inteira — respondeu Ellie. — Então, estatisticamente, as chances provavelmente estão a seu favor.

Quinn ficou olhando enquanto Ellie começava a enxaguar as conchas de sorvete na pia.

— Como você consegue ficar assim tão inabalável com essa história toda? — indagou. — Isso tudo é tão *empolgante*!

— É um saco — retrucou Ellie, sem erguer os olhos das conchas.

— É bom para os negócios.

— Parece até que o parque de diversões chegou à cidade.

— Exatamente — concordou Quinn, com um ar triunfante. — E parques de diversão são ótimos.

— Não para quem odeia montanha-russa.

— Bem, mas dessa vez você já está sentada no carrinho e não tem mais como sair — argumentou Quinn, rindo. — Então é melhor apertar bem o cinto.

As manhãs na loja eram sempre bem tranquilas. O movimento só começava mesmo após o almoço, mas, com aquela agitação na cidade, algumas pessoas começaram a aparecer querendo comprar pacotinhos de balas, que ficavam em vidros nas prateleiras, ou atrás de uma casquinha fora de hora para amenizar o calor. Já quase no finalzinho de seu turno, Ellie estava ajudando um garotinho a escolher o sabor do sorvete enquanto Quinn preparava o milk-shake de chocolate para a mãe dele, que estava ocupada com uma conversa no celular.

— Que tal menta com gotas de chocolate? — sugeriu ela, debruçando o corpo no vidro frio enquanto o menino, que não devia ter mais que uns 3 anos, ficava nas pontas dos pés para espiar os diversos sabores. — Ou creme com biscoito?

Ele balançou a cabeça, fazendo a franja cair nos olhos.

— Eu quero porco.

— Pouco?

— Porco — repetiu ele, agora com menos segurança na voz.

— Que tal esse de morango? — Ellie ajudou, apontando para a massa de sorvete cor-de-rosa. O garoto fez que sim com a cabeça.

— Porco é cor-de-rosa — explicou ele, enquanto Ellie servia uma bola do sorvete num copinho.

— É verdade — concordou ela, entregando o copo ao garoto. Mas sua cabeça já estava longe, pensando no e-mail que tinha recebido umas semanas antes de... Bem, Ellie não sabia exatamente *quem* era o remetente; não de verdade, pelo menos. Mas a mensagem contava que o porco dele, Wilbur, para horror do dono, dera um jeito de roubar um salsichão da grelha durante um churrasco.

Meu porco, dizia o e-mail, *agora é oficialmente um canibal.*

Não faz mal, Ellie escrevera de volta. *Duvido que tivesse alguma carne de verdade no tal salsichão, mesmo.*

O torpedo inicial dera origem a uma longa sequência de mensagens sobre o que de fato *havia* na lista de ingredientes de um salsichão, fato que, obviamente, fez a conversa se desviar para outros temas, desde as comidas favoritas de cada um a pratos mais gostosos das datas festivas, até que Ellie notou o relógio mostrando que já eram quase duas horas da madrugada. Mais uma vez, os dois tinham conseguido conversar sobre tudo sem falar de fato sobre coisa alguma, e mais uma vez Ellie ficara acordada até muito tarde.

Mas sempre valia a pena.

Mesmo agora, durante seu turno na sorveteria, ela se flagrava sorrindo com a lembrança dos tais e-mails, que pareciam tão verdadeiros e sinceros quanto qualquer conversa cara a cara que já tivesse experimentado. Sua vida vinha acontecendo praticamente no fuso horário da Califórnia, com Ellie ficando acordada até tarde para esperar o endereço dele surgir na telinha de seu celular, sentindo os pensamentos vagarem constantemente para a outra extremidade do país. Sim, tinha noção de que aquilo era ridículo. Ambos não sabiam nem o nome um do outro. Mas na manhã seguinte à tal primeira mensagem enviada por engano, ela encontrou um novo recado assim que acordou:

Bom dia, E, dizia a mensagem, *aqui está bem tarde e acabei de entrar em casa e dar de cara com Wilbur dormindo dentro de meu guarda-roupa. Geralmente ele fica na área de serviço quando estou fora, mas o "passeador de cachorro" que saiu com ele deve ter esquecido o portãozinho aberto. Se você morasse mais perto, com certeza iria fazer um trabalho muito melhor...*

Ellie, que tinha acabado de sair da cama, ficou parada diante da escrivaninha, a luz matinal entrando pela janela, piscando, bocejando e sorrindo sem saber muito bem o motivo. Ela fechou os olhos. *Bom dia, E.*

Poderia haver jeito melhor de saudar um novo dia?

Sentada ali, relembrando a troca de mensagens da noite anterior, ela sentiu-se tomada por uma onda de euforia. E, por mais que a ideia de nem saber o nome dele lhe parecesse estranha, havia alguma coisa que a impedia de perguntar. Porque aquelas duas simples palavrinhas, nome e sobrenome, ela sabia muito bem, inevitavelmente disparariam uma reação em cadeia: primeiro a barra de buscas do Google, depois o Facebook, depois o Twitter, avançando mais e mais, vasculhando os quatro cantos da internet até todo o mistério finalmente ser solucionado.

E talvez os fatos não fossem tão importantes quanto o restante da história: a sensação de expectativa que tomava conta dela enquanto os dedos pairavam no teclado do celular, ou a maneira como uma interrogação que pulsara em seu peito durante a noite toda podia ser substituída rapidamente por um ponto de exclamação assim que chegava um e-mail dele. Talvez houvesse um quê de segurança nesse não saber, algo que dava a sensação de que todas as perguntas corriqueiras, geralmente compulsórias nesse tipo de interação, na verdade, não eram tão importantes assim.

Ela olhou para a tela por mais um instante, depois tocou as teclas. *Querido G*, escreveu, e assim a coisa prosseguiu.

A parceria deles se calcava em detalhes em vez de em fatos. E os detalhes eram a melhor parte. Ellie sabia, por exemplo, que GDL — como havia se acostumado a pensar nele —, quando criança, ganhara um corte na testa ao tentar pular do teto da van da família. E que, numa outra ocasião, fingira estar se afogando na piscina de um vizinho, dando um baita susto em todo mundo quando foram tentar resgatá-lo. Sabia que ele gostava de desenhar edifícios — prédios altos, ou aqueles clássicos com fachada de tijolos, ou ainda arranha-céus com fileiras e mais fileiras de janelas — e que, quando sentia-se ansioso, acabava rabiscando cidades inteiras. Sabia que ele tocava violão, mas não muito bem. Que tinha planos de um dia morar no Colorado. Que a única coisa que sabia fazer na cozinha era queijo-quente. E detestava trocar e-mails com a maioria das pessoas, mas que isso não se aplicava a ela.

Você é bom em guardar segredos?, Ellie escrevera para ele um dia, porque era uma coisa que achava importante saber. Para Ellien, a maneira como a pessoa lidava com segredos podia dizer muito a seu respeito — se conseguia guardá-lo, quanto tempo levava até contar a alguém, a maneira como agia quando estava tentando não deixar o segredo vazar, coisas assim.

Sou, respondera ele. *E você?*

Também, disse ela, simplesmente. E os dois cessaram ali.

Durante toda a vida de Ellie, segredos foram sinônimos de coisas pesadas e incômodas. Mas aquilo? Aquilo era diferente. Era como um borbulhar dentro dela, leve, flutuante e efervescente a ponto de fazê-la parecer levitar ao longo dos dias.

Haviam se passado apenas três meses desde a primeira mensagem, mas parecia muito mais tempo. Se a mãe dela tinha reparado em alguma coisa diferente, não comentara. Se Quinn havia começado a achar que Ellie estava agindo de um jeito meio estranho, também não fez qualquer menção. Provavelmente, a única pessoa que devia estar percebendo a diferença era aquela no outro dos e-mails.

Agora ela se flagrava sorrindo para o copinho de sorvete cor-de-rosa que entregava ao menino. Às suas costas, Ellie ouviu um clique alto, depois o barulho de algo sendo espirrado, então um gorgolejar escandaloso, e, quando virou o corpo para olhar, deu de cara com os resultados de uma explosão de milk-shake de chocolate. Havia meleca por toda parte, nas paredes, no balcão e no piso, mas principalmente em Quinn, que piscou duas vezes e depois limpou o rosto com as costas da mão.

Por um instante, Ellie teve certeza de que a amiga iria começar a chorar. A camisa estava empapada de chocolate, e havia ainda mais milk-shake escorrendo dos cabelos. Quinn parecia recém-saída de um ringue de luta na lama — depois de ter perdido o round.

Mas então o rosto dela se abriu num sorriso.

— Você acha que Graham Larkin aprovaria este visual?

Ellie deu risada.

— Quem é que não gosta de um bom milk-shake de chocolate, né?

A mãe do menininho tinha baixado o celular, boquiaberta, mas agora já estava pegando a carteira para deixar umas notas no balcão.

— Acho que vamos levar só o copinho de sorvete mesmo — falou, conduzindo o filho porta afora, virando a cabeça uma vez só para Quinn, que continuava encharcada.

— Assim sobra mais para nós — comentou Ellie, e as duas começaram a rir outra vez.

Quando conseguiram limpar toda a bagunça, já estava quase na hora de Ellie ir embora.

Quinn deu uma olhada para o relógio, depois para a própria camisa.

— Sortuda. Eu ainda vou ter que passar mais duas horas aqui com essa cara de quem acabou de escapar da fábrica do Willy Wonka.

— Eu vim de camiseta por baixo — disse Ellie, tirando a camisa azul para entregar à amiga. — Você pode usar a minha.

— Valeu — murmurou Quinn, entrando no banheiro minúsculo que ficava perto dos freezers no fundo da loja. — Acho que tem chocolate até dentro das minhas orelhas.

— Vai ajudar a proteger contra o barulho quando o movimento começar a aumentar — berrou Ellie de volta. — Quer que eu espere aqui com você até Devon aparecer? Mamãe não se incomoda se eu demorar.

— Não precisa — disse Quinn, então surgiu de volta, a camisa da Ellie parecendo um vestido. — Ficou meio comprida — admitiu ela, tentando enfiar a sobra de tecido dentro da calça. — Mas dou um jeito. E depois passo lá na loja para te devolver.

— Tá bem — concordou Ellie. — A gente se vê, então.

— Ei — chamou Quinn, quando Ellie já estava quase saindo, os ombros agora à mostra sob as alças finas da camiseta. — Vai um protetor solar aí?

— Tá tranquilo — respondeu Ellie, revirando os olhos.

A segunda semana das férias de verão mal tinha começado e Quinn já exibia um bronzeado ótimo. Ellie, por outro lado, parecia ter só duas tonalidades possíveis ao longo do ano inteiro: muito branca ou muito rosa. Quando as duas eram pequenas, ela chegara a parar no hospital com um caso grave de insolação depois de ir à praia, e desde então Quinn nunca mais perdera a oportunidade de lembrá-la da importância de passar protetor solar. Esse era um hábito que Ellie achava ao mesmo tempo fofo e irritante — afinal de contas, *já tinha* uma mãe —, mas o qual Quinn nunca abandonava, apesar de tudo.

Na rua, Ellie parou para observar a montagem do set de filmagens mais adiante. A multidão agora estava menor; as pessoas provavelmente tinham se cansado de ficar olhando os sujeitos de camiseta preta carregando equipamentos pesados de um lado a outro. Mas, quando se preparava para caminhar até a loja de presentes, reparou num sujeito usando um boné dos Dodgers indo para a sorveteria.

Ele estava com a cabeça abaixada e as mãos enfiadas nos bolsos, mas tudo em sua postura aparentemente casual denunciava um esforço deliberado; o sujeito estava se empenhando tanto para se misturar à multidão que acabava se destacando ainda mais. Uma parte de Ellie ainda tentava argumentar que podia ser uma pessoa qualquer — só um cara comum, ou melhor, um garoto —, mas ela notou imediatamente que não era o caso. E sabia muito bem quem era ele. Havia um contorno muito bem definido em cada movimento, como se ele estivesse caminhando dentro da foto de um outdoor ou em cima de um palco, e não numa ruazinha qualquer do Maine. A cena toda teve um ar estranhamente surreal, e, por um instante, Ellie quase conseguiu enxergar a magia da coisa; ela quase conseguiu entender o que levava as pessoas a serem seduzidas por aquele tipo de feitiço.

Quando estava a poucos passos, ele ergueu a cabeça por um instante, e ela ficou impressionada com seus olhos, de um azul tão profundo que pareciam retocados nas fotos das revistas. Mas, mesmo sob a aba do boné, eram bem penetrantes, e Ellie tomou fôlego numa arfada súbita quando estes pararam brevemente no rosto dela antes de se desviarem para o toldo da sorveteria.

O pensamento tomou conta da mente de Ellie com uma força surpreendente: *Ele está triste.* Ela não tinha uma noção exata de como sabia disso, mas, de repente, teve a certeza de que era um fato. Por baixo de todo o restante — um nervosismo inesperado, um toque de cautela, um certo receio nos movimentos —, havia também uma tristeza tão profunda que chegava a assustá-la. Uma tristeza que estava bem ali dentro daqueles olhos, que pareciam bem mais velhos que todo o restante do corpo, na indiferença estudada daquele olhar.

Ellie havia lido a respeito dele, claro, e tinha a impressão de se recordar de algo sobre ele não ser uma dessas celebridades que vivem entrando e saindo de clínicas de reabilitação.

Até onde sabia, ele não precisva lidar com uma vida financeira conturbada, nem com pais complicados. E também não havia experimentado essas infâncias tristes que marcam as vidas de tantos astros mirins: a entrada no mundo das celebridades acontecera havia poucos anos. Ellie tinha visto em algum lugar que ele comemorara seu aniversário de 16 anos levando todo o elenco do filme que rodava na época para esquiar nos Alpes suíços. E que a imprensa já o havia ligado a várias das jovens atrizes mais disputadas de Hollywood.

Não havia motivo para Graham Larkin ser um cara triste.

Mas ele é, ocorreu a Ellie.

Parado do lado de fora da sorveteria, ele parecia estar ponderando alguma coisa. Para surpresa de Ellie, o olhar foi até onde ela estava mais uma vez, e ela então sorriu por puro reflexo. Mas ele simplesmente ficou com os olhos vidrados nos dela por um momento longo, a expressão imutável debaixo da aba enterrada do boné, e os lábios dela foram abandonando o sorriso.

Ainda observado por Ellie, ele aprumou os ombros e passou pela porta da sorveteria no mesmo instante em que Ellie flagrou Quinn através da vitrine. A amiga articulou os lábios num comentário que Ellie não conseguiu captar, e exibiu então uma máscara de pura descrença antes de voltar a concentração para a porta, cuja sineta tocou com a entrada de Graham Larkin.

E foi só então que os fotógrafos chegaram, aparentemente surgidos do nada. Seis deles, com enormes câmeras pretas e bolsas a tiracolo, todos se acotovelando junto à vitrine e clicando a cena freneticamente. De dentro da sorveteria, Graham Larkin nem mesmo se deu ao trabalho de virar.

Ellie ficou parada por mais um instante, os olhos oscilando entre a vitrine — que exibia uma Quinn sorridente ao balcão — e os fotógrafos, que se empurravam na disputa pelo melhor ângulo. Quem estava passando por ali começou a se aproximar da loja, atraídos para a cena como que por uma espécie de magnetismo, uma mistura irresistível de celebridade e espetáculo. Mas, assim que viu a multidão se aglomerar, Ellie começou a recuar, escapando pela lateral do prédio antes que alguém reparasse em sua ausência.

De: GDL824@yahoo.com
Data: Domingo, 9 de junho de 2013 10:24
Para: EONeill22@hotmail.com
Assunto: Re: ser feliz é

Conhecer lugares.

2

Graham vinha visualizando esse momento havia muitas semanas. Por isso, a maneira como a coisa toda estava acontecendo agora — a cidade bem igual ao que ele imaginara, com suas fileiras de lojas e a brisa salgada batendo nas costas — quase fazia tudo parecer um sonho.

O sol espiava, diáfano, por trás de uma camada fina de nuvens, e a cabeça de Graham estava latejando. Havia embarcado no voo da madrugada até Portland e, como sempre, não tinha conseguido dormir nem um minuto. Graham nunca viajara de avião quando era pequeno, e agora, mesmo contando com passagens de primeira classe e jatinhos particulares, sempre ficava inquieto e ansioso quando precisava voar. Ele não se acostumava ao ritmo desse tipo de viagem, por mais que boa parte de sua vida atual fosse passada dentro de aviões.

Mas isso não tinha importância nesse momento. Enquanto caminhava para a sorveteria, ele se sentia mais alerta que nunca, completamente desperto e cheio de convicção. Já fazia muito tempo que não sentia nada parecido. Ao longo dos últimos dois anos, sua vida vinha ficando cada vez mais irreconhecível. Graham crescera maleável como um pedaço de argila. E, a essa altura, já estava acostumado que lhe dissessem o que fazer, como atuar, com quem se encontrar e o que dizer às pessoas. As conversas aparentemente casuais que tinha nos sofás dos programas de entrevistas seguiam um roteiro prévio. Os encontros amorosos eram agendados pela equipe. O guarda-roupa ficava a cargo de uma stylist que vivia tentando metê-lo em camisetas com gola V e calças jeans de corte reto, peças de roupa que jamais teria em seu armário de antes.

Só que esse *antes* parecia ter acontecido havia um milhão de anos.

E agora era assim que as coisas aconteciam em seu *depois*.

Se dois anos antes alguém tivesse lhe dito que estaria morando sozinho aos 17 anos — numa casa com o triplo do tamanho de sua casa de infância, com direito a piscina, sala de jogos e a precaução necessária dos mais modernos sistemas de segurança residencial —, a reação de Graham teria sido uma gargalhada. No entanto, assim como tudo o mais que veio no encalço de seu primeiro personagem no cinema e do frenesi gerado por ele, aquela simplesmente acabou parecendo a evolução natural das coisas. Houve uma dinâmica na cadeia de eventos que tornou o sucesso inevitável. Primeiro foi a troca de agente, depois de equipe de relações-públicas; aí veio a casa nova e o carro novo; as novas maneiras de se comportar em público e os novos professores particulares para ajudá-lo a concluir o ensino médio durante as filmagens; as novas regras para as interações sociais e, é claro, todas as possibilidades nunca antes sonhadas de arrumar confusão.

Até os pais dele estavam diferentes. Agora, sempre que Graham passava para visitá-los, eles agiam de um jeito forçado, escolhendo cada palavra com cuidado, como se todos estivessem sendo filmados. De vez em quando, ele fazia alguma daquelas coisas que costumavam tirar seus pais do sério — como largar louça suja no balcão da cozinha ou os tênis espalhados no meio do corredor —, mas, em vez de reagir com as broncas de sempre, os dois só trocavam um olhar indecifrável entre si e fingiam não ter notado. E a coisa toda era tão desconcertante que Graham acabou por rarear as visitas, até não aparecer mais.

Tudo aconteceu num estalo. Não fazia muito tempo que ele era só um cara do segundo ano da escola interpretando Nathan Detroit na penumbra de um auditório depois de ter decidido — meio que de gozação — se candidatar ao papel pelo mesmo motivo pelo qual fazia quase tudo na vida: se exibir para uma garota. Dias depois do teste, Graham ficou perplexo ao descobrir seu nome na lista do elenco.

A escola ficava num subúrbio de gente tão rica que ele muitas vezes se sentia em missão em um planeta desconhecido e chique demais, mas era perto o bastante de Los Angeles para fazer com que a maioria dos seus colegas, e certamente todos os que frequentavam as aulas extras de teatro, sonhassem em se dar bem em Hollywood. Eles tinham passado a vida inteira imersos em aulas de dança, canto e atuação. Estudavam os artigos da revista *Variety* a fim de captar informações sobre o ramo do cinema, e enxergavam o ato de comprar roupas como uma oportunidade importante para cultivar a própria imagem.

Mas então Graham — com seu jeito magrelo, esquisitão e também ligeiramente desajeitado — apareceu passeando no palco, lançando um sorriso bobo para alguma garota com quem nunca havia nem trocado um "oi", e, de algum modo, conseguira o papel. E, mesmo assim, ninguém pareceu estranhar nada daquilo. Porque era assim que as coisas costumavam acontecer na vida dele. Para Graham, nunca fora um problema conseguir uma vaga nas equipes esportivas da escola ou na lista de melhores alunos da turma, e sua coleção de medalhas tinha de tudo, desde um prêmio de Jogador Mais Empenhado ao de Cidadão Exemplar. Por sorte ou por azar, era assim que funcionava.

Portanto, lá estava ele na noite de estreia, cantando a plenos pulmões, metido num figurino meio justo demais, os olhos lacrimejando por causa dos holofotes, já sem tanta certeza de que ainda queria convidar a menina que ficara com o papel de Adelaide para o Baile da Primavera. E acabou que ele nem teve a chance de fazer o convite. O pai de um de seus colegas de turma estava atrás de um rosto desconhecido para fazer o papel de um mágico adolescente num filme — não o protagonista, mas aquele coadjuvante que faz a mocinha duvidar de seus sentimentos pelo herói —, e, assim que as cortinas baixaram, o sujeito foi atrás de Graham para convencê-lo a fazer um teste. Os pais, que tinham tão pouca noção quanto ele do que poderia significar conseguir o tal papel no cinema, concordaram que talvez fosse uma boa oportunidade, uma experiência divertida, quem sabe até mesmo algo que pudesse enriquecer o currículo de Graham para ser selecionado para uma faculdade — e, caso a coisa desse mesmo certo, garantir uma ajudazinha para pagar os custos da própria.

Mais tarde, as revistas descreveram sua ascensão para o estrelato com palavras que faziam Graham sentir-se um personagem de desenho animado, citando como ele fora "pinçado do anonimato", "para a fama" ou "catapultado para a ribalta". E era mais ou menos essa a sensação mesmo. Ele gostava de atuar mais do que havia imaginado, e, no começo, a vida em Hollywood despertara sua curiosidade, uma distração bem-vinda para além dos melodramas escolares de sempre.

Mas o que ninguém havia lhe contado era que, quando esse tipo de coisa acontecia em sua vida, você não teria mais como recuar. Pensando em retrospecto, a sensação era de que isso deveria ter ficado óbvio, que ele deveria ter se dado conta desde o início, mas houve certa lentidão na inércia do processo que fez com que a coisa toda se parecesse menos com ser catapultado e mais com descer rolando de um penhasco. E, tal como acontece em quase todos os desenhos animados, uma vez que o chão desapareceu debaixo de seus pés, Graham continuara correndo no ar, sacudindo as pernas na esperança de que, assim, evitasse a queda.

A solidão era maior do que ele jamais poderia imaginar. Havia sempre os agentes, os empresários, os diretores, os colegas de elenco, os professores particulares, os figurinistas, os relações-públicas, os cabeleireiros e os consultores de imagem. Mas nenhum deles parecia ser exatamente gente de verdade, e assim que as câmeras eram desligadas todos sumiam de vista como espectros oportunistas. Graham bem que tentara manter contato com os antigos amigos da escola, mas alguma coisa havia mudado nessas amizades, e, nesse território novo e desconhecido em que as coisas se desenrolavam agora, eles pareciam não saber mais como agir quando estavam na companhia de Graham. Ele havia se afastado demais do mundinho da hora certa de se chegar em casa, dos treinos de futebol e do dever de casa, e assim que parou de abrir as portas de sua casa nova para dar festas não sobraram muitos motivos para se encontrar com a antiga turma.

A mesma coisa acontecia em relação às pessoas que ele conhecia nos eventos e estreias de gala, e também com as garotas que pareciam brotar por todos os lados. Antes ele era o cara que as pessoas gostavam de ter por perto por ser um sujeito engraçado e que sabia se divertir, e também porque, debaixo da casca, ele era de fato uma pessoa decente. Mas agora ele era procurado por ser bonito, famoso e por ter uma casa bacana, ou então porque as pessoas estavam atrás dessas coisas também e achavam que ele pudesse ser a ponte para que chegassem lá.

Então, quando não estava filmando, Graham se entocava em casa e lia os roteiros selecionados pelo agente, numa tentativa de preencher seus dias. Só muito de vez em quando ia para alguma festa, geralmente com o intuito de conhecer algum diretor que estava bombando ou um roteirista de quem tinha ouvido falar bem; assim que os fotógrafos inevitavelmente começavam a aparecer, ele distribuía uns sorrisos de má vontade e dava um jeito de sumir na primeira oportunidade. Ele já tinha lido mais livros do que durante toda sua vida escolar. Já tinha pedido mais pizzas do que julgara humanamente possível. Ele se entregava aos jogos de videogame com um entusiasmo deprimente. E tinha adotado um porco, que era sua companhia para os dias passados sem fazer nada à beira da piscina.

E, então, um de seus e-mails chegou por engano à caixa postal dela.

E assim, do nada, ele entendeu o tamanho do poder da internet. Havia algo de viciante no anonimato da coisa toda. De uma hora para outra, ele voltava a ser uma tela em branco. Um mistério aos olhos dela, do mesmo jeito que ela era para os dele, não mais *o* Graham Larkin, mas simplesmente GDL824. E GDL824 poderia ser qualquer pessoa, qualquer uma das centenas de variações possíveis de garotos de 17 anos existentes por aí: o tipo que respira futebol ou que ganha medalhas nos torneios de xadrez, um desses caras que vão fumar escondido atrás do prédio da escola ou um geniozinho que já estava no segundo ano da faculdade de medicina. Ele poderia ser um sujeito que colecionava borboletas, ou flâmulas de beisebol, ou então namoradas. Poderia ser um fã dos astros de rock, das estrelas do tênis ou então dos muitos astros e estrelas celestes mesmo. Poderia até ser um fã de Graham Larkin se lhe desse na telha.

A questão era essa: poderia ser qualquer um.

Durante semanas, enquanto se dedicava à fase de pré-produção de seu novo filme — uma história de amor, dessa vez, para lhe dar a chance de mostrar seu lado mais sensível —, ele precisou se esforçar para se concentrar no ambiente do estúdio em Los Angeles. Porque sua mente estava lá do outro lado do país. Desde que ela havia lhe contado que morava no Maine, Graham começara a ler tudo que conseguia encontrar sobre o tal estado, como se estivesse aprendendo sobre alguma terra exótica.

Você sabia que o mirtilo silvestre é a fruta-símbolo do Maine?, escrevera ele num dos e-mails. *E, mais importante, que a sobremesa típica do estado é a* whoopie pie*?*

Não faço ideia do que seja uma whoopie pie, escrevera ela na resposta. *E isso porque trabalho numa loja que vende doces. Desconfio que você tenha inventado isso aí.*

Inventei, nada, retrucou ele. *Eu tinha certeza de que as pessoas praticamente tropeçavam em* whoopie pies *por todas as ruas do Maine.*

Não em Henley, retrucara ela, e, como se fosse um minerador tateando na escuridão de um túnel, de repente Graham viu surgir um fiapo de luz.

Poucos dias antes, a equipe de produção havia começado a busca por uma nova locação para seu filme, pois a cidadezinha na Carolina do Norte onde filmariam durante o primeiro mês de verão tinha sido atacada por um enxame de cigarras. O diretor reagira com um ataque de fúria quando se dera conta de que havia deixado passar a informação sobre uma praga de insetos que infestava a cidade pontualmente na mesma época havia 13 anos, mas Graham comemorara secretamente o ocorrido.

Então ele sugeriu que as filmagens fossem feitas em Henley, argumentando que a cidade tinha tudo de que precisavam: lojinhas pitorescas, cenário portuário fotogênico, faixa de praia acidentada. Pelo modo como falou, parecia que já estivera muitas vezes na cidade, mas a verdade era que vinha pensando no local com tanta frequência que, de fato, sentia como se o conhecesse muito bem.

Mesmo assim, foi preciso empenhar algum esforço para convencer os estúdios, e, no final, Graham se viu obrigado a adotar a atitude que todas as pessoas pareciam esperar dele, de um jeito ou de outro: a do garoto arrogante, petulante e intransigente. Ele começou a fazer exigências, brandindo o telefone com ar ameaçador. E, para a própria surpresa, a estratégia deu certo. A equipe de produção foi mandada para fazer uma avaliação e voltou confirmando que Henley era mesmo a locação ideal. As autorizações e documentos necessários foram providenciados. Uma segunda equipe viajou antes para começar a filmar as cenas de passagem. E Graham e seus companheiros de elenco foram avisados sobre as quatro semanas que passariam instalados no Henley Inn, a apenas 500 metros da única loja de doces da cidade.

Mesmo se sua vida amorosa não tivesse o potencial para incendiar as manchetes, e mesmo que ele não vivesse se policiando para não alimentar a indústria de fofocas, Graham jamais teria contado a alguém sobre seus verdadeiros motivos para querer tanto ir a Henley. No mínimo, ele pareceria meio doido. E, na pior das hipóteses, ficaria com fama de maníaco perseguidor de garotas.

Mas a verdade era que Graham estava começando a se envolver com ela, mesmo sem conhecê-la ou nem mesmo saber seu nome.

Ele tinha noção do ridículo da coisa toda. Se alguém tivesse lhe mandado um roteiro com essa mesma história, ele simplesmente diria que era inverossímil demais.

Só que isso não mudava o que estava sentindo.

Algo lhe dizia que teria sido mais fácil marcar um encontro e pronto. Mas... e se os sentimentos dela não fossem recíprocos? E se ela estivesse querendo ficar só no campo da amizade virtual? Com a história da filmagem, pelo menos ele teria um pretexto para estar na cidade.

Afinal, o filme precisaria ser feito em *algum lugar.*

As cenas de Graham só começariam a ser filmadas no dia seguinte, e, quando ele contou ao seu empresário supercalvo Harry Fenton que estava planejando chegar à cidade com um dia de antecedência, o sujeito reagira com uma expressão confusa.

— Você *nunca* viaja antes — lembrou ele, mas Graham deu de ombros em resposta.

— O personagem passou a vida toda naquele lugar, e acho que é melhor ter um tempo para mergulhar totalmente no espírito do papel — falou, repetindo o discurso que tinha ouvido certa vez da boca de seu colega de cena muito metido durante as filmagens da trilogia *Top Hat*. E se deu conta de que já estava interpretando o papel de Graham Larkin tão bem quanto encarnava todos os outros personagens nos filmes.

Ele desacelerou o passo um pouquinho quando estava se aproximando da loja. Dava para sentir os fotógrafos à espreita em algum lugar às suas costas, tão furtivos quanto um cardume de tubarões. O sol batia forte em seus ombros, e a camiseta já começara a grudar nas costas. Graham passou por uma garota esguia com cabelos longos e ruivos e, quando a encarou de relance, flagrou um ar de censura silenciosa nos olhos verdes. Ele tinha ficado tão obcecado com a ideia de ir até Henley que não lhe ocorrera que a cidade talvez não estivesse tão ansiosa assim por sua presença. Quando a olhou outra vez, a menina parecia sorrir, mas o sorriso lhe bateu como um tipo de avaliação, o resumo de alguma coisa a respeito da presença dele que talvez Graham não fosse gostar de saber.

Mas agora já era tarde demais para se preocupar com isso. Parou em frente à loja e semicerrou os olhos em direção à vitrine, mas o vidro só refletiu a luz em seu rosto. Graham estava louco para ver como ela era, mesmo sabendo que isso não deveria fazer tanta diferença assim. Há tempos ele não sentia aquelas coisas por ninguém. Ser uma pessoa famosa era como carregar algum tipo de chave mágica: mesmo que você dissesse um monte de bobagens ou de coisas chatas, ou mesmo não dissesse nada, as garotas continuariam dando em cima do mesmo jeito. Só que, em vez de isso lhe inspirar mais confiança, acabava minando sua determinação, pois significava também nunca saber *de verdade* o que a outra pessoa estava achando a seu respeito.

Isso até aquele momento. Afinal, fosse quem fosse a tal garota dos e-mails, Graham tinha certeza de que ela pelo menos gostava dele. Não de sua versão astro-de-cinema, mas de quem ele era de verdade.

E ele estava gostando dela também.

Assim que empurrou a porta da loja, tomou um susto com o barulho da sineta e baixou a cabeça para esconder o rosto sob a aba do boné. Não havia mais nenhum cliente lá dentro, e Graham ficou com os olhos colados no preto e branco dos ladrilhos do piso até chegar bem perto do balcão. Já fazia tempo que ele não sentia esse medo todo de encarar uma garota, mas se viu tomado por uma onda de nervosismo e precisou de uns segundos até conseguir obrigar seus olhos a espiarem na direção dela.

Quando finalmente o fez, ficou aliviado por constatar que ela era dona de uma beleza bastante óbvia, com olhos amendoados e um cabelo escuro e comprido. Mas Graham não teve muito tempo para registrar nada disso na hora. Seus olhos estavam ocupados demais lendo a palavra bordada no bolso da camisa que ela usava.

Ellie, pensou, finalmente associando um nome às iniciais do endereço de e-mail. *Ellie O'Neill.*

Ela retribuía o olhar ansiosamente, com uma expressão a meio caminho entre o choque e a euforia. Ele a cumprimentou balançando a cabeça, depois foi para perto do balcão dos sorvetes, fingindo escolher um sabor. Mas, na verdade, ele estava repassando mentalmente uma conversa ocorrida entre os dois algumas semanas antes, quando ele lhe enviara de brincadeira um desses questionários que pedem para você falar sobre suas coisas favoritas.

Não vou responder isso de jeito nenhum, respondera ela. *Você não pode estar tão desesperado assim para saber qual é meu sabor preferido de sorvete.*

Por que não?, retrucara Graham. *Essas respostas podem ser mais reveladoras do que você pensa.*

Posso até imaginar o quanto, foi a resposta dela. *Se eu disser que gosto de crocante, é sinal de que minha vida no momento está cheia de obstáculos. Se o sabor for baunilha, quer dizer que sou uma pessoa sem imaginação...*

Tipo isso, escrevera ele. *Eu prefiro* sorbet. *O que isso revela a meu respeito?*

Que você tem muito bom gosto, ela respondera. *É meu favorito também.*

Agora ele estava observando o modo como ela avançava do outro lado do balcão para se debruçar por cima do vidro à sua frente.

— Posso ajudar em alguma coisa? — perguntou, e Graham tomou um susto ao detectar algo familiar na voz, o mesmo tom açucarado usado por tantos relações-públicas e empresários de Los Angeles. Ele abriu um meio sorriso, sem dizer nenhuma palavra, e ela deu uma risadinha. Graham sentiu um aperto no estômago.

Ele apontou para o vidro.

— Vou querer esse Sorbet Arco-Íris — falou, arriscando um olhar para ela, querendo ver se ela desconfiaria de alguma coisa. Mas ela simplesmente meneou a cabeça antes de se virar para pegar um copinho. E ele percebeu que só aquilo não iria bastar; era óbvio que não iria bastar. Enquanto tentava imaginar outro jeito de chegar ao assunto, como uma menção casual a alguma outra conversa que eles já tiveram por e-mail, ou alguma outra piada interna, ele ouviu uma pancada da câmera de um dos fotógrafos que se aproximara demais da vitrine às suas costas, e concluiu que talvez aquele não fosse o momento ideal.

— Você vai gostar daqui — estava dizendo a garota ao lhe entregar o sorvete —, é uma cidade ótima para passar o verão.

A voz dela soou mais leve que o ar e com um tom bem óbvio de flerte, e Graham precisou lembrar a si mesmo que seria injusto presumir que ela seria tão diferente assim das outras garotas. Depois que ficasse sabendo quem ele era — quem ele era *de verdade* — com certeza tudo iria se acertar, mas, até lá, não adiantava nada se espantar com suas jogadinhas de cabelo enquanto servia o copo de sorvete.

— É mesmo? — falou ele, deixando uma nota de dez no balcão e dispensando o troco com um gesto. — E qual restaurante você recomenda para o jantar?

— O Lobster Pot — respondeu, com um sorriso meio tímido. — É o meu preferido.

Graham assentiu.

— Bom, sendo assim — falou —, o que acha de ir lá comigo hoje à noite?

— Eu? — indagou ela, com um ar genuíno de surpresa. — Está falando sério?

— Sério — confirmou ele, abrindo seu sorriso de um milhão de dólares, o mesmo que nunca tivera nada de extraordinário em sua vida pregressa, mas que agora tinha a estranha capacidade de deixar hordas de garotas adolescentes com as pernas bambas.

— Eu adoraria — disse ela, a voz soando meio aguda demais.

Ele assentiu de novo, e uma pausa constrangedora se seguiu. Graham demorou um instante para perceber que cabia a ele sugerir um horário.

— Encontro você às nove, então?

Ela ficou constrangida.

— Eu acho que eles fecham às nove.

— Ah — disse ele. — Sete e meia, pode ser?

Ela fez que sim, depois lhe entregou uma colherzinha. Ele demorou um pouco para pegá-la; a noite insone no avião provavelmente estava começando a mostrar seus efeitos, porque de repente ele sentiu uma exaustão enorme. E uma frustração se alastrando pelo peito, embora não soubesse dizer exatamente o porquê. Ele estava bem onde queria, afinal. Naquela cidade, com aquela garota. E, além de bonita, ela também era legal e parecia ansiosa pelo encontro dos dois. O que mais Graham estava esperando?

Depois de enfiar a colher no sorvete, que já estava derretendo, ele ergueu o copo em resposta ao tchauzinho dela. Quando virou de costas, deu de cara com o espocar atordoante dos flashes na vitrine e, por um breve instante, fechou os olhos. Mas nem assim as luzes foram embora, e só o que Graham enxergou à sua frente foram estrelas.

De: EONeill22@hotmail.com
Data: Domingo, 9 de junho de 2013 11:11
Para: GDL824@yahoo.com
Assunto: Re: ser feliz é

A passagem das estações do ano.

3

Para Ellie, entrar na Presentes Happy Thoughts era como dar um mergulho no cérebro de sua mãe. Não havia qualquer método aparente de organização no lugar, nem um tema óbvio em comum para os itens encontrados à venda. Oito anos antes, quando a loja fora comprada, era conhecida por vender principalmente móveis e artigos de decoração, e era repleta de mostruários elegantes com velas, prendedores para guardanapos e vasos de todos os tipos. A antiga dona agora estava aproveitando sua aposentadoria na Flórida depois de ter decidido abandonar para sempre os invernos no Maine, mas Ellie tinha quase certeza de que, se por acaso visse no que sua loja havia se transformado, ficaria horrorizada.

Não havia simplesmente nada que fizesse sentido ali dentro agora. O espaço da loja não era maior que uma sala de aula das grandes, mas estava tão entulhado de coisas que ficava parecendo ainda menor. Elas ainda vendiam jogos americanos, moedores de pimenta, abajures, almofadas e um ou outro móvel, mas também havia livros e brinquedos antigos, além de caixas de caramelos mastigáveis. Também havia cartões de felicitações e postais, camisetas e trajes de banho, brinquedos de praia e jogos de tabuleiro.

E, é claro, havia as lagostas. Não lagostas vivas — embora Ellie não fosse ficar muito chocada caso um dia tropeçasse num tanque com frutos do mar frescos no meio de toda aquela bagunça —, mas lagostas estampadas em canecas e chaleiras; e também os chaveiros em formato de lagosta, os marcadores de livros e os sinos de vento de lagosta. Havia até uma lagosta de pelúcia gigante que já estava instalada fazia anos no fundo da loja. Um bicho do tamanho de um gorila que, com seus olhos pretos de bolas de gude e antenas superdesenvolvidas, vivia assustando crianças desavisadas que dobravam por algum corredor em alta velocidade.

Quinn sempre ficava agoniada para dar uma organizada nas coisas, mas Ellie adorava aquele caos. Ela praticamente tinha sido criada ali dentro e a considerava quase uma extensão de sua casa, um armário bagunçado ou um porão cheio de tesouros escondidos. Havia anos a mãe dela sonhava em ampliar as instalações, e todas as manhãs parava para dar uma olhada na vitrine empoeirada da loja ao lado, o antigo escritório de uma imobiliária que já estava fechado fazia séculos. Mas o dinheiro nunca era suficiente. Àquela altura, elas mal tinham o bastante para impedir que a casa onde moravam desmoronasse. Sendo assim, a bagunça ali na loja só tendia a aumentar. Mas os clientes não pareciam se incomodar com isso, e Ellie também não.

Ela havia passado inúmeras tardes ali dentro, fazendo o dever de casa com algum lápis em formato de lagosta, empoleirada no velho baú de capitão de navio enquanto esperava a mãe fechar o caixa, sentada junto à vitrine e ouvindo as ondas baterem nas pedras no fim da rua. Mas o que mais gostava na loja era da coleção de porta-retratos que ocupava as prateleiras mais ao fundo. Havia molduras de todos os formatos, cores e tamanhos, algumas feitas de metal, outras, de madeira, e outras ainda, de vidro do mar, ou com padrões delicados nas bordas. E, dentro de cada moldura, em vez de fotografias reluzentes, havia um poema.

Muitos anos antes, num dia de inverno no qual metade da vitrine fora encoberta por uma camada grossa de neve, quando a loja estava silenciosa e vazia, a mãe deixara Ellie ali sozinha e foi buscar um chocolate quente mais adiante na mesma rua. Na ausência dela, Ellie ficara observando as fotos nos porta-retratos, imagens em preto e branco de famílias felizes, com dentes à mostra. Havia casais mergulhados nos olhos um do outro, pais segurando as mãos dos filhos, famílias fazendo piqueniques, passeios de barco e caminhadas por florestas. Correndo os olhos pela prateleira, Ellie reparou que havia exatamente quatro fotos de pais com as filhas empoleiradas nos ombros, e exatamente zero fotos de mães na companhia de suas filhas.

Ellie tinha 8 anos à época, idade suficiente para entender que ela e a mãe não iriam mais voltar a Washington, porém jovem demais para ter conseguido guardar uma lembrança firme dos traços do rosto do pai, que oscilavam em sua memória como um peixe escorregadio. Então, ao olhar para todos aqueles rostos alegres na parede da loja, alguma coisa se rompeu dentro de Ellie.

Quando a mãe voltou, trazendo um copo fumegante em cada mão, Ellie havia retirado metodicamente todos os retratos das molduras e rasgado um a um antes de jogá-los na lata de lixo. A mãe ficou parada no vão da porta, as bochechas rosadas por causa do frio e uma expressão confusa, e, em seguida, colocou os copos de chocolate quente no balcão e começou a desenrolar o cachecol do pescoço. Sem dizer uma palavra, atravessou a loja para pegar um pacote novo de giz de cera pendurado na seção de brinquedos e o entregou a Ellie.

— Tenho a sensação de que você vai conseguir fazer alguma coisa melhor — falou.

E desde esse dia, durante anos, as molduras dos porta-retratos começaram a abrigar os desenhos de Ellie em pedaços de cartolina: árvores muito coloridas, barcos e lagostas. Depois, quando ficou mais velha, trocou os desenhos pela poesia, reproduzindo as estrofes preferidas com sua caligrafia miúda. E os clientes começaram a se demorar mais naquele canto, os olhos varrendo as prateleiras, perdidos nas palavras, e as molduras se tornaram um atrativo a mais entre os muitos da loja. As que tinham poemas falando do Maine eram arrematadas pelos turistas quase no mesmo instante em que iam para a prateleira, e, certa vez, quando Ellie fora a uma festa na casa de um colega, notara que o porta-retratos que a mãe dele havia comprado meses antes não ganhara uma foto da família. Mas estava exposto no corredor de entrada mesmo assim, exibindo um poema de W.H. Auden, um dos favoritos de Ellie.

Quando entrou na loja naquela tarde, ela deu de cara com a mãe abrindo uma caixa nova de porta-retratos, e, assim que chegou perto o suficiente para conseguir ver o que havia dentro, começou a dar risada.

— Isso aí não...

— Eu sei — resmungou a mãe. — Mandaram a remessa toda errada.

— Quem sabe alguma loja de presentes em Maryland não queira ficar com eles?

— Quem iria comprar um porta-retratos com um caranguejo na moldura?

Ellie revirou os olhos.

— E quem iria comprar um com lagostas?

— Ei — ralhou a mãe, sorrindo. — Não fale mal das lagostas. Elas são nosso ganha-pão. Por assim dizer. — Ela começou a empacotar a encomenda toda outra vez, embrulhando cada porta-retratos numa folha de papel-manteiga. — Por que você chegou tão tarde? Ficou lá espiando os astros do cinema, como todo mundo na cidade?

Ellie hesitou por um instante, depois sacudiu a cabeça.

— Quinn teve um acidente com um milk-shake na hora que eu estava saindo, e resolvi ficar para ajudar a limpar a bagunça.

— Está vendo? — censurou a mãe, empurrando a caixa para o lado. — É por isso que você deveria ficar trabalhando só aqui. Nossa loja é muito mais organizada.

Ellie ergueu enfaticamente as sobrancelhas para o espaço em volta, tão cheio de produtos espalhados aleatoriamente que a loja parecia um labirinto, e as duas deram risadas. Mas ficou claro que o comentário da mãe sobre o segundo emprego tinha um fundo de verdade. Quando Ellie começara seus turnos na Sprinkles, meses antes, a mãe não reagira exatamente dando pulos de felicidade.

Desde que a menina se lembrava, dinheiro sempre havia sido um problema em casa. Quando era bem pequena, isso nunca parecia fazer muita diferença. As duas tinham tudo de que precisavam. Mas, neste outono, Ellie daria início ao último ano letivo do ensino médio, o que significava estar cada vez mais perto da faculdade... e dos custos exorbitantes das anuidades que teriam que pagar. E Ellie não queria ir para uma faculdade estadual qualquer; sua meta era entrar numa das universidades top de linha, e as duas já haviam começado a conversar sobre empréstimos; com pilhas de papelada se acumulando na mesa da mãe, com colunas e mais colunas de números e percentagens, e incontáveis linhas de letras miúdas. E isso, por si só, já bastava para fazer Ellie sentir culpa, e para fazer seu coraçãozinho palpitar de preocupação sempre que o assunto surgia.

No entanto, meses antes, ela havia descoberto que tinham aceitado sua inscrição para um curso de verão de poesias em Harvard. As vagas eram muito concorridas, e a inscrição fora feita por impulso depois que Ellie vira um panfleto pregado no quadro de avisos da aula de inglês, e ela então arriscou sem a menor esperança de ser selecionada. Apenas quinze alunos do ensino médio do país teriam a chance de passar as três primeiras semanas de agosto estudando poesia, hospedados nos alojamentos de Harvard. Mas o valor do curso era superior a 2 mil dólares, e não havia um programa de bolsas nem de assistência financeira.

Na noite em que decidiu contar a novidade à mãe, Ellie notara o ar de hesitação nos olhos delas.

— Parece uma oportunidade excelente — começou ela, escolhendo as palavras com todo cuidado. — E fico orgulhosa por você ter sido selecionada. Mas...

Ellie não deixou a mãe terminar. Ela não conseguiria suportar aquilo.

— E eles me deram até uma bolsa — flagrou-se dizendo, aliviada ao perceber o sorriso iluminando os lábios da mãe novamente, o ar de preocupação sendo substituído por puro orgulho.

— Mas é claro que deram — disse ela, dando um abraço na filha. — E fico muito feliz por você.

Ellie precisava confirmar sua inscrição até o final de maio. Àquela altura, tinha exatos U$178,24 guardados e nenhuma ideia de como conseguiria o restante do dinheiro até a data de início do curso, quando o pagamento deveria ser quitado. Mas, mesmo assim, ela enviou de volta o formulário com um x marcado no quadradinho ao lado da frase: "Sim, vou participar!"

O emprego na Sprinkles ajudava. Mas, mesmo com ele e com o salário que recebia na Happy Thoughts, os cálculos de Ellie indicavam que no final do verão ainda faltaria juntar mais da metade do dinheiro. Quinn tinha se oferecido para emprestar uma parte, mas, por mais que admirasse o gesto da amiga, Ellie sabia que não podia contar muito com ela. A grana costumava escorrer depressa pelos dedos de Quinn, os salários sumiam praticamente no mesmo dia em que eram depositados; algumas horinhas de compras online e *puft*, lá se ia o dinheiro todo.

Ainda assim, Ellie detestava a ideia de ceder sua vaga para algum estudante riquinho que tinha passado o verão na beira da piscina do clube. Em hipótese alguma ela deixaria de fazer o curso, e em hipótese alguma teria como pedir que a mãe ajudasse a completar a diferença na inscrição, considerando a situação de ambas. Até porque, só para piorar as coisas, Ellie sabia que, caso pedisse, a resposta da mãe seria "sim". E aí ela faria qualquer coisa: venderia a loja, doaria um rim, assaltaria um banco... daria um jeito de assegurar a vaga da filha naquele curso, e era justamente por isso que Ellie jamais poderia lhe pedir ajuda.

Desde o fim do período letivo, a rotina ficara cada vez mais frenética, com trabalho em período integral num emprego ou em outro, e mais uns bicos como babá à noite. E dava para notar a preocupação da mãe com aquele novo frenesi empreendedor, com a maneira como o verão de Ellie estava sendo gasto só com trabalho.

— Você tem 16 anos — alertara ela. — Devia estar solta por aí se metendo em encrenca.

— Estou legal assim. — Era o que Ellie repetia sempre.

E agora, com uma de cada lado do balcão da loja, sob o tilintar dos sinos de vento ao sabor da brisa que entrava pela janela, Ellie teve certeza de que ela e a mãe estavam prestes a entrar na mesma discussão outra vez, aquela que ultimamente se repetia interminavelmente, como uma gravação defeituosa. Mas havia certa relutância nos olhos da mãe e que se espelhava no olhar da própria Ellie. Nenhuma delas queria falar daquele assunto; nenhuma delas estava com vontade de discutir.

Assim, quando a porta se abriu com um estrondo, Ellie virou o corpo para ver quem era, tomada de alívio. Levou um instante até Quinn surgir em meio à massa de camisetas penduradas perto da caixa registradora, e, quando isso aconteceu, Ellie reparou no rosto afogueado da amiga.

— Muito bem — disse ela, as mãos erguidas como se estivesse prestes a lançar um feitiço. — Muito bem, muito bem, muito bem.

A mãe inclinou o corpo para a frente e se virou para Ellie:

— Ela está tendo um colapso nervoso?

— Hoje a coisa é séria, Sra. O. — disse Quinn, afundando o corpo no pufe azul. — É, tipo, uma emergência máxima.

— Está tudo bem? — indagou a mãe de Ellie, ainda com um ar relativamente despreocupado. Ellie e Quinn eram grandes amigas desde os 5 anos de idade, e, se as moças da família O'Neill tinham aprendido alguma coisa nesse tempo todo, era que Quinn tinha certa propensão a exagerar no drama. Sua definição de "emergência" era um pouco mais abrangente que a das outras pessoas.

— Se está *tudo bem*? — ecoou Quinn, arregalando os olhos. — Vou sair pra jantar com *Graham Larkin.*

Houve alguns segundos de silêncio enquanto a informação era absorvida. Ao ouvir a menção ao nome, Ellie foi surpreendida pela lembrança dos olhos dele e precisou balançar a cabeça para afastar a imagem. Logo atrás, sua mãe reagia dando de ombros, intrigada.

— Quem é Graham Larking? — perguntou, e Quinn respondeu com um olhar severo.

— Graham *Larkin* — falou — é só um dos maiores astros do cinema mundial.

Ellie riu ao ver a expressão no rosto da mãe, que continuava impassível.

— Ele fez aqueles filmes do garoto mágico — explicou — e agora vai estrelar esse que está sendo filmado aqui.

— E você vai sair com ele? — perguntou a mãe de Ellie a Quinn, que empinou o queixo depois voltou a baixá-lo. — Não saí da loja durante o dia todo. Então já temos astros de cinema circulando por Henley atrás de companhia?

— Ele esteve na Sprinkles — explicou Ellie. — E deve ter achado Quinn tão irresistível quanto os sorvetes de lá. Por falar nisso, quem ficou tomando conta da loja?

Quinn abanou a mão, como se essa fosse uma questão sem impotância.

— Eu deixei Devon lá — contou ela. — Ele disse que dava conta de tudo sozinho. E agora preciso que vocês me ajudem com a roupa do jantar.

Ellie não conseguiu deixar de sentir uma pontada de pena do coitado do Devon Alexander, que era apaixonado por Quinn havia anos e provavelmente não fazia ideia de que teria que se virar sozinho no horário mais movimentado da sorveteria para que sua amada pudesse se arrumar para jantar com um astro do cinema.

— Bem — disse a mãe de Ellie, agarrando uma bola de borracha vermelha que estava num vidro ao lado da caixa registradora e jogando-a distraidamente de uma mão a outra —, então você veio ao lugar certo. Essa minha filha me dá muitos motivos de orgulho, e um deles certamente é seu tino aguçado para a moda...

— Engraçadinha — disse Ellie, dando uma conferida em seu figurino no momento: saia jeans, uma camiseta justa e branca de alcinhas e chinelos pretos de borracha, basicamente seu uniforme de verão.

— Preciso dela mais pra me dar apoio moral — esclareceu Quinn, levantando-se do pufe com um salto. — Tudo bem se o turno de hoje terminar mais cedo?

— Mas eu acabei de chegar... — começou Ellie, só que a mãe já estava fazendo que sim.

— Claro — disse, ainda jogando a bola vermelha entre as mãos. — Não tem problema. Não seria justo mandar Quinn se encontrar com um astro dessa grandeza sem uma ajudinha prévia, né?

Havia um toque de provocação na voz dela, mas Quinn estava distraída demais para reparar.

— Isso mesmo — concordou, oscilando nos calcanhares. Os músculos estavam todos retesados, e as mãos não paravam quietas. — Tipo, o lance é sério mesmo. Vocês precisavam ter visto os fotógrafos na vitrine da sorveteria. Nem imagino como vai ser à noite...

A mãe de Ellie atirou a bola, que caiu no chão depois de quicar numa cesta cheia de máscaras de mergulho, rolando para um canto.

— Muitas câmeras, hein?

— É, tipo milhares delas — respondeu Quinn, enquanto Ellie permanecia congelada, o olhar pregado no piso de madeira numa tentativa de evitar o da mãe. — Agora os fotógrafos estão todos no set de filmagem, mas tenho certeza de que vão atrás dele de noite. — Quinn hesitou, sem reparar na tensão que tinha tomado conta de sua plateia. — Henley tomada pelos paparazzi. Quem diria, né?

— É — disse Ellie, lançando um olhar meio de soslaio para a mãe. — Muito louco.

— Pena que jamais quis ser atriz. Nem estrela de *reality show* nem nada assim — continuou Quinn. — Porque essa seria minha grande chance.

— É mesmo — retrucou a mãe da Ellie, recuperando o controle. — É uma pena mesmo que você só queira estudar biologia marinha. Acho que teria sido mais útil se uma baleia tivesse te convidado para jantar.

Quinn riu.

— Ah, baleias são péssimas companhias para conversar.

— Então você vai ter que se contentar com seu astro — concluiu a mãe da Ellie, com um sorriso. — Só tome cuidado com os tais fotógrafos, está bem?

— Pode deixar — respondeu Quinn. — Já li revistas de fofoca suficientes para saber que é melhor não aparecer com uma saia curta demais.

— Não era bem nisso que eu estava pensando — disse a mãe da Ellie. — Mas você tem razão. Vai mesmo precisar tomar cuidado na escolha do modelito. Sua *personal stylist* está oficialmente liberada do turno de hoje na loja.

— Valeu, Sra. O. — disse Quinn, agarrando Ellie pelo pulso e puxando-a para a porta, já tagarelando sobre todas as coisas que teriam que providenciar para mais tarde. No entanto, já quase na saída, Ellie soltou a mão da amiga e voltou para perto da registradora.

— Valeu, mãe — falou, lhe dando um abraço breve.

— Claro — sussurrou a mãe, recuando. — Só fico feliz por isso tudo não ser com você.

Ellie pensou mais uma vez nos olhos de Graham Larkin, tão arredios e tristes, e no jeito como ele tinha parado diante da sorveteria com os ombros encolhidos e a aba do boné puxada para baixo, e também nos fotógrafos espreitando às costas dele com a determinação e a paciência de atiradores de elite. Ela lançou um olhar para Quinn, que estava praticamente dançando enquanto alternava o peso do corpo entre os pés, e se deu conta de como aquela coisa toda era complicada: não as câmeras e os trailers da filmagem, mas a maneira como alguém podia olhar para você no meio da rua, passando a sensação de interrogação sem resposta. De repente, ela só queria ir para casa e escrever um e-mail, mandar seus pensamentos para o outro lado do país como se fossem uma mensagem na garrafa, como os poemas nos porta-retratos.

Então voltou a encarar a mãe com um ligeiro meneio de cabeça.

— É — falou. — Também fico.

De: GDL824@yahoo.com
Data: Domingo, 9 de junho de 2013 15:02
Para: EONeill22@hotmail.com
Assunto: Re: ser feliz é

Conhecer pessoas.

4

A luz que se refletia na água estava dourada naquele fim de dia. Graham escolheu o caminho mais longo para o restaurante e foi caminhando pela beira da praia, onde parava de tempos em tempos para pegar uma pedra e sentir o peso dela na mão antes de jogá-la de volta ao chão. Ao longo do dia, o cheiro do mar funcionara como um chamado.

Um casal de turistas queimados de sol veio subindo com as cadeiras de praia debaixo dos braços, mas nenhum dos dois se deu ao trabalho de erguer os olhos para encará-lo ao passar, e Graham sentiu um leve arrepio de prazer. Logo depois do lançamento de seu primeiro filme, a situação era totalmente oposta: toda vez que alguém o reconhecia em público era uma bênção, era como se ele estivesse sendo oficialmente nomeado de um jeito meio esquisito: Graham Larkin, Alguém. Mas agora... agora era a ausência de reconhecimento que fazia seu coração bater mais forte, aquele calafrio ligeiro do anonimato, coisa tão rara ultimamente.

Lançando um olhar para o relógio, notou que já estava se atrasando, mas em vez de subir de volta para a rua, deu meia-volta para encarar o mar, vendo a luz refletida na água.

Ainda havia alguns barcos na linha do horizonte, as silhuetas delineadas contra o sol, e Graham sentiu uma vontade repentina de estar com eles também.

Ele se lembrou de uma pescaria com o pai quando só tinha 8 anos, os dois oscilando para cima e para baixo a bordo do barquinho a remo, os pescoços escondidos pelos coletes salva-vidas alaranjados. Durante três dias eles prepararam iscas, lançaram anzóis e não fisgaram nada. O pai não parava de pedir desculpas, como se fosse culpado pelo fato de o lago estar se recusando a cooperar, e, à medida que o fim de tarde ia passando de forma tediosa, a expressão dele ia ficando cada vez mais infeliz. Aquilo tudo tinha sido ideia dele, um programa entre pai e filho, do tipo que ele próprio costumava fazer na infância, e ele passara meses contando para Graham sobre todos os peixes que os dois certamente iriam pegar.

— Salmões? — perguntara Graham, e o pai sacudira a cabeça.

— Provavelmente, não — dissera ele. — Eles são mais difíceis de encontrar. Mas trutas, com certeza. Um monte de trutas. Você vai ver.

Eles não tinham levado mais nada para jantar — de tão confiante que o pai estava — e, na noite anterior, tinham comido palitos de queijo e carne seca na varanda do chalé, espantando os mosquitos com as mãos e ouvindo o estrilar dos grilos. E já estavam a ponto de desistir quando Graham teve a ideia de amarrar uns pedacinhos da carne seca na ponta de sua linha. O pai inclinara o corpo para a frente, com o barquinho oscilando sem parar, e seus olhos brilharam.

— Não é uma ideia ruim — falou, cortando uma pontinha de carne.

Graham foi o primeiro a sentir a fisgada de uma truta arco-íris que oscilava e se contorcia enquanto o pai o ajudava a recolher a linha. Depois dela, ficou fácil. O pai fisgou mais três trutas, e depois Graham conseguiu pescar uma pequena carpa. A luz estava indo embora, e a água já começava a ficar escura ao redor, mas nenhum dos dois queria parar. Era como se, num passe de mágica, os dois tivessem conseguido materializar três dias de peixes e um fim de semana inteiro de boas lembranças naquele finalzinho de tarde.

Quando sentiu um último puxão na linha, Graham girou o molinete e deu de cara com um salmão pequeno preso no anzol, prateado e lustroso na penumbra.

— Acho que você acaba de provar que eu estava errado — disse o pai, com um sorriso. E se recostou no assento do barquinho, o rosto iluminado de alegria, erguendo a embalagem vazia dos palitos de carne seca. — Parece que o tipo errado de isca é ótimo para atrair o tipo certo de peixe.

Graham se lembrou dessa história enquanto virava para voltar à rua, deixando os barcos de pesca para trás. Talvez a história com Ellie tivesse sido igualzinha. Ele lançara seu e-mail para o mundo querendo encontrar uma truta e, em vez disso, acabara por fisgar um salmão. Ele não conseguiu evitar um sorriso ao pensar tal coisa, embora desconfiasse que uma garota como Ellie não fosse gostar de ser comparada a um peixe.

Alisando a frente da camisa, Graham passou pelos trailers do set de filmagem, agora escuros e silenciosos. O trabalho no filme já havia começado antes, num estúdio em Los Angeles, mas a filmagem das externas sempre criava uma onda de empolgação na equipe, principalmente numa locação como aquela; e Graham fora tomado pela mesma excitação. Depois de ter passado dois anos interpretando o mesmo personagem e trabalhando com os mesmos atores, era bom mudar um pouco de ares. A nova direção, o roteiro, a nova companheira de cena... tudo ajudava a lembrá-lo por que gostava do trabalho de ator, para começar. Era por causa do desafio, dessa coisa de ser lançado no meio da vida de outra pessoa como um turista, tendo a chance de explorar caminhos desconhecidos.

O Lobster Pot não ficava muito distante da praia; Graham já conseguia vê-lo enquanto subia a rua. Eram pouco mais de sete e meia, o que significava que Ellie provavelmente já estava no restaurante. Do lado de fora, o bando de fotógrafos era denunciado pelas roupas escuras, mesmo enquanto tentavam se disfarçar em meio aos turistas. Num estacionamento próximo, havia algumas motocicletas paradas. Mais de uma vez, Graham fora perseguido por paparazzi ao tentar sair discretamente de algum restaurante ou casa noturna. Tais perseguições eram de um absurdo que lhe tirava o fôlego. Mesmo entendendo que se tratava do trabalho dos caras, Graham não conseguia nutrir muito respeito pelo modo como faziam a coisa, e menos ainda pelas pessoas que ficavam tão ávidas por ler as matérias que eram publicadas depois. E a verdade era que ele nem rendia uma leitura tão interessante assim. Era um cara de 17 anos, até mais bem-apessoado que a média, que, de vez em quando, levava garotas bonitas para jantar e interpretava decentemente seus personagens nos filmes, mas que na maior parte do tempo ficava em casa mergulhado nos livros e na companhia de seu porco de estimação.

Quando Graham se aproximou do restaurante, os fotógrafos começaram a erguer as câmeras e gritar seu nome.

Ele baixou a cabeça quando a aglomeração cresceu. Agora havia menos deles do que antes; só uns quatro ou cinco. O restante provavelmente teve a ideia sensata de jantar, ou havia resolvido assistir à TV em seus quartos de hotel. Mas os que persistiram estavam clicando feito loucos, os flashes pipocando juntamente à saraivada de perguntas, uma mais implacável que a outra.

— Quem é a menina, Graham? — interpelou um dos sujeitos, um grandalhão com brinco de diamante na orelha e uma careca tão branca e brilhante que refletia o que ainda restava de luz do sol. — Foi a primeira vez que vocês se viram? O que Olivia acha dessa história? Vocês estão namorando sério?

Ele ignorou a todos, abrindo caminho com as mãos, e, quando chegou à porta do restaurante, foi recebido por um sujeito corpulento com braços enormes e uma barba bem aparada.

— Joe Gabriele — disse o homem, estendendo a mão carnuda. — Sou o dono do lugar. Diga, você gosta de lagosta?

Graham fez que sim com a cabeça, surpreso com a pergunta.

— Ótimo — aprovou Joe. — Se me prometer que vai comer bastante lagosta enquanto estiver na cidade, dou um jeito de manter esses palhaços bem longe daqui. Fechado?

— Fechado — respondeu, olhando por cima do ombro do sujeito para verificar se Ellie já tinha chegado.

As paredes do salão eram forradas de boias gastas, relógios navais antigos, redes de pesca estendidas feito flâmulas e quadros com pinturas de escunas, lagostas e baleias. E ali, acomodada num cantinho debaixo de uma âncora de ferro imensa que parecia saída de algum barco pesqueiro,

Graham reconheceu as costas, com os cabelos escuros presos num rabo de cavalo baixo. Não havia mais cliente nenhum nas mesas próximas, e ele sentiu-se grato por Joe ter providenciado aquela limpeza da área. Não havia nada pior que tentar ter uma conversa particular com alguém ao som dos cliques baixinhos das câmeras dos celulares disparando o tempo todo ao redor.

Joe acenou em direção à mesa, caso Graham não tivesse certeza de para onde deveria se encaminhar, e depois desapareceu cozinha adentro. No entanto, uma incerteza súbita o deixou congelado. Não era que estivesse propriamente desapontado. Como poderia? Ela era inquestionavelmente bonita. Mas desde que havia saído da sorveteria mais cedo, Graham vinha lutando para entender seus sentimentos a respeito daquele jantar. Depois de todo aquele tempo e de tantos e-mails trocados, não era para ele estar mais empolgado? Não era para estar pulando de alegria? Não era para estar... alguma coisa que fosse?

Vai ver era culpa de todos os roteiros com final feliz que era obrigado a ler. Vai ver já estava havia tempo demais em Hollywood. Graham nunca tinha se apaixonado, portanto não fazia muita ideia do que esperar. Vai ver era isso mesmo: você se mete numa conversa à distância com a garota, começa a gostar mais de falar com ela do que com qualquer outra pessoa, resolve aparecer para vê-la e descobre que ela é linda, e aí fica se achando um cara de muita sorte.

Mesmo assim, ele pensava que haveria alguma coisa a mais. Achava que, quando a visse, quando os olhos de ambos se encontrassem pela primeira vez, seria tomado por alguma sensação diferente. Bem, todos aqueles clichês hollywoodianos não eram clichês à toa. A tal sensação era para ser inconfundível, não era? Tipo um soco no estômago.

Mas agora, ali no restaurante, Graham só estava se sentindo curiosamente vazio enquanto caminhava até a mesa. E, quando ela virou a cabeça e os olhares se encontraram, não houve nenhuma fagulha, nem fogos de artifício nem nada de mais. Só estavam os dois ali, se encarando, ambos um pouco tensos em meio ao próprio nervosismo.

— Obrigado por ter vindo. — Ele conseguiu dizer enquanto deslizava para seu assento.

Assim que o fez, Graham se deu conta de que deveria ter dado um beijo no rosto dela, mas acabara perdendo o momento. Depois de desdobrar o guardanapo no colo, ficou olhando para a garota diante de si, tentando encaixar a imagem dela à da menina que havia lhe contado nos e-mails o quanto adorava poesia.

— Os fotógrafos deram muito trabalho? — indagou ela, a voz um pouco trêmula.

Dava para notar que estava ansiosa, mas Graham não sabia bem o que fazer quanto a isso. Nas primeiras vezes em que saíra com garotas em sua cidade natal depois que seu rosto começara a aparecer nas revistas, tentara deixá-las à vontade dizendo que não havia razão para nervosismo, mas, em geral, aquilo só servia para criar um efeito reverso: as meninas ficavam ainda mais trêmulas, com as bochechas mais vermelhas e mais constrangidas. Ele notou o jeito como ela estava retorcendo a pulseira de prata que usava, como se não conseguisse ficar quieta.

— Não muito — falou. — Bem pouco trabalho perto dos que enfrento em L.A.

— Imagino — comentou ela, e Graham pegou o cardápio enquanto tentava imaginar um jeito de mudar de assunto.

Ele ainda não sabia como iria contar que era o cara com quem ela havia trocando mensagens durante todos aqueles meses. Será que era melhor ir dando algumas pistas? Fazer alguma pergunta sobre a mãe ou o cachorro dela, ou mencionar algum assunto aleatório que os dois já tivessem discutido, alguma coisa que fosse soar mais óbvia que os sabores de sorvete, como, por exemplo, as viagens que ela fizera para Quebec quando menina ou o trabalho sobre poesia irlandesa para a escola?

As mãos dele estavam começando a umedecer de suor enquanto a cabeça ia repassando as possibilidades. Graham tinha pensado que, assim que se sentasse no restaurante, a verdade pularia de sua boca no mesmo instante. Mas, agora que estava ali, alguma coisa parecia estar travando-o; então ele correu o olhar pelo salão e enxugou a testa.

— Mas, então, que prato você recomenda? — brincou ele. — A lagosta?

— É... — falou ela, pigarreando. — Essa é a especialidade da casa.

Ele ergueu os olhos para encará-la e forçou um sorriso.

— Foi uma piada — explicou, e as bochechas dela ganharam um tom de vermelho vivo. — Acho que vou querer o Surf'n'Turf*.

— Mas, então, você já tinha vindo ao Maine alguma vez? — indagou ela. — Ou essa é a primeira?

— Primeira. Antes de começar a atuar, nunca tinha saído da Costa Oeste.

— Puxa — disse ela. — Eu nunca fui à Califórnia.

---

* Receita típica americana que combina carne e frutos do mar. O nome em português seria algo como Mar e Terra. (*N. da T.*)

— Você sempre morou aqui? — perguntou ele, embora já soubesse que ela havia nascido em Washington e se mudado para Henley quando pequena.

— Sim. — Foi a resposta, e ele ergueu o queixo de repente. — E meus pais também, e meus avós. É tipo uma tradição familiar, esta cidade.

Graham apoiou os cotovelos na mesa, franzindo a testa.

— Sério? A vida toda mesmo?

— É — confirmou ela, lançando um olhar de soslaio para ele.

Antes que Graham conseguisse dizer mais alguma coisa, o garçom chegou trazendo um coquetel de camarão.

— Cortesia do chef — anunciou, pousando a taça entre os dois e ficando por ali um instante a mais que o necessário.

— Valeu — agradeceu Graham, e, para sua surpresa, o garçom, um sujeito magrelo com cabelo louro cacheado e nariz torto, reagiu com um olhar ameaçador.

— Sim, claro — respondeu, fazendo um esforço óbvio para parecer durão, embora a voz tivesse falhado. E deu meia-volta para retornar ao balcão, embora as palavras que se ouviram por trás dele ficaram bem claras. — Na verdade, a cortesia era para Quinn.

Mesmo depois que o sujeito saiu, Graham se flagrou olhando de maneira confusa para sua interlocutora, semicerrando os olhos enquanto tentava achar a pergunta que queria fazer.

— Foi mal — disse ela. — É assim que as coisas são nas cidades pequenas. Todo mundo se conhece, e depois que você passa a vida toda perto desses meninos, eles agem de um jeito meio superprotetor e... — A voz morreu no meio da frase quando ela notou a expressão de Graham. — O que foi? — indagou. — Qual é o problema?

— Você... — começou ele, depois balançou a cabeça. — Quero dizer...

— O quê? — insistiu ela, encarando o rosto dele com um ar confuso.

— Quinn? — Ele conseguiu dizer, e ela assentiu.

— Sim?

— Você se chama Quinn?

— Hum, é — respondeu ela, e depois pareceu se dar conta e jogou a cabeça para trás. — Caramba, então nem cheguei a me apresentar para você? Não acredito que fiz uma coisa dessas. Me desculpe.

O rosto de Graham continuava contraído enquanto a cabeça tentava processar o que estava acontecendo.

— Mas na camisa que você estava usando mais cedo...

Mais uma vez, ele viu um ar de compreensão passar pelos olhos dela.

— Ah. Agora estou entendendo — disse Quinn.

Ele ficou esperando pelo restante da frase.

— Tive um imprevisto com um milk-shake de chocolate um pouco antes de você entrar na loja — explicou ela, fazendo mímica para dar ideia do tamanho da explosão. — E aí peguei a camisa da minha amiga Ellie emprestada.

Quando ela pronunciou o nome, aquilo o atingiu como se fosse alguma coisa física; feito uma pancada desferida bem no meio do peito.

— Quer dizer que você *não é* a Ellie?

Ela riu.

— Não, sou a Quinn.

— Quer dizer que a gente *não anda* trocando e-mails?

Agora foi a vez de ela fazer uma cara de espanto.

— Hum. Não.

Graham estava sacudindo a cabeça de um jeito mecânico e, embora tivesse consciência disso, parecia incapaz de parar o movimento.

— Você *não é* Ellie O'Neill — repetiu ele, e ela assentiu outra vez. — E nós *não* nos correspondemos.

— O quê? — perguntou ela. — Não. Por quê? Espere aí. Isso quer dizer que você tem trocado mensagens com... — A garota deu uma risada aguda. — Você tem trocado mensagens com *Ellie*?

— Isso — disse Graham, subitamente incapaz de segurar o sorriso. — Olhe, me desculpe pela confusão. De verdade. Sei que você deve estar achando essa história toda muito estranha.

Quinn não tirava os olhos dele.

— Você e Ellie.

Ele fez que sim, e depois pensou melhor e balançou a cabeça em negação.

— Não exatamente — explicou. — Quero dizer, é óbvio que a gente nunca se encontrou, nem nada assim.

— Mas você disse...

— A gente só andou trocando e-mails, eu não a conheço de verdade — continuou ele, e depois acrescentou: — Mas quero conhecer.

— Isso não faz o menor sentido — disse Quinn, e largou o corpo no encosto da cadeira. — Eu não tenho ideia do que está acontecendo aqui.

O garçom voltou para trocar os pratos, mas nenhum dos dois tinha tocado no camarão. Ele lançou mais um olhar ameaçador para Graham antes de lhes dar as costas outra vez. Depois que o garoto foi embora, Quinn inclinou o corpo para a frente.

— Então você e Ellie andam trocando e-mails — falou ela, em tom de constatação, e Graham assentiu.

— Uma mensagem minha caiu na caixa postal dela por acidente há alguns meses, e nós começamos a nos corresponder — explicou ele. — Foi uma dessas coisas que... simplesmente... acontecem.

Ela o avaliava cuidadosamente.

— E então você veio pra cá.

— Isso — disse Graham. — Cá estou.

— Em Henley.

— Isso — confirmou ele, com um sorriso fraco. — Para a bela Henley, no Maine.

Levou só um instante para os olhos dela se arregalarem enquanto a ficha terminava de cair.

— E então é por isso?

— É por isso o quê?

— É por isso que o filme está sendo feito aqui?

Graham tentou disfarçar o constrangimento dando de ombros.

— Mais ou menos.

— Você veio até aqui só para conhecê-la? — perguntou Quinn, com um tom cada vez mais incrédulo na voz, e, depois que ele assentiu, ela sacudiu a cabeça outra vez, como se ainda estivesse tentando absorver aquela história toda. — Caramba — soltou, quase que para si, e depois repetiu: — Caramba. — Ela pegou o copo d'água, mas não chegou a levá-lo à boca. — Não acredito que Ellie não me contou isso. Esse tempo todo trocando mensagens com Graham Larkin em pessoa e ela não me diz nada. — Quinn fechou os olhos por um instante, depois voltou a abri-los num estalo. — E ainda fica com aquele arzinho de quem não está nem aí para as filmagens na cidade.

O sorriso fugiu do rosto de Graham, e ele pigarreou.

— Bem, na verdade ela não sabe que é para mim que anda escrevendo — disse ele, notando o tom defensivo na própria voz. Estendendo a mão para o copo, bebeu um gole d'água.

Quinn suspirou, depois ergueu os olhos para encará-lo por cima da borda do copo.

— Acho que vocês dois já se viram, na verdade. Ela estava na porta da Sprinkles na hora que você entrou. Uma garota meio alta. De cabelo ruivo, lembra?

O coração de Graham pareceu ficar apertado, e ele baixou o copo enquanto resgatava a lembrança da garota de olhos verdes, dos olhos que o mediram de cima a baixo.

— É, acho que vi sim. — O olhar se desviou para a porta, e ele se obrigou a retornar a concentração para a mesa. — Está ótimo, então — disse, girando o pescoço atrás do garçom e depois voltando a pegar o cardápio. — Vou ver se consigo ir atrás dela amanhã.

Do outro lado da mesa, Quinn o encarava; sentindo a intensidade do olhar, ele baixou o cardápio após um instante e a fitou de volta.

— É melhor agora — disse ela, e ele ergueu as sobrancelhas.

— Melhor agora o quê? — indagou, tentando manter a voz firme. Mas, sem as câmeras ligadas, Graham era um péssimo mentiroso e sabia que Quinn tinha percebido isso.

— Vá atrás dela logo — insistiu ela, com um meio sorriso. — Você atravessou o país inteiro para isso, não vou obrigá-lo a me aturar durante um jantar inteiro.

— Não... — protestou Graham, sem muita convicção. — Eu estou me divertindo.

Ela revirou os olhos.

— Eu não me importo. É sério — insistiu, lançando um olhar para o garçom, que continuava perambulando pelo salão, perto da entrada da cozinha. — Posso obrigar Devon a sentar aqui e comer comigo. — Ela deu uma piscadela para ele. — E vou deixar você pagar a conta.

Graham riu.

— Tem certeza?

— Tenho — disse ela, e antes que qualquer um dos dois mudasse de ideia, Graham pescou um punhado de notas da carteira e deixou sobre a mesa, levantando-se em seguida.

— Ela deve estar em casa a essa hora — disse Quinn, apontando para a vidraça atrás de Graham, onde a rua principal já se mostrava silenciosa após o pôr do sol. — É a casinha amarela perto da esquina da Prospect com a Sunset.

— Obrigado — disse ele, e dessa vez se lembrou de dar um beijo na bochecha da garota.

Quinn sorriu.

— Diga a ela para se divertir por mim.

Quando Graham estava se preparando para disparar porta afora, Joe surgiu ao seu lado.

— Eu mandei todos embora — falou, meneando a cabeça para a rua —, mas com certeza ainda devem estar escondidos em algum lugar. Se estiver pensando numa fuga, eu diria para sair pela porta da cozinha.

Depois de agradecer, Graham passou pelas panelas ferventes com lagostas e pelos chefs de camisas brancas. Antes de ir embora, parou um instante ao lado de Devon, que tinha arregalado os olhos ao vê-lo irrompendo cozinha adentro.

— Como chego à esquina da Prospect com a Sunset?

— É só descer pela rua principal e virar à esquerda quando chegar à Prospect — indicou, o rosto afogueado. — Não tem como errar.

— Valeu, cara. — Graham lhe deu um tapinha no ombro enquanto abria a porta com um empurrão. E gesticulou para o salão. — Ela é toda sua.

Já do lado de fora, ele inspirou o ar salino. A luz já estava emorecendo acima da água e o mundo parecia mergulhado em tons de azul. Uma brisa vinda do leste soprou o cabelo de Graham para longe da testa, e ele sentiu-se muito leve ao seguir pelo caminho indicado, os passos impulsionados pela mais rara das coisas: a promessa de uma segunda chance. Enquanto passava pelas fachadas de casas antigas e pensões, as luzes começando a se acender nas janelas, ia pensando na garota de cabelos ruivos que tinha visto poucas horas antes, no jeito como os olhos dela se agarraram a ele com uma intensidade estranha, e o coração ganhou o mesmo compasso de suas passadas, num ritmo que o fez seguir rua afora com energia renovada.

Ao ver a placa da Sunset Drive, ele reduziu o passo e começou a examinar casa por casa. Era difícil distinguir as fachadas brancas das amarelas sob o crepúsculo, mas, ao se aproximar de uma casinha colonial de madeira, viu que a luz da varandinha da entrada estava acesa. E, então, antes que tivesse tempo de registrar a cor da parede, reparou na garota enroscada no assento da namoradeira de balanço e soube que estava no lugar certo.

Quando ele passou pelo caminho da entradinha, ela ergueu os olhos do livro. A lâmpada acima era pequena e estava cheia de insetos em volta, cumprindo mal a função de afastar a escuridão. Quando Graham parou, ela ergueu o queixo e esticou o pescoço, e, pelo ar de incerteza, ele concluiu que seus olhos não deviam estar conseguindo distinguir mais que uma silhueta parada ali.

No entanto, do lugar onde estava Graham conseguia enxergá-la perfeitamente: o cabelo ruivo ondulado e a camiseta grandona com a figura de uma lagosta sorridente na frente, o jeito como as pernas estavam encolhidas por baixo do corpo no assento da namoradeira de balanço e o nariz coberto de sardas. Ele conseguia vê-la bem, e a reação foi exatamente aquela que havia imaginado mais cedo. Foi como levar um soco em cheio no estômago.

De: EONeill22@hotmail.com
Data: Domingo, 9 de junho de 2013 18:08
Para: GDL824@yahoo.com
Assunto: Re: ser feliz é

Uma surpresa bem-vinda.

5

Num primeiro momento, não havia nada para além da varanda exceto a escuridão. Se não fossem as pisadas no cascalho, Ellie jamais teria imaginado que havia alguém ali. Ela apurou os ouvidos, mas tudo o que conseguiu distinguir foi o cricrilar dos grilos, o barulho das ondas ao final da rua e, atrás de si, as patas do cachorro zanzando de um lado a outro no assoalho de madeira dentro da casa. Ela semicerrou os olhos, porém não existia mais nada para além da mancha de luz sob a qual estava; o único sinal da presença de alguém era aquela sensação familiar de estar sendo observada, tal como acontece quando tem alguém com o olhar cravado na gente no meio de uma sala cheia, aquela pontada aguda da consciência, o calafrio que sobe pela espinha.

— Oi? — chamou ela, pousando o livro aberto no colo. A voz soou estranha até mesmo para os próprios ouvidos, trêmula e fraca. Ellie ouviu a pessoa dar mais um passo à frente, e, mesmo piscando com força, não conseguiu fazer seus olhos se adaptarem à escuridão para conseguir distinguir quem era. — Quinn?

Dessa vez, houve o som de um pigarrear, e Ellie percebeu que definitivamente não era Quinn. Ela se levantou da namoradeira, uma pontada de preocupação começando a brotar dentro de si. Henley era um lugar seguro, como qualquer cidade pequena — talvez até mais —, no entanto o clima mudava perceptivelmente nos meses de verão, como se as próprias moléculas se alterassem para dar lugar à onda de forasteiros, e qualquer amigo ou vizinho já teria anunciado sua presença a essa altura, em vez de ficar só espreitando no escuro.

— Desculpa, não quis assustar você — disse a voz masculina grave, que veio subindo o gramado à medida que a silhueta indistinta continuava se aproximando. — Sou só... eu.

Ele deu mais alguns passos e, como alguém saindo de dentro d'água, pareceu surgir aos poucos: primeiro os olhos, depois a boca e, por fim, todos os outros traços do rosto entrando em foco quando a lâmpada revelou a figura conhecida de Graham Larkin.

Ele tinha lançado só dois filmes até então — a estreia da esperadíssima última parte da trilogia *Top Hat* só sairia no final do verão —, e, embora Ellie não tivesse visto nenhum deles, ela conhecia muito bem aquele rosto e suas expressões habituais de tanto vê-lo nos programas de entrevistas e nos tapetes vermelhos. Aquele rosto sempre amuado, com um constante toque de impaciência. Mas agora, com ele parado ali no primeiro degrau da entrada da casa dela, a expressão só um pouco constrangida, a cena toda era tão inusitada e absolutamente improvável que a primeira reação de Ellie foi dar uma risada.

Graham não falou nada, mas os lábios assumiram uma expressão de tristeza e ele levantou a mão para esfregar a nuca. Estava usando uma camisa xadrez azul e branca, com a haste dos óculos escuros presa no bolso, e tinha um ar estranhamente inseguro. Ocorreu a Ellie que aquilo tudo quase parecia encenado, como se ela tivesse sido arrastada para dentro de algum filme.

— Desculpe. Meu nome é...

— Sei quem você é — disse ela. — Cadê a Quinn?

Ele a encarou inexpressivo por um instante, depois os olhos pareceram recuperar o foco.

— Ah — disse. — Ela me falou onde você morava.

Ellie inclinou a cabeça para o lado.

— Por quê? E, se o encontro não deu certo, por que *você* veio e ela não?

— É que aconteceu um mal-entendido — esclareceu ele, avançando para o degrau do meio.

O corpo exalava um cheiro de menta e mais alguma outra coisa, algo que parecia sabonete. De algum modo, era inebriante estar tão perto assim dele, que parecia estar à espera de que ela perguntasse sobre o tal mal-entendido, mas Ellie só ficou em silêncio, as costas apoiadas na porta de tela da porta. E, depois de um tempinho, ele pigarreou:

— Ela estava usando sua camisa.

Ellie franziu a testa.

— Como é?

— Hoje de tarde — explicou ele. — Na sorveteria.

— Sei... — disse ela, não muito certa de onde ele queria chegar com aquilo.

— E aí pensei que ela fosse você.

— Por quê? — Quis saber Ellie. — Você nem me conhece.

— Foi por isso que achei que ela *pudesse ser* você.

Ela lançou um olhar severo para ele, depois avaliou a escuridão além dele.

— Você está filmando algum *reality show* ou coisa assim? Isso é algum tipo de pegadinha?

Graham sacudiu a cabeça enfaticamente.

— Não. Por quê?

— Porque não estou entendendo nada — disse ela. E então o cachorro surgiu, um beagle pequeno com as orelhas caídas, colou o focinho preto na tela da porta e abanou o rabo. Ellie ignorou a chegada dele e manteve os olhos fixos em Graham, que parecia igualmente desconcertado; ou ele era muito bom ator mesmo ou então estava tão confuso quanto ela. — Foi Quinn que armou essa história?

— Não — disse ele, no momento em que o cachorro começou a ganir. — Eu juro que não.

— Então o que está rolando aqui? — Cobrou ela. — O que você quer?

Ele pareceu ligeiramente chocado com a reação, e Ellie desconfiou que não estivesse muito acostumado a ser tratado de tal forma. Mas seu dia tinha sido bem longo, ela estava cansada, e dar de cara com um astro de cinema na porta de casa daquele jeito soava mais como um transtorno que como um golpe de sorte.

— Você é E. O'Neill — disse ele. Não em tom de pergunta, mas de constatação pura e simples, e Ellie lhe lançou um olhar desconfiado.

— Não era para o astro de cinema ser o *perseguido* da história?

Dessa vez, ele sorriu.

— É, isso tudo deve estar parecendo bem bizarro mesmo — falou. — Mas só estou empolgado por finalmente conhecer você.

Ela soltou uma risada curta.

— Mais uma vez: não era para *eu* estar dizendo essas coisas?

O cachorro começou a arranhar a tela da porta com a pata, os ganidos se transformando em uivos agora, e Ellie sabia que não demoraria muito até a mãe aparecer para deixá-lo sair.

— Shhh — fez ela, e ele sentou-se e calou a boca subitamente.

Graham inclinou o corpo para olhar por trás dela.

— Oi, Bagel.

Ellie meio que tinha se virado para o cachorro, mas ao ouvir aquilo, voltou a encarar Graham na hora.

— Como sabe o nome dele?

— Você me contou — explicou ele, e então fez uma pausa antes de continuar, como se aquela informação não tivesse nenhuma importância. — E é um nome ótimo para um beagle. Genial mesmo. Não cheguei nem perto de ter a mesma criatividade com Wilbur.

O coração dela começou a acelerar, os pensamentos se atropelando dentro da cabeça, mas assim que falou, a voz saiu perfeitamente controlada:

— Você tem um cachorro que se chama Wilbur?

O olhar de Graham encontrou o dela, e ele sacudiu a cabeça. Sob a luz fraca, o rosto mantinha a expressão neutra...

no entanto havia um sorriso prestes a despontar, já sendo delatado pelos olhos.

— Não — disse ele, de repente, e Ellie sentiu-se muito leve. Ela abriu a boca para falar, mas o som não saiu.

Agora Graham estava sorrindo enquanto continuava a encará-la.

— Wilbur — falou, baixinho — é meu porco.

Ellie assentiu.

— Wilbur é seu porco — repetiu num murmúrio, tentando fazer a mente pegar no tranco.

Ela inspirou uma golfada de ar trêmula e o fitou cautelosamente. Aquele era um problema matemático dos mais simples: a resposta estava bem ali na frente dele, mas mesmo assim uma parte de si ainda se recusava a acreditar.

Durante todo aquele tempo, tinha sido ele. Todos os e-mails, todas as conversas noite adentro. Todos os detalhes bobos sobre a escola, a mãe e todo o restante. Todo aquele flerte mal disfarçado sob a conversa banal. Durante o tempo todo ela vinha trocando mensagens com Graham Larkin.

Ellie havia contado a ele sobre os poemas nos porta-retratos e sobre como, às vezes, gostava de fingir que era uma turista, se misturando às famílias numerosas que perambulavam com suas câmeras. Escrevera contando como havia aprendido a fazer malabarismo nas tardes de inverno em que a loja ficava deserta. E tinha tagarelado sobre a má localização de seu armário na escola e sobre como o professor de química era tão injusto, sobre os motivos que a levavam a gostar mais do inverno que do verão, e sobre suas tentativas frustradas de plantar um canteiro de flores na última primavera. Também confessara que detestava suas sardas e que odiava seus dedos dos pés. E até mesmo admitira que não era tão fã assim de carne de lagosta.

E agora ali estava ele, parado na entrada de sua casa, com um sorriso de 1.000 watts, seu cabelo perfeito e aquele par de olhos que pareciam enxergar até o fundo de sua alma, e ela sabia muito bem o que deveria fazer. Tinha visto em todos os filmes. Mas, para a própria surpresa, Ellie não estava se sentindo eufórica, nem flechada subitamente pelo cupido e nem mesmo incrédula.

Estava simplesmente muito constrangida.

— Você deveria ter me contado que você era *você* — protestou ela, sentindo as bochechas arderem. — Estava querendo me fazer de idiota?

Graham a encarou, incapaz de disfarçar a surpresa, e Ellie não conseguiu evitar sentir uma pontinha de orgulho por causa disso. A maioria das garotas provavelmente ficaria cheia de dedos ao lidar com ele, mas ela certamente não fazia parte desse grupo. Tudo bem que tinha sido enrolada, tudo bem que tinha feito papel de boba, mas pelo menos ela não iria bancar a fã babona.

— Não — disse ele, e depois repetiu: — Não. De jeito nenhum.

— Então qual é a sua? — disparou Ellie, olhando severamente nos olhos dele.

— A primeira mensagem foi por acaso, e depois eu não falei nada porque...

— Bom, você deveria ter dito — interrompeu ela. — Porque nesse caso eu nunca teria...

Graham ergueu as sobrancelhas.

— Você nunca teria me contado aquelas coisas todas? — indagou ele, com um leve meneio de cabeça, então ergueu os ombros. — Foi por isso mesmo.

A voz dele soou tão oca que Ellie não conseguiu pensar em mais nada para dizer. Seu coração continuava martelando com força, e ela estava com a mão apoiada na maçaneta da porta para equilibrar o corpo.

— Olhe, me desculpa — disse ele. — Talvez eu devesse mesmo ter contado. Mas, pode acreditar em mim, nada disso foi para fazer você de idiota. — Ele fez uma pausa, abrindo um sorriso ligeiro. — Você nunca ia conseguir ficar com cara de idiota.

Mesmo sem querer, Ellie abriu um sorriso ao ouvir aquilo. E olhou para ele ali, debaixo da luz fraca da lâmpada da varanda, tentando decifrar se ele estava sendo sincero ou se era só bom ator mesmo. Ela reparou numa pequena cicatriz em forma de meia-lua acima da sobrancelha esquerda dele e, num sobressalto, foi tomada pela lembrança da história que ele lhe contara: aquele corte tinha sido feito na vez em que pulara do teto da van da família. Ao ler aquilo, Ellie se flagrara imaginando um garotinho de cabelos louros em algum subúrbio com ruas cheias de folhas, e depois pensara numa versão mais velha do mesmo moleque destemido — talvez um pouco autoconsciente agora, talvez até mesmo um pouco mais nerd, mas ainda deixando entrever uma sombra do antigo sorriso de menino enquanto se acomodava diante do computador para abrir os e-mails que ela lhe enviava.

Fechando os olhos, agora Ellie tantava editar tais imagens, substituindo o garoto pela figura de Graham Larkin: Graham lhe contando sobre os biscoitos de aveia que a mãe costumava assar, falando de sua obsessão pelo jogo de tênis do Wii e de sua total incapacidade de levar as meias para o cesto de roupa suja no final do dia.

Durante todo aquele tempo, era ele que estava lá.

Durante todo aquele tempo — Ellie de repente se deu conta — era ele que vinha lhe escrevendo.

Ela voltou a abrir os olhos, e a mão escorregou da maçaneta da porta. A tela balançou, e, do outro lado, Bagel voltou a ficar de pé e soltou um latido rouco, depois outro. Ellie se virou para acalmar o cachorro, mas já era tarde demais. Os pés descalços da mãe surgiram na escada para além da tela, e, em segundos, ela estava parada ao lado da porta usando uma cueca samba-canção com estampa de alces e uma camiseta onde se lia EU ♥ MAINE. Bagel começou a saltitar ao redor dela, o rabo riscando o ar. Ellie virou o corpo para encará-la através da tela, bloqueando a visão da porta.

— Ele precisa sair, El — disse a mãe.

— Daqui a pouquinho, pode ser? — respondeu Ellie, lançando um olhar significativo que pareceu ter se perdido na trama da tela.

— O que está acontecendo? — indagou a mãe, empurrando a porta.

Só uma fresta se abriu, mas foi o suficiente para Bagel se esgueirar por ela e disparar em direção a Graham. Ellie soltou um suspiro, e logo a mãe estava do lado de fora também, a boca aberta num pequeno círculo de surpresa.

Graham tinha se abaixado para fazer festinha no cachorro, que, animado com a perspectiva de fazer um amigo, já estava deitado de barriga para cima. Mas logo Graham se levantou e estendeu a mão.

— Eu me chamo Graham Larkin, Sra. O'Neill — apresentou-se ele. — E peço desculpas por ter aparecido assim tão tarde.

Ellie ficou aguardando a mãe fazer alguma piadinha sobre como nove horas era a mesma coisa que meia-noite em Henley, ou sobre como Bagel sempre ficava feliz por receber visitas a uma hora daquelas. Mas, em vez disso, ela correu os olhos pelo jardim atrás dele, vasculhando na escuridão em busca de vestígios de qualquer outra presença, e Ellie ficou alternando o peso do corpo entre os pés, envergonhada.

— Ele só estava passando aqui... — começou a dizer, sem saber exatamente como terminar a frase.

— Só passei para me apresentar — disse Graham, de repente parecendo muito pueril, menos como um astro de cinema e mais como um garoto comum flagrado na rua depois do horário permitido pelos pais. — Mas acho que já vou indo.

A mãe abriu um sorriso forçado, seu tino de agradar o cliente se mostrando mais forte que a desconfiança.

— Bem, foi um prazer conhecer você — disse ela. — E seja bem-vindo a Henley.

— Valeu — falou Graham, e depois fez um meneio de cabeça apontando para a camiseta dela. — Até agora, posso dizer que "eu-coração-Maine" também. — O olhar dele deslizou pela varandinha até encontrar o de Ellie. — E fico feliz por alguém ter me contado sobre este lugar.

Depois, com um ligeiro aceno, ele virou e desceu os degraus da entrada para mergulhar na escuridão do jardim. Bagel jogou a cabeça para trás, soltando um único latido estridente que pareceu ecoar pelas ruas silenciosas por tempo demais. A mãe estava com os olhos pregados em Ellie, à espera de algum tipo de explicação, mas ela não conseguia pensar no que dizer. Só o que lhe passava pela cabeça era que ela era a responsável por ele estar na cidade.

E, de repente, Ellie sentiu-se feliz também.

De: GDL824@yahoo.com
Data: Domingo, 9 de junho de 2013 21:28
Para: EONeill22@hotmail.com
Assunto: Re: ser feliz é

Conhecer pessoas.

De: EONeill22@hotmail.com
Data: Domingo, 9 de junho de 2013 21:43
Para: GDL824@yahoo.com
Assunto: Re: ser feliz é

Você já disse essa.

6

Graham estava dispensando apenas metade de sua atenção ao empresário que zanzava dentro do trailer feito um galo ensandecido, sacudindo o jornal do dia na mão suja de tinta.

— Era por causa *disso* que você queria vir para cá? — perguntou Harry, atirando o jornal na mesa ao lado da cadeira de armar onde Graham estava completamente desleixado.

O espaço dentro do trailer era reduzido, pouco mais que uma de sala de refeições em miniatura e um camarinzinho onde ficava a arara com os figurinos pré-selecionados pelo assistente. Nos últimos dois anos, Graham havia passado quase o tempo todo envergando cartolas, capas e mantos escuros forrados de veludo. Mas este novo filme era uma história de amor contemporânea, e o que se via nos cabides agora não ficava muito distante das roupas que ele tinha no armário de casa: bermudas de surfista, camisetas lisas de cores vivas e chinelos de dedo. Com sorte, ele poderia ficar com algumas daquelas peças depois da filmagem. Uma das coisas que Graham detestava era fazer compras.

Ele deu uma espiada na foto da coluna social do *NY Post* que, mesmo tendo sido tirada bem de longe, mostrava claramente a mesa que ele dividira com Quinn no Lobster Pot. Ela estava de perfil, revelando só uma cortina de cabelos brilhantes, mas Graham por sua vez aparecia bem de frente, atento, debruçado no tampo da mesa. Se tivesse que arriscar um palpite, Graham chutaria que a foto havia sido tirada no instante em que ele soube que ela não era Ellie. Ao lado da imagem, a pergunta: "Larkin tem um novo amor?", e logo abaixo um parágrafo que ele não se dera ao trabalho de ler.

— Não — respondeu ele, sinceramente, e Harry se deixou cair na outra cadeira com um suspiro.

Na época em que Graham assinara sua parceria com ele, a Agência Fenton tinha poucos anos no mercado de empresariamento de artistas. Antes disso, Harry era um advogado do ramo de espetáculos cansado dos contratos e das letras miúdas, e achou que talvez pudesse levar jeito para administrar carreiras de atores. Seu primeiro cliente havia sido um garoto de cara redonda e óculos que fazia sucesso numa série de TV, e fora ele que abrira as portas para uma boa leva de jovens atores com graus de talento questionáveis.

No período anterior à tal falada trilogia, quando o elenco do filme ainda não havia sido definido e ninguém poderia prever a rápida ascensão que Graham teria depois de conseguir o papel, Harry tinha sido o único dono de agência a concordar em recebê-lo para uma conversa. Graham sempre seria grato por isso, pela aposta que o empresário fizera num garoto desconhecido cuja única experiência era uma performance mediana numa montagem escolar de *Garotos e garotas*. Agora, ele era de longe o cliente mais famoso de Harry, uma posição que além de lhe render quantidades compatíveis de atenção e dedicação, também parecia dar direito à companhia permanente e muitas vezes mal-humorada do empresário de meia-idade em todas as locações.

— Isso não é nada bom. — Harry estava dizendo com um ar preocupado, correndo as mãos pelo que lhe restava de cabelo. — Você não pode chegar à cidade desse jeito, convidar a primeira garota que vê para sair e depois largar a coitada na mão.

Graham lhe lançou um olhar.

— É isso que o jornal está dizendo?

— Não. — Harry deu de ombros. — Mas as notícias correm.

— Não deixei ninguém na mão — explicou Graham. — Só aconteceu um mal-entendido...

— Essa não é a questão — interveio Harry, arrastando a cadeira para os dois ficarem frente a frente. — A questão é que supostamente você está com Olivia.

O olhar de Graham foi fuzilante.

— Estou?

— Numa cidadezinha dessas, com mais nenhuma garota na área por várias semanas a fio, todo mundo já concluiu que vocês dois iriam...

Ele ergueu uma das sobrancelhas.

— Iríamos o quê?

— Você vai ter que concordar que seria genial para promover o filme... e bom para sua imagem também — acrescentou Harry, ignorando a expressão de Graham. — Sua carreira está num ponto decisivo. O próximo projeto, a próxima namorada... tudo isso são elementos importantes. E nem adianta me olhar desse jeito. É para isso que você me paga uma grana alta, para eu lhe dar esse tipo de conselho. E, para irmos além, precisamos avançar com todo cuidado, está entendendo? — Ele fez uma pausa, jogando as mãos para o alto. — Além do mais, estamos falando de *Olivia Brooks*, pelo amor de Deus. Não é como se eu estivesse mandando você dormir com uma baranga.

— Você não tem o direito de escolher com quem eu durmo ou deixo de dormir — falou Graham, levantando-se da cadeira.

— Não foi isso que eu quis dizer. É só que... Bem, você podia pelo menos experimentar, não podia?

Graham foi até a janelinha na parte de trás do trailer, a qual dava para o set de filmagem. As câmeras já estavam posicionadas, e o diretor — um cara jovem chamado Mick, que despontara como o queridinho do circuito independente e mais tarde surpreendera a todos conseguindo uma indicação para o Oscar — zanzava de um lado a outro seguido de perto por uma trupe barulhenta de assistentes de produção. Logo Graham seria chamado para correr rua abaixo atrás de Olivia, tomá-la nos braços e lhe dar um beijo apaixonado na boca. E não só uma única vez, mas provavelmente umas dezoito a vinte vezes seguidas.

— *Existem* outras garotas na cidade, sabe — disse ele, sem se virar. — Só porque aqui não é Nova York nem Los Angeles, não quer dizer que não existam pessoas interessantes.

— É claro — zombou Harry. — Tenho certeza de que ela era uma graça de menina.

Graham sorriu ao se lembrar da expressão de Ellie quando ela o viu sob a luz fraca da varanda, mas então se deu conta de que o empresário estava falando de Quinn. Antes que pudesse responder qualquer coisa, alguém bateu à porta e ambos se voltaram para ela.

— Cinco minutos, Sr. Larkin — disse alguém, e Graham respirou fundo.

Por mais que já tivesse feito isso um monte de vezes, por mais que tivesse se preparado bem, aquele era o momento em que invariavelmente sentia o estômago revirando. Ultimamente, ser ele mesmo tinha ganhado o status de uma forma de arte e passara a exigir certo esforço também. Num determinado sentido, vinha sendo mais complicado assumir a postura esperada no set do que mergulhar no personagem, um garoto cujo pai havia acabado de morrer num acidente trágico de barco e que se flagrava nutrindo sentimentos ambíguos pela menina que testemunhara o ocorrido.

Sem mais nenhuma palavra, Graham passou por Harry e saiu do trailer, sentindo o ar pesado de maresia antes de descer as escadas ao encontro do assistente que, com um *headset* encaixado na cabeça e uma prancheta na mão, esperava para escoltá-lo ao longo dos 3,50 metros que o separavam de sua marcação de cena, como se fosse possível ele se perder no caminho ou algo assim. Graham já estava acostumado a esse tipo de coisa: algumas vezes era tratado como um deus, e, em outras, como uma criança de 4 anos.

A cena já tinha sido ensaiada, e agora o diretor o recebia com algumas observações de última hora. A filmagem não seguia a ordem cronológica, então a cena de hoje na verdade seria uma das últimas da história, quando o personagem conseguia sair do estado de torpor e finalmente enxergar aquilo que estivera à sua frente o tempo todo. Erguendo os olhos, Graham deu de cara justamente com o "aquilo" em questão, trajando uma saia jeans absurdamente curta e um sutiã de biquíni vermelho.

— E aí? — disse Olivia, com um sorrisinho afetado. Os compridos cabelos louros estavam presos num rabo de cavalo desfiado que provavelmente devia ter consumido horas de trabalho da equipe para ganhar aquele ar perfeitamente casual, e a maquiagem estava bem leve, para parecer que ela estava de cara lavada. — Soube que você está curtindo a cidade.

— Só fui dar uma conferida na culinária local — disse ele, tentando manter a voz suave.

Olivia era inegavelmente linda, mas alguma coisa nela deixava Graham irritado. A garota já fazia parte da máquina de Hollywood havia muitos anos, tinha começado a carreira como revelação mirim de um famoso seriado de drama médico, e a verdade era que isso ficava bem aparente. Eles haviam se conhecido alguns anos antes na festa de lançamento de um dos filmes de Olivia, e, quando foram apresentados, ela mal lhe dera atenção, lançando um olhar arrogante enquanto acendia um cigarro, afastando-se em seguida para ficar perto de alguém muito mais famoso. Isso tinha sido antes do primeiro filme da série *Top Hat* estrear nos cinemas, e, pela maneira como ela o tratava agora, Graham desconfiava de que Olivia nem se lembrasse mais daquela noite. No entanto, a julgar pelo que as pessoas falavam a seu respeito, não eram poucas as noites que acabavam deletadas da memória de Olivia, afinal.

A rua principal tinha sido inteiramente fechada para a filmagem. Lá do outro lado, Graham via a fachada da sorveteria, fato que o levava a se perguntar se Ellie estaria lá dentro agora. Muitos de seus fãs se acotovelavam em ambos os lados da rua, espremidos atrás de cercadinhos de metal, todos com as câmeras a postos, tirando fotos e fazendo vídeos enquanto alguns seguranças corpulentos zanzavam de um lado a outro diante deles.

Graham remexeu os dedos e pigarreou. Ele gostava das tomadas ao ar livre — a iluminação do estúdio nunca ficava igual à luz natural —, mas naquele dia a presença das pessoas era um foco de tensão a mais. Quando começara a atuar, fora desconcertante descobrir que as cenas muitas vezes eram feitas fora da ordem cronológica, e eis o motivo para o choque inicial: parecia impossível conseguir o clima ideal para o grande beijo sem que nenhum dos momentos que conduziriam a ele tivessem sido explorados ainda. Simplesmente não era assim que as coisas aconteciam na vida real, e Graham estava sentindo falta de um certo clima prévio de rufar de tambores.

Ainda assim, ele sabia que a maior parte dos caras de sua idade daria qualquer coisa para beijar Olivia Brooks; e ele estava ali sendo pago — muito bem pago — para isso.

Naquele momento, Olivia estava discutindo algo com o assistente de direção no canto oposto do set, e Graham dava alguns pulinhos para tentar acalmar a mente enquanto aguardava. A figurinista apareceu e estendeu a mão, e ele levou um instante para se dar conta de que a moça estava esperando que ele tirasse a camiseta. Quando passou a gola pela cabeça e ouviu os gritinhos agudos da multidão, não conseguiu deixar de rir, mesmo enquanto outra pessoa lhe ajeitava os cabelos com um pente. Ele deu mais uma olhadinha para as pessoas atrás da cerca, torcendo para que Ellie não estivesse ali vendo aquilo, embora já desconfiasse que aquele seria o último lugar onde a encontraria.

Quando enfim chegou a hora de começar, Graham tomou fôlego. Teria que correr rua abaixo, enlaçar Olivia pela cintura e meio que erguer o corpo dela do chão enquanto os dois estivessem se beijando. Para ser sincero, a cena lhe parecera mais acrobática que propriamente realista, e, durante o ensaio, as coisas não tinham corrido muito bem. Não que ele houvesse tido qualquer problema para erguê-la, mas o impulso do movimento, somado ao giro do corpo de ambos, fazia com que sua boca acabasse errando o alvo do beijo, e, por duas vezes, seus lábios foram parar no pescoço de Olivia.

— Ei, isto aqui não é *Crepúsculo*! — Fora o comentário afiado dela.

Agora ele estava pronto para sair correndo, e, assim que o diretor deu o grito "Ação!", seus pés começaram a avançar velozmente pela rua.

Antes de abandonar o colégio, Graham tinha sido centroavante do time de futebol e estava achando bem divertida essa parte de ter que correr sentindo a maresia entrar nos pulmões, os músculos se estirando, as solas dos chinelos de borracha batendo no calçamento. Um carro azul guiado por um dublê saiu da vaga onde estava, e Graham deu um meio pulo para o lado para se desviar dele, mas assim que o fez a tira do chinelo arrebentou e acabou provocando um tropeço.

O diretor disse "Corta!", e as cabeças dos cinegrafistas surgiram de trás de suas caixas pretas imensas. Enquanto o motorista-dublê manobrava o carro de volta para a marcação inicial e Olivia soltava um suspiro lá no final da rua, um assistente surgia correndo com um novo pé de chinelo, prontamente calçado por Graham. Ele ficou imaginando quantos chinelos o pessoal do figurino devia ter; seria interessante saber a parcela do orçamento de um filme destinada aos chinelos sobressalentes.

Na segunda tomada, ele conseguiu correr até onde Olivia estava e até acertar o beijo no lugar exato, mas, quando voltou a erguer os olhos, deu de cara com a testa franzida do diretor.

— O sentimento que vi nisso aí foi... nulo — disse ele. — No máximo iria conseguir arrancar bocejos do público. Vamos nos empenhar um pouquinho mais, pode ser?

Graham lançou um olhar de relance para a multidão junto aos cercadinhos, imaginando se era o caso de sentir-se constrangido por causa daquela afronta tão direta aos seus dotes beijoqueiros. Na tentativa seguinte, Graham achou que tinha se saído bem melhor, mas a crítica foi igualmente implacável:

— Tédio puro — queixou-se o diretor. — Será que a gente não consegue melhorar essa química?

Graham trincou os dentes. O sujeito podia ser um gênio, mas tinha aquele hábito irritante de ficar dizendo "nós" e "a gente" quando na verdade queria dizer "você", e, de qualquer maneira, a química entre duas pessoas não era uma coisa que nascia assim, do nada: ou existia ou não existia, e simplesmente não havia química nenhuma entre Graham e Olivia. Fora que, por algum motivo intrigante, embora o tal beijo envolvesse a participação de duas pessoas, Graham era o único levando sermão atrás de sermão. Apesar disso, ele assentiu docilmente e tratou de se preparar para uma nova tentativa.

Que pelo visto funcionou igualmente mal.

Enquanto estava lá parado ouvindo Mick discursar sobre a paixão, a beleza e o verdadeiro significado do amor, os olhos de Graham vagaram para além das câmeras, da multidão e dos seguranças, pousando no local exato onde uma garota de cabelos ruivos atravessava a praça da cidade.

— Precisamos passar verdade na coisa — disse Mick; então estendeu a mão e deu um soquinho de leve no peito de Graham. — Eles têm que sentir tudo bem *aqui*.

— Hum, será que tem como você esperar um segundinho? — indagou ele, dando um passo para trás. — Só preciso de um intervalo rápido...

— Tudo bem — concordou Mick. — Ótimo. Exatamente. Vamos refletir um pouco sobre isso tudo, e, quando você voltar, quero que seja cheio de paixão. Certo?

Graham fez que sim, os olhos ainda pregados em Ellie.

— Certo.

Ele começou a andar do jeito mais casual possível, mas assim que passou pela barreira dos seguranças, desatou a correr. Mesmo estando plenamente ciente da quantidade de olhos colados às suas costas enquanto corria pelo quadrado de grama verde no centro da cidade, algo dentro dele parecia incapaz de se importar.

Ela estava caminhando depressa agora, o olhar apontado deliberadamente para a frente. Vestia uma saia jeans até parecida com a de Olivia, só que mais comprida, e uma camiseta de alcinhas preta. O cabelo ruivo estava preso num rabo de cavalo frouxo. Quando se aproximou, Graham notou os salpicos de sardas espalhados pelos braços e pernas, e a pele clara sob a luz da manhã.

— Ellie — disse ele, quando já estava a poucos passos de distância, o nome saindo de maneira ofegante.

Ele parou para recuperar o fôlego quando ela se virou, nada surpresa por vê-lo ali. Os olhos dela procuraram rapidamente pelo set de filmagens, montado a uns cem metros para trás de onde eles estavam, e ela deu uns passos para a esquerda até ficar atrás de um gazebo. Depois de uma breve hesitação, Graham a acompanhou.

— Oi — cumprimentou ele, o coração ainda acelerado.
— Tudo bem com você?

Ela sorriu.

— Você foi dar um mergulho?

Ele sacudiu a cabeça, confuso, e então se deu conta de que estava vestindo só a bermuda de surfe.

— Não — respondeu, sentindo um constrangimento repentino. — Isto aqui é do figurino. A gente está no meio da filmagem.

Ellie assentiu.

— E então o que você está fazendo aqui?

— Eu quis dar um "oi" para você.

Ela sorriu.

— Bom dia.

— *Olá, dona* — respondeu ele, também sorrindo.

Os olhos dela eram muito verdes, e ele sentiu as próprias bochechas corarem repentina e atipicamente quando ficou sob a mira deles.

— Você está indo para o trabalho?

Ela fez que sim.

— E o que vai fazer depois?

— Por quê, você está querendo me chamar para jantar no Lobster Pot?

Graham ia começar a responder quando notou que era brincadeira dela.

— Eu estava pensando que seria legal esbarrar em você por aí.

Ela sorriu.

— Bom, essa é a vantagem das cidades pequenas.

Antes de Graham falar mais alguma coisa, ela lhe deu as costas e foi embora, cruzando a grama numa velocidade surpreendente. A rapidez da coisa toda foi incrível, e, para Graham, só restou ficar observando-a se afastar e torcer para que se virasse para fitá-lo ao menos uma vez. Mas isso não aconteceu, e só quando Ellie chegou à porta de uma loja pintada de azul ele se deu conta do que tinha disparado aquela reação. Atrás dele, um grupo de fotógrafos se aproximava apressadamente, todos tropeçando na grama irregular enquanto disputavam para ver quem chegava primeiro.

Quando o líder da manada finalmente se aproximou, pousou a bolsa da câmera no chão, ofegante.

— Quem era aquela?

Graham simplesmente deu de ombros enquanto o sujeito clicava algumas imagens despretensiosas dele sozinho de pé no gramado.

Logo depois, quando Graham retornou ao set, Mick ergueu os olhos de suas anotações e apagou o cigarro, as sobrancelhas erguidas.

— E aí? — indagou ele. — Estamos mais inspirados agora?

Graham abriu um sorriso.

— Sim — respondeu. — Agora estamos.

De: GDL824@yahoo.com
Data: Segunda-feira, 10 de junho de 2013 10:22
Para: EONeill22@hotmail.com
Assunto: hoje à tarde

Ellie!

(Apenas um cumprimento à moda russa, já que agora sei seu nome.)

Minha filmagem termina hoje às 4 da tarde. Topa ir atrás de um *whoopie pie* legítimo?

Beijos,
Graham!

7

Dentro da loja, o sinal do celular era muito irregular, isso quando existia algum, e então Ellie passou a manhã entre a caixa registradora e o velho computador de mesa que ficava atrás do balcão, grata pelo fato de a mãe não ter chegado ainda para começar a metralhar um monte de perguntas. Na noite anterior, tinha explicado a visita de Graham dizendo que ele fora atrás de Quinn, e, pela manhã, escapara da mãe se levantando mais cedo e saindo para abrir a loja antes.

A verdade era que Ellie não sabia muito bem o que dizer, e não tinha noção nem mesmo do que sentia em relação àquela história. Só sabia de uma coisa: na sexta vez em que se sentou diante do computador desde o início daquela manhã, já estava desesperada para ver aquele endereço de e-mail tão familiar surgir na tela.

O fato de ela ter acabado de topar com ele de surpresa na praça não fazia diferença. E também não fazia diferença que agora soubesse quem ele era. Nem mesmo o fato de ele ser Graham Larkin, dentre todas as pessoas no mundo. Havia mais de três meses, aquele era o momento do dia que ela sempre aguardava com mais expectativa do que qualquer outra coisa: aquele segundinho no qual prendia o fôlego enquanto a página terminava de carregar, trazendo consigo a promessa de uma nova mensagem. Aquela pequena sequência de letras e números em negrito — GDL824@yahoo.com — tinha o poder de fazer o coração dela bater mais acelerado.

E agora era como se seu cérebro tivesse se partido em dois. Metade compreendia que a pessoa com quem trocava mensagens estava ali perto, na mesma cidade. Mas a outra ainda não conseguia se desapegar da ideia geral que tinha montado a respeito dele, a do desconhecido misterioso e acolhedor com quem podia se abrir sobre qualquer assunto. A presença inesperada dele mexera muito com ela, e até mesmo na hora em que viu a chegada de um novo e-mail — com um ligeiro arrepio de expectativa —, uma sensação desconcertante continuava. Era como falar por telefone com alguém que estivesse do outro lado no mesmo cômodo: ainda que você consiga ver os lábios da pessoa articulando enquanto ouve as palavras, o cérebro tem dificuldade para concatenar que ambas as ações na verdade são uma só.

A mensagem era mesmo a cara dele: inteligente, doce, com uma pitada de humor. E dizia que estava querendo vê-la outra vez. Ellie fechou os olhos e deixou os dedos pairarem no teclado por um instante. Quando voltou a abri-los, clicou no botão "responder" e ficou pensando em todos os motivos que tinha para recusar.

O único problema era sua vontade de aceitar.

Sinto muito, começou a digitar bem devagar, uma tecla de cada vez. Depois voltou a apagar letra por letra e se recostou na cadeira com um suspiro. A maioria das garotas daria pulos de alegria caso descobrisse que vinham trocando mensagens por meses com um astro do cinema. Mas, para Ellie, a descoberta parecia uma tremenda injustiça. Não havia nada que quisesse mais que passar a tarde na companhia de GDL824. Só não tinha essa mesma certeza com relação a Graham Larkin.

Ainda estava encarando a tela quando a porta da loja se abriu com um estrondo, e foi só o tempo de Ellie fechar a janela do navegador antes de Quinn chegar ao balcão, ofegante. Na noite anterior, depois que Graham tinha ido embora, a amiga lhe enviara uma mensagem de texto onde se lia apenas: *!!!* Para Ellie, foi impossível decifrar se as exclamaçõezinhas na tela eram sinal de empolgação ou de raiva, ou de algum outro sentimento entre uma coisa e outra.

Resolvera então não escrever nada de volta, por mais que estivesse louca para bater um bom papo com a melhor amiga sobre toda aquela história — totalmente inacreditável, absurda e improvável — na qual o sujeito aleatório da Califórnia com quem ela vinha trocando mensagens na verdade era Graham Larkin.

Quinn apoiou o corpo no balcão, a respiração pesada.

— Estou atrasada para o trabalho na sorveteria — disse, tossindo um pouco. — Mas acho que a gente tem muita coisa para conversar...

— Eu sei — falou Ellie, servindo para a amiga um copo da limonada que ficava numa jarra no balcão, para oferecer aos clientes. Daí engoliu em seco, notando o nervosismo que brotou dentro de si quando precisou encarar os olhos de Quinn. Ontem mesmo ela havia ajudado a amiga a se arrumar para seu grande encontro, sabendo que a outra estava animada e cheia de expectativa. Mas aí aquela série de reviravoltas do destino tinha levado Graham a encerrar a noite na porta de sua casa, e Ellie estava se sentindo péssima por ter estragado os planos da amiga, ainda que involuntariamente. — Olhe, se eu tivesse desconfiado que era ele...

Mas Quinn simplesmente balançou a cabeça.

— Não estou preocupada com isso — disse. — Quero dizer, não que não fosse ser divertido ter um casinho de verão com um cara famoso, e não que esteja sendo fácil para mim imaginar você e Graham Larkin juntos, mas...

Ellie se preparou para o tranco.

— Mas?

— Não acredito que você não me contou nada — censurou Quinn, genuinamente magoada. — Ficou de segredo comigo esse tempo todo? Achei que a gente contasse tudo uma para a outra.

— A gente conta — falou Ellie, baixando os olhos. — De verdade. Foi só que...

As badaladas do relógio da cidade cortaram a frase com uma série de pancadas graves, e Quinn xingou, baixinho.

— Preciso ir — falou. — Nossa conversa fica para mais tarde.

— Tá bem — concordou Ellie, sentindo a culpa corar suas bochechas. — Eu juro que vou explicar...

— Acho bom mesmo — disse Quinn, e para alívio da amiga, abriu um sorrisinho. — Senão eu não conto como *minha* noite acabou.

— O que aconteceu?

— Nada de mais — zombou ela, erguendo as sobrancelhas. — Só que Devon Alexander me beijou.

Ellie ficou boquiaberta.

— E como foi que *isso* aconteceu?

— Depois que Graham saiu para ir atrás de você, Devon acabou jantando comigo, e acho que se compadeceu de minha situação de garota largada no meio do encontro, então ele foi muito fofo, resolveu me acompanhar até em casa depois, e a coisa acabou rolando. — Quinn estava balançando a cabeça, embora fosse difícil saber se era só de espanto ou descrença mesmo. Todo mundo sabia que Devon era louco por ela desde a 2ª série, mas Quinn nunca demonstrara o menor interesse por ele; aliás, para ignorá-lo, ela costumava gastar a mesma quantidade de energia que ele gastava correndo atrás dela. — E, se você quer saber, nem foi tão ruim assim.

— Nem foi tão ruim assim? — ecoou Ellie, e dessa vez Quinn abriu um sorriso de verdade.

— Tá, tudo bem — admitiu ela. — Foi bem bom. Dá pra acreditar nisso?

Ellie riu.

— Não, não dá.

— E você?

— O que é que tem?

— Você e Graham Larkin, rolou beijo?

Ela riu de novo.

— Você não estava atrasada para o trabalho?

— É — disse Quinn, dando uma olhada no relógio do pulso. — Preciso mesmo ir. Mas vou querer saber de tudo, hein? Te ligo mais tarde. — Ela bebeu o resto da limonada e correu para a porta. Antes de sair, porém, virou o corpo outra vez. — Ei, El? — chamou. — Não vá bancar a esquisita dessa vez, hein?

— Como assim? — perguntou Ellie, a testa franzida.

— Ele é um cara legal de verdade. E obviamente está gostando de você. Então você podia sair da toca só dessa vez.

— Eu não... — começou a protestar, mas a porta foi fechada antes que a frase chegasse ao fim.

Ellie ficou parada ali por um instante, em meio ao silêncio da loja vazia, pensando em Graham, e em Devon e em Quinn, e no quanto aquilo tudo era improvável. Depois, voltou a encarar a tela do computador e mordiscou o lábio de leve.

Dessa vez, os dedos pareceram ganhar vida própria.

Tá bem, digitou, só para ver como seria.

A porta voltou a ser aberta, e mais uma vez Ellie saiu da página de seu e-mail com um clique enquanto uma família de turistas entrava na loja. Ela ofereceu o melhor sorriso de boas-vindas que conseguiu, mas eles logo se distraíram com os barris cheios de brinquedos de praia que ficavam perto da porta. Os dois garotos pegaram macarrões de espuma e começaram a duelar entre si enquanto a mãe tentava arrancar-lhes as espadas improvisadas, mas foi a menorzinha das crianças que chamou a atenção de Ellie: uma menina loura de no máximo 4 anos.

Enquanto a mãe controlava os meninos, o pai a levava pela mão para junto dos cartões-postais, agachando ao seu lado para mostrar as diversas imagens das fotos. O rosto da menina era sério enquanto ia pegando um cartão atrás do outro, os dedinhos nas bordas, observando as imagens com os olhos arregalados.

Vendo os dois juntos, Ellie não conseguiu fugir do pensamento que sempre tomava conta de sua cabeça diante de cenas do tipo, por mais mesquinho e invejoso que fosse: aquela menininha nunca iria conseguir guardar aquele momento na memória. As lembranças da infância eram como a bagagem nas viagens de avião: não importava a distância a ser viajada ou a duração dela, cada pessoa só tinha direito de levar duas malas. E ainda que nessas malas coubessem algumas recordações indistintas — uma lanchonete com uma *jukebox* na mesa, ser empurrada num balanço de pracinha, a sensação de alguém levantando seu corpo e girando-o no ar — tais momentos nunca seriam suficientes parar durar uma vida inteira.

Ainda assim, e mesmo que aquele momento em especial não ficasse guardado, sem dúvida a garotinha teria mais lembranças do pai do que Ellie, que só contava com um mesmo bocado de recordações que ia se repetindo todas as vezes. Recordações que agora, depois de tantos anos, já estavam todas meio gastas e borradas, como folhas de papel dobradas e redobradas tantas vezes que começavam a ser confundidas com farrapos.

Na época em que conhecera a mãe dela, o pai de Ellie era um parlamentar no exercício do primeiro mandato e um nome em ascensão no Partido Republicano. Ela era garçonete na lanchonete preferida dele, e todas as manhãs o aguardava com um prato de panquecas e o café já pronto para ser servido. À medida que o tempo passava, os pedidos iam abrindo caminho para conversas de verdade, as quais logo se transformaram num flerte, que foi evoluindo... até que um dia ela se descobrira grávida de Ellie.

O único problema era que o pai dela já era casado.

Todo segredo sempre acaba vazando. Mas esse, as duas até que conseguiram manter escondido durante quatro anos. A mãe sempre se recusara a aceitar qualquer dinheiro dele, e só permitia que fizesse visitas muito esporádicas à filha. Durante tais visitas, conforme mais tarde ela mesma contaria a Ellie, Paul Whitman despia seu paletó elegante e sentava-se no piso ordinário do apartamento mais ordinário ainda para passar uma ou duas horas brincando com a filha — sem praticamente trocar palavra alguma com a mãe da menina — e então, quando o tempo acabava, ele voltava a se levantar, dava um beijo na testa de Ellie, tentava mais uma vez, em vão, deixar um cheque com a mãe dela e ia embora.

E o arranjo entre eles poderia ter continuado desse jeito por mais tempo se ele não fosse um político e se seu nome não estivesse começando a ser cogitado como futuro candidato à presidência. Mas, sendo assim, a imprensa foi ficando cada vez mais interessada nele, principalmente depois que anunciou a decisão de concorrer a uma vaga no Senado. Ellie estava com 4 anos quando sua história veio à tona; e quando todo o restante afundou por causa disso.

Durante três meses, a mãe dela tentou resistir bravamente. Durante três meses, foi cercada pela imprensa, perseguida por câmeras por toda parte, importunada por repórteres e metralhada com perguntas. As fotos da época, que Ellie encontrara na internet, mostravam uma versão mais jovem de sua mãe escondida por óculos bem escuros. Em todas, ela estava com Ellie enganchada no quadril, afundando o rosto da menina em seu casaco para protegê-la do espocar incessante dos flashes.

Havia um milhão de motivos para elas irem embora de Washington. Mesmo assim, não fora intenção da mãe dela fazer a coisa toda em segredo. No início, a ideia era simplesmente se afastar de tudo até o fim daquele verão, e foi por isso que a mãe de Ellie alugou a casinha em Henley, o lugarejo que a menina se lembrava de ter visitado uma vez quando pequena. No entanto a mãe contara a Ellie que, após chegar ali, a tranquilidade do lugar lhe deu uma onda de alívio muito poderosa. Nuvens corriam pelo céu projetando sombras na água, e havia um sujeito tocando violão na praça central da cidade. Tudo aquilo lhe pareceu tão distante do agito de Washington, com seus escândalos e seus políticos cheios de lábia, e distante principalmente do pai de sua filha, que desde que o caso entre eles veio à tona só sabia responder a todas as perguntas dos repórteres usando três palavras: "Nada a declarar."

E no momento em que a primeira pessoa se aproximou para cumprimentá-la na sorveteria, dizendo o próprio nome e aguardando a resposta — aparentemente sem fazer a menor ideia dos boatos que pesavam sobre os ombros daquela jovem mãe na capital —, o nome verdadeiro dela, *Margaret Lawson*, acabou ficando emperrado na garganta.

Margaret Lawson era uma garçonete de 24 anos nascida em Vermont que tinha ido para Washington com planos de mudar o mundo, de salvar o meio ambiente e deixar sua marca na cidade. Em vez disso, terminara servindo café a clientes engravatados para pagar o aluguel. Não tinha pais, nem parentes ou raízes. Alguém que vira seu nome aparecer estampado nas capas de uma dúzia de revistas diferentes, alguém sem a menor vocação para estar na mira dos holofotes. Ela havia cometido o pior erro de todos, ainda que esse erro tivesse lhe rendido a melhor coisa do mundo.

Margaret Lawson não cabia naquela cidade nova, naquela vida nova. E, portanto, o que acabou saindo da boca da mãe de Ellie ali na sorveteria foi um apelido de infância que tinha ficado esquecido num canto durante muitos anos, juntamente ao sobrenome de solteira.

— Maggie O'Neill — respondera ela, estendendo a mão para retribuir o cumprimento.

E foi assim que Margaret Lawson simplesmente sumiu do mapa, levando também Eleanor Lawson.

As duas raramente tocavam nesse assunto agora. Mas, mesmo assim, ele continuava ali, pairando, sempre que elas tratavam de trocar o canal da TV depressa demais na hora do noticiário, sempre que o jornal era jogado na porta com um baque surdo todas as manhãs, trazendo consigo as notícias do mundo da política. E continuava ali principalmente quando elas conversavam sobre dinheiro, ou sobre a faculdade, sobre todas as coisas que seriam muito mais fáceis na vida da menina caso ela ainda fosse Eleanor Lawson, ou mesmo Eleanor Whitman, em vez de apenas Ellie O'Neill.

Atualmente seu pai era um senador eleito, além de um dos nomes mais cotados para candidato à presidência pelo Partido Republicano. O escândalo acabara esfriando com o passar do tempo, como sempre parece acontecer com todos os escândalos. No entanto, em todos os artigos, posts em blogs ou reportagens sobre o assunto, ainda restava uma ressalva mencionando seu suposto caso amoroso com a garçonete, mesmo depois de todos aqueles anos. Em alguns casos, havia também menções à suposta filha ilegítima, mas quase sempre tais informações ficavam perdidas no contexto geral. As pessoas pareciam mais interessadas na família de verdade do senador: a esposa, que havia perdoado magnanimamente seu deslize, e os dois filhos do casal — o mais velho, com um ano a mais do que Ellie, e o caçula, com um ano a menos —, ambos louros como a mãe e sempre fazendo alguma atividade na companhia do pai; os três homens da família estavam sempre caçando, acampando ou em alguma pescaria.

Sem dúvida eles estavam habituados a frequentar restaurantes chiques, não bares de pescadores, e provavelmente estudavam em alguma escola particular, dessas cheias de frescuras que exigem uniforme completo, em vez de frequentarem à escola pública repleta de problemas orçamentários. E eles provavelmente não hesitariam em pedir dinheiro ao pai para pagar um curso de verão sobre poesia. Embora na maior parte do tempo Ellie não conseguisse nem imaginar a possibilidade de trocar a vida que levava por tudo aquilo — nem mesmo se tivesse escolha — de vez em quando lhe parecia meio injusto perceber que nunca teria chance de saber como era ser filha de Paul Whitman.

Ellie nunca ficara sabendo se ele chegara a buscar notícia das duas alguma vez. Ela procurava não pensar no fato de que um homem como ele não teria muita dificuldade para encontrá-las caso realmente quisesse fazê-lo, e que ele poderia manter contato, ligar de vez em quando, enviar cartões de aniversário ou usar algum outro recurso para marcar a passagem dos anos. Ellie não sabia se a culpa era dele ou da mãe dela; talvez ele pensasse nas duas, ou talvez não se lembrasse delas nunca; talvez sentisse saudades às vezes ou talvez os artigos fossem verdadeiros: elas não passavam de uma nota de rodapé na vida do senador.

Ellie ficou olhando enquanto a garotinha entregava ao pai um postal com a foto do sol nascendo sobre o mar. Àquela altura, a mãe já havia conseguido levar os dois garotos porta afora e estava na calçada chamando a dupla que ficara na loja. O pai deu de ombros com um ar de "não posso fazer nada", e o queixo da menininha começou a tremer quando ela apertou o cartão-postal contra o peito.

— Ela pode levar o cartão de graça se quiser. — Ellie se ouviu dizendo, e o homem girou o corpo com um ar surpreso.

A filha abriu um sorriso radiante para ele antes de saltitar para a rua, levando o cartão consigo, num momento que talvez só fosse ficar impresso na memória dela até a próxima esquina, ou mesmo até o fim daquela viagem, mas que, com um pouco de sorte, poderia ficar impresso em seu coração por mais tempo que isso.

Depois que os dois foram embora, Ellie voltou a se concentrar no computador.

Nãou vou poder ir, escreveu ela a Graham. *Desculpe.*

Depois de enviar a mensagem, ficou sentada lá esperando.

Nove minutos depois, veio a resposta dele: *Então vou sozinho nessa jornada e, mais tarde, levarei um* whoopie pie *para você.*

Ellie não conseguiu evitar o sorriso ao pensar na ideia de Graham aparecendo na porta de sua casa outra vez, mas depois mordeu o lábio e encarou o teclado. *Mais tarde acho que também não poderei*, escreveu, parando para pensar um pouquinho antes de acrescentar: *E, além do mais, continuo sem fazer a menor ideia do que seja um* whoopie pie...

Nem bem um minuto se passou e ela ouviu um "plim", então o nome dele surgiu na tela outra vez. *Então vem comigo que a gente descobre.*

Ellie hesitou. *Sem câmeras?*

Um minuto se passou, depois outro, mas a sensação era de uma eternidade. Até que finalmente o e-mail chegou: *Sem câmeras.*

Dessa vez, ela não esperou. *Eu topo*, escreveu, antes que pudesse mudar de ideia.

E assim, cinco horas mais tarde, Ellie se flagrou descendo a ladeira comprida que dava para a praia da enseada, pensando se por acaso estaria fazendo uma bobagem. Ela sabia que existiam pontos-chave importantes nesse tipo de história, oportunidades para se pensar melhor nas coisas, chances de dar meia-volta antes de ser tarde demais. Mas, enquanto passava na porta da loja de iscas e pelo quiosque onde alugavam jet-skis, enquanto cruzava a extensão da praia principal da cidade e se embrenhava pelas árvores que ficavam ao final dela, tinha a impressão muito nítida de que naquele exato momento estava atropelando todos os sinais de alerta e que logo seria muito tarde para sequer desejar recuar.

Motivos não faltavam para não ir. Ele não demoraria a enjoar dela e partir para outra. Ele teria que voltar para casa dali a poucas semanas. Ele era famoso demais. Ele traria o segredo dela e da mãe à tona outra vez, só pelo fato de ser quem era. Ele esmagaria o coração de Ellie sem nem precisar se esforçar para isso.

Mas, movida por uma espécie de inércia, ela prosseguia, empurrando os galhos para abrir caminho na trilha até a enseada escondida, a terra sob os pés pouco a pouco dando lugar às pedras. Ela mal notava qualquer coisa, no entanto; caminhava pensando na expressão dele quando surgira em sua casa na noite anterior, e também em todas as palavras que tinham atravessado o país de uma ponta a outra, cada e-mail uma espécie de poema capaz de concentrar a melhor versão de ambos.

Vai ver se encontrar com ele agora ali em Henley fosse só um adendo àquela conversa de meses que havia se desenrolado entre eles. Se o tempo anterior ao momento em que as mensagens se cruzaram no ciberespaço fosse considerado uma espécie de prelúdio, então aquilo que estava acontecendo agora seria apenas o P.S.

P.S.: Oi, e aí?

P.S.: Valeu por ter vindo.

P.S.: Olha eu aqui.

À frente dela, a malha de árvores ia se abrindo e revelando uma enseada pequena, a água lambendo as pedras cor de ardósia. Ellie parou bruscamente ao notar que Graham já estava lá esperando, e tratou de continuar escondida no meio das árvores. Agachado, ele remexia em montinhos de pedras. Ellie o observou erguer uma delas, inclinando a cabeça, e, do lugar onde estava, conseguiu ver que a pedra tinha formato de um coração meio torto.

Ela se lembrou então de um e-mail que ele havia escrito poucas semanas antes. Os dois estavam conversando sobre as lembranças dos primeiros anos de escola, e ele confessou sempre ficar ansioso quando chegava a época das comemorações de São Valentim, em 14 de fevereiro, citando a dificuldade para recortar as cartolinas em formato de coração.

Os meus sempre ficavam parecendo umas bolotas cor-de-rosa disformes, dizia a mensagem dele.

Mas não é assim que são os corações de verdade no fim das contas?, fora a resposta de Ellie.

Agora, ela respirava bem fundo para se acalmar. Graham meio que virou o corpo, e, pelo ângulo do perfil que Ellie avistava, já dava para perceber que ele assumia um ar diferente ali na prainha, menos impressionante e mais familiar. Certamente ainda não era nada parecido com a imagem mental que ela havia criado para seu GDL824, mas também não era Graham Larkin na versão astro de cinema.

Naquele momento, ele era só Graham.

Ellie pensou na forma como os russos diriam — *Graham!* — e sentiu a bolota cor-de-rosa disforme em seu peito bater mais depressa. Então, de repente, ela se deu conta de que aquilo era um grito, uma surpresa e um choque de alegria, tudo ao mesmo tempo; era a coisa mais verdadeira que poderia existir, e, sendo assim, sem hesitar nem mais um minuto, ela saiu do meio das árvores para dizer seu cumprimento em voz alta.

De: GDL824@yahoo.com
Data: Segunda-feira, 10 de junho de 2013 16:24
Para: EONeill22@hotmail.com
Assunto: entre as gaivotas

Não consegui encontrar a pedra que você mencionou, mas acho que o lugar é esse mesmo. Só estamos eu e as gaivotas aqui, não vai ser difícil me achar...

(Procure pelo sujeito sem penas.)

8

Graham estava com a cabeça em outro planeta quando Ellie finalmente chegou à prainha da enseada. Tinha tentado repassar as falas para a cena do dia seguinte, quando filmaria o monólogo emocionado de seu personagem ao sair do funeral do pai diretamente para o local onde a morte dele acontecera, um velho barco de pescar lagostas chamado *Go Fish*. Mas hoje as palavras estavam lhe escapando, varridas para longe pelo vento que soprava do mar.

Então ele ficou remexendo nas pedrinhas lisas que cobriam a praia — tão diferentes da areia branca da Califórnia! — quando ouviu um som de passadas às suas costas. E tomou fôlego antes de dar meia-volta para ver quem era.

— Oi — falou, erguendo os olhos para encará-la por um instante, e depois desviando o olhar outra vez.

Por algum motivo, ele estava sentindo dificuldade de olhar diretamente para ela, embora quisesse fazer aquilo mais que qualquer coisa.

Tudo ao redor deles estava cinzento: as árvores, as pedras, o céu e até a água cor de ardósia do mar. E, no meio daquilo tudo, havia Ellie, os cabelos ruivos, a camiseta branca, a saia jeans e os chinelos de borracha. Era para ser a coisa mais comum do mundo — uma garota parada na praia —, mas, de algum modo, para Graham, era como estar encarando o próprio sol.

— Descobriu algum tesouro? — Quis saber ela, apontando com a cabeça para a pedra que estava na mão dele, e, quando estendeu a palma da mão para olhar direito o que havia capturado, Graham percebeu que tinha mesmo encontrado um.

A pedra, para sua surpresa, era no formato de um coração. Sentindo as bochechas esquentarem, ele a enfiou dentro do bolso enquanto sacudia a cabeça rapidamente. Se mostrasse a ela naquele momento, iria fazer papel de bobo. Ellie acharia que ele era como os personagens que interpretava nos filmes.

— Você quer caminhar um pouco? — indagou, em vez disso, a voz soando inadvertidamente rouca.

Ela fez que sim, e os dois começaram a descer juntos pela beira da praia, os pés escorregando nas pedras. Ninguém disse nada por um bom tempo, mas o silêncio pareceu confortável, e o barulho das ondas batendo sem parar providenciava a trilha sonora necessária. Ellie caminhava meio passo à frente dele, e Graham se perguntava para onde ela estaria guiando os dois. As pedras do chão estavam soltas e eram irregulares, e os pés dele seguiam tropeçando. Quando quase caiu para a frente mais uma vez, ele viu um esboço de sorriso surgir no rosto dela.

— Que lugar louco — comentou. — Como vocês podem chamar isto aqui de praia?

— Vai ver somos mais durões deste lado do país — comentou ela, sorrindo.

— Está chamando o povo da Califórnia de molenga?

— Não — respondeu. — Estou só chamando *você* de molenga.

Graham riu.

— Tá certo — falou. — Mas quando vamos chegar à terra firme?

Ellie apontou, e, lá na frente, ele avistou a faixa estreita de uma trilha que inclinava por um barranco, chegando ao outro lado da praia. Eles passaram por ela e se embrenharam no meio das árvores mais uma vez, baixando a cabeça para se desviarem dos galhos, e em questão de minutos saíram numa estradinha tranquila.

— Você está planejando me assassinar? — indagou Graham, correndo os olhos pelo asfalto castigado da pista e pelas árvores que balançavam ao vento.

— Só se você continuar fazendo esse monte de perguntas — disse ela, quando os dois começaram a caminhar pelo cascalho da beira da estrada.

— Falando sério agora: para onde a gente está indo?

Ellie o fitou de soslaio.

— Nós temos uma missão a cumprir — falou, como se fosse uma coisa óbvia.

— Uma missão — repetiu ele. — Gostei disso.

— Tipo a Dorothy de *O mágico de Oz* tentando achar o caminho de volta para casa.

— Ou Ahab de *Moby Dick* procurando pela baleia branca.

— Exatamente — concordou ela. — Só que estamos na caçada das tais *whoopie pies.*

— Arrá! — fez Graham, com um ar satisfeito. — Então consegui convencer você.

Ela sacudiu a cabeça.

— Conseguiu nada. Mas, se existe algum lugar por aqui que venda esse suposto doce típico, é para lá que estamos indo.

Graham já estava prestes a perguntar que lugar seria aquele quando a estrada se bifurcou, ficando abruptamente mais movimentada. Então ele viu fileiras de edifícios margeando a pista mais adiante: uma loja de suprimentos para casa e jardim, o escritório de uma imobiliária, uma concessionária de carros usados e, bem no meio daquilo tudo, uma fachada mais cor-de-rosa que qualquer coisa que já vira. O pátio em volta estava repleto de mesas de jardim, cada uma com um guarda-sol verde-limão espetado no meio. E, empoleirada no telhado, via-se uma casquinha de sorvete de baunilha gigante usando óculos escuros.

— O Ice Cream and Candy Emporium — anunciou Ellie, fazendo um gesto pomposo para a loja.

— O nome disso não é concorrência?

— Nós estamos em pleno verão no Maine — explicou ela. — Clientes é o que não faltam para encher os dois lugares, pode acreditar em mim.

— Estou ficando tenso — brincou Graham, enquanto eles atravessavam o estacionamento. — E se eles não venderem *whoopie pies* aí?

— Duvido muito que vendam. — Foi a resposta dela. — Já lhe disse que esse negócio de *whoopie pie* não existe.

— Existe, sim — retrucou ele. — E é o doce típico do estado do Maine.

— Isso é você quem está dizendo.

Graham parou junto à porta.

— Quanto você quer apostar, então? — indagou ele, mas, pela mudança na expressão dela e desaparecimento do sorriso, logo notou que tinha falado a coisa errada. — Não precisa ser dinheiro — emendou, depressa. — Só vamos ver quem ganha essa.

E então o rosto de Ellie relaxou outra vez, para grande alívio de Graham. Ele se lembrou de uma mensagem que ela havia lhe mandado meses antes, pouco depois de os dois terem começado a se falar, sobre ter sido selecionada para um curso de verão de poesia que estava louca para fazer.

E não é só ir e pronto?, escrevera de volta, mas, logo depois de enviar a mensagem, se dera conta de qual seria a resposta óbvia e sentiu o rosto arder enquanto estava sentado à escrivaninha de sua casa espaçosa, desejando poder retirar o que dissera.

E a resposta veio depressa:

Não tenho dinheiro para participar, escrevera. *Esse não é o pior motivo que você já ouviu em sua vida? Mas tenho que dar um jeito de arrumar essa grana, porque vou passar o resto da vida me odiando se perder essa chance por causa de uma coisa tão idiota feito dinheiro.*

Ela presumira que ele entenderia seu lado facilmente, Graham se deu conta, afinal era um garoto de 17 anos. Qual jovem de 17 anos não sofre com falta de grana? Ele nem se lembrava mais de sua resposta na ocasião, mas se pegou imaginando agora qual teria sido o desfecho da tal história, se ela havia arrumado o dinheiro para fazer o tal curso afinal. Ele esperava que sim.

Eis aí uma coisa estranha de se fazer: tentar relacionar aquelas conversas etéreas à garota que estava diante dele agora, espetar os detalhes recolhidos ao longo de tantos meses como se fossem buttons numa camiseta.

Ellie continuava olhando para ele com as sobrancelhas erguidas.

— Mas vamos apostar o quê? — perguntou ela, e Graham ficou pensando por um instante.

— Se tiver algum *whoopie pie* aí dentro, você vai ter que jantar comigo hoje à noite.

— Isso não seria exatamente um castigo — retrucou ela. — Eu já estava pensando num jeito de fazer você me convidar, de qualquer maneira.

Graham não conseguiu evitar um sorriso. E começou a listar mentalmente as garotas com quem tinha saído nos últimos anos, aquelas que ficavam ao lado do telefone esperando sua ligação, que emburravam quando ele não telefonava. As garotas que até pareciam normais quando eles se conheciam na academia ou no mercado, mas que acabavam sempre usando maquiagem demais ou saltos inacreditavelmente altos no dia do encontro. Ele ficou pensando no jeito como elas concordavam com tudo que ele dizia e riam de coisas que não tinham a menor graça, e em como nenhuma delas — mas nenhuma mesmo — jamais tinha feito uma declaração tão confiante como a que ele acabara de ouvir de Ellie.

E, pela primeira vez em um bom tempo, Graham sentiu-se ele mesmo outra vez.

— Sei — falou, lançando um olhar severo para ela. — Então é melhor a gente já escolher o restaurante agora, porque não duvido que encontraremos *whoopie pies* à venda aí dentro. A menos, é claro, que este lugar aí nem seja mais território do Maine. Eu não ficaria espantado se soubesse que você acabou de me fazer caminhar até o Canadá...

— Nós só estamos na cidade vizinha — explicou ela, revirando os olhos. — E você ainda não venceu a aposta. — Agora os dois estavam bem na entrada da loja, o cheiro doce de chocolate passando pela tela da porta. — Se eles não venderem *whoopie pies* aqui...

— Impossível — cantarolou ele.

Ela balançou a cabeça enquanto pensava por um instante, a boca torcida por causa da concentração.

— Se não venderem — concluiu, por fim —, você vai ter que fazer um de seus desenhos para mim.

Graham não conseguiu esconder a surpresa. Por um instante, pareceu completamente transparente aos olhos dela. Ele que sempre era tão cuidadoso ao falar de coisas assim em público, porque embora os tais desenhos não tivessem nada de mais — eram só rabiscos, esboços de horizontes urbanos, na verdade —, eles ainda faziam parte de uma intimidade que ele conseguia proteger do mundo.

Graham tinha se esquecido de que havia contado a ela sobre os desenhos: fora num e-mail enviado bem tarde, após alguma noite de gala, quando ele ficara sentado sozinho no quarto de sua casa enorme e vazia para escrever para certa garota do outro lado do país e contar como o lápis parecia ganhar vida quando estava em sua mão. Ele contara que aquela forma de arte funcionava como uma fuga, e que era o melhor jeito de viajar. Ele dissera que desenhar o deixava feliz.

Como poderia ter se esquecido de que a pessoa com quem vinha se correspondendo por todos aqueles meses era a mesma que estava ali à sua frente naquele momento?

Graham levou mais um instante até conseguir recuperar a própria voz.

— Fechado — conseguiu dizer por fim, e o rosto de Ellie se abriu num sorriso.

— Legal — disse ela, antes de empurrar a porta para abri-la. — Só espero que você tenha trazido seu lápis.

Do lado de dentro, a loja tinha pelo menos o dobro do tamanho da sorveteria de Henley, com as paredes forradas de potes coloridos cheios de doces e pirulitos enormes. Havia baldes de caramelos, barris cheios de balas de goma e um mostruário de vidro com dezenas de tipos diferentes de doce em pasta. Graham estava com os olhos colados ao balção dos doces tradicionais quando sentiu que Ellie o observava. Quando os olhares se encontraram, ela meneou a cabeça para o caixa e ele se dirigiu obedientemente para lá.

Graham tinha se esquecido de levar seu boné — um disfarce bem precário, na verdade, mas que, mesmo assim, servia de escudo contra o reconhecimento imediato —, e, no instante em que se aproximou do balcão, a mulher que estava ali começou a agir como se estivesse seguindo um roteiro: a olhadela indiferente, o desvio do olhar, e só então o cair súbito da ficha. Estava tudo lá: a segunda conferida, os olhos arregalados, a boca aberta. A essa altura, geralmente a situação tomava um dos dois desfechos possíveis: havia aquelas que soltavam um grito e começavam a pular, berrando e apontando para ele, e havia as que abafavam todo o impulso de fazer um escândalo e continuavam agindo naturalmente, só que com a voz insegura e as mãos trêmulas, só esperando ele sair para pegarem os telefones e começarem a ligar para toda a lista de contatos.

Para alívio de Graham, aquela mulher fazia parte do segundo grupo. E deixou o queixo cair só um pouquinho antes de baixar os olhos, como se estivesse com medo de encará-lo.

— Eu estava pensando... — disse ele, enquanto a mulher fazia um esforço para se recompor e assumir cuidadosamente uma expressão de neutralidade. — Será que vocês vendem *whoopie pies* aqui?

— *Whoopie pies?* — repetiu a balconista, já com um pedido de desculpas na voz. — Nós não vendemos, não.

Ela começou a correr os olhos ao redor desesperadamente, como se os tais doces fossem se materializar do nada numa das prateleiras, e Graham sentiu o desespero dela para conseguir atender seu pedido. Ele já estava prestes a deixar para lá e comprar alguma outra coisa, quando Ellie surgiu ao seu lado.

— Posso lhe perguntar mais uma coisa? — disse ela. — Só para registro formal?

A mulher fez que sim, mordiscando o lábio.

— Você por acaso já *ouviu falar* numa *whoopie pie*?

— Eu acho que nã... — começou ela, para então pousar os olhos em Graham e vê-lo erguer e baixar o queixo quase imperceptivelmente. E então a mulher do caixa voltou a encarar Ellie: — Para falar a verdade, já ouvi, sim. Claro que já.

Graham abriu um sorriso radiante em resposta, no mesmo instante em que Ellie lhe dava um cutucão nas costelas. Rindo, ele de um pulo de surpresa.

— Tá bem — falou. — Você ganhou.

A mulher piscou algumas vezes, e Ellie sorriu para ela.

— Brigada — disse. — Acho que só vamos tomar um sorvete mesmo.

Mais tarde, os dois levaram suas casquinhas até uma das mesas de jardim do lado de fora, onde trataram de acabar com elas bem depressa antes que o sorvete começasse a pingar. Eram os únicos ocupantes da área externa da loja, tirando os carros que passavam na estrada e uma ou outra gaivota no céu.

— Sinto que estou cometendo uma traição — disse Ellie, e Graham ergueu os olhos para encará-la, sentindo um aperto no estômago.

Ela nunca havia mencionado a existência de um namorado, mas a verdade era que temas tão específicos assim nunca fizeram parte das conversas dos dois, e ele então se deu conta de que nunca tinha pensado em perguntar a respeito. Enquanto ainda tentava pensar na melhor maneira de formular a questão, ela ergueu o sorvete que segurava.

— Ah — fez ele, percebendo a que ela havia se referido. E sentiu os próprios ombros voltarem a relaxar. — Tenho certeza de que as pessoas de bem que frequentam a Sprinkles vão perdoá-la.

— Principalmente porque este sorvete foi parte de uma missão.

— Uma missão fracassada — observou Graham.

— Mesmo assim.

— Acho que faltou fé da sua parte — disse ele, limpando um pouco do sorvete que tinha escorrido no próprio rosto. — Como vai encontrar aquilo que está buscando se nem estiver convencida da existência da coisa, em primeiro lugar?

— Faz sentido. Até porque, se bem me lembro, Ahab tinha visto Moby Dick de relance algumas vezes antes de partir atrás dela, e Dorothy certamente sabia que sua casa ficava no Kansas — comentou ela, com um sorriso. — Ao passo que, até o momento, nosso *whoopie pie* não passa de um mito.

Graham sorriu também, e, quando os olhares se encontraram, eles ficaram daquele jeito por vários segundos, presos numa brincadeira inconsciente de quem encarava o outro por mais tempo, até que Ellie desviou o olhar.

— Muito bem — falou ela, atirando o que restava da sua casquinha para umas gaivotas que perambulavam por ali. — É hora de pagar a aposta.

Ela pescou um lápis de dentro da bolsa, depois pegou um dos cardápios descartáveis que estavam empilhados sob uma pedra no meio da mesa e o virou, o verso para cima, empurrando-o para Graham. Ele enxugou as mãos no short e franziu a testa.

— Eu nunca disse que era bom nisso — avisou, pegando o lápis. — Só disse que era uma coisa que eu gostava de fazer.

— Essas são sempre as melhores coisas.

— Algum pedido em especial?

— Uma de suas cidades — disse Ellie, enquanto ele baixava a cabeça para o papel.

Sentindo os olhos dela sobre si, Graham começou a rascunhar uma série de quadrados. Ele tinha dito a verdade: *não era* bom naquilo. O que fazia tinha mais a ver com geometria que com arte, mas ele sentia a mente se acalmar em meio à cadência dos traços, em meio à precisão das linhas e da firmeza dos ângulos. Havia algo de metódico ali, e de catártico também; enquanto ele estava desenhando, o restante do mundo perdia o foco.

Ele já tinha preenchido quase metade do papel quando Ellie voltou a falar, e a voz dela lhe deu um susto tão grande que ele furou a folha com a pontinha do lápis. Ele esfregou a mão ali, tentando deixar a superfície lisa outra vez, depois ergueu os olhos.

— Desculpa — falou. — O que você disse?

— Que a mulher do caixa reconheceu você.

Ele ficou segurando o lápis sem se mexer, e sentiu os músculos se retesarem.

— É verdade.

— Isso deve ser...

Graham ficou aguardando pelo comentário de sempre: que aquilo devia ser legal. Ou que devia ser esquisito. Ou desconcertante. Ou o sonho de qualquer pessoa. Que aquilo devia ser interessante, ou horrível, muito louco ou bizarro.

Em vez disso, ela sacudiu a cabeça e reformulou a frase:

— Isso não deve ser fácil.

Ele ergueu os olhos, sem dizer nada.

— Para mim não seria, pelo menos. Ter essa gente toda reconhecendo você. E todas as câmeras. Os olhos de todo mundo. — Ela deu de ombros. — Deve ser difícil à beça.

— E é mesmo — confirmou ele, porque realmente era. Porque era como ter que andar por aí com a pele vestida do avesso, todo sensível, rosado e exposto ao mundo de forma chocante.

Mas, naquele momento, a única pessoa que estava com os olhos pregados nele era Ellie, e aquilo tornava tudo diferente. Graham não queria pensar em mais nada.

— Você acaba se acostumando — disse ele, embora não estivesse sendo exatamente sincero. Era só uma coisa dessas que as pessoas diziam quando a verdade era complicada demais.

Ela assentiu, e ele voltou para o desenho, tratando de concluir as últimas fachadas, acrescentando portas e janelas, arrematando os contornos das escadas e das calçadas, colocando um vaso de planta aqui e uma escada de incêndio ali. Havia um mundo a ser construído na folha de papel, e Graham não voltou a erguer os olhos até finalizar os últimos detalhes daquele.

— Ta-dá! — anunciou, por fim, empurrando o desenho pelo tampo de madeira rústica da mesa.

Ellie fincou um cotovelo de cada lado do papel, e Graham ficou olhando para o topo da cabeça ruiva enquanto ela estudava o resultado por um tempo que pareceu uma eternidade. Até que voltou a erguer os olhos para encará-lo.

— Parece um lugar legal para se viver.

— Acho que não tão legal quanto o Maine.

— Mas lá eles têm *whoopie pies* — disse ela, apontando para um prédio atarracado que ele tinha identificado com um letreiro dizendo "Fábrica de *Whoopie Pies*".

— Aqui também deve ter — falou Graham. — Fique tranquila, nós ainda vamos encontrar algum.

— Você não vai assinar sua obra? — indagou ela, empurrando o desenho de volta, e ele hesitou por um instante ao sentir os velhos alertas de sempre pipocando dentro da cabeça. Só que aquilo ali era diferente: Graham sabia que Ellie não ia vender o desenho na internet, e que também não deixaria que caísse nas mãos de algum blogueiro ou fotógrafo ou jornalista, todos aqueles urubus que viviam rondando sua vida. Rabiscou o nome no cantinho da folha e estava começando a dobrá-la, alinhando bem as beiradinhas, quando Ellie estendeu a mão para agarrar a dele.

— Não — falou, e ele parou o movimento. Ela continuou a segurá-lo.

A pele dela era quente contra a dele e provocou uma sensação de choque que se alastrou pelo corpo inteirinho de Graham. Depois de um instante, Ellie enrubesceu e recolheu o braço, virando-se para pegar um livrinho dentro da bolsa.

— Você não pode dobrar — censurou ela, segurando o papel com dois dedos em pinça e depositando-o cuidadosamente no meio do livro. — Senão vai estragar tudo.

— Isso não se aplica só a coisas de valor? — brincou ele. — Um objeto não precisa ser valioso para correr esse risco de ser estragado?

— Qualquer coisa pode ser estragada — argumentou ela, dando de ombros brevemente enquanto ficava de pé.

Graham também se levantou e, ao fazê-lo, deixou cair a pedra que levava no bolso. Ela saiu rolando pela grama até parar perto do pé de um dos bancos. Ellie já estava caminhando de volta para a estrada, mas ele parou para pegar a pedrinha e a examinou por um instante antes de devolvê-la ao bolso, onde torcia para que ficasse bem segura.

De: EONeill22@hotmail.com
Data: Segunda-feira, 10 de junho de 2013 18:32
Para: GDL824@yahoo.com
Assunto: se você se perder...

Eu sei que você disse que já sabia o caminho, mas, se por acaso tiver esquecido, o endereço é Sunset East, número 510, a casa amarela da esquina. (Que, coincidentemente, se parece um pouco com a fábrica de *whoopie pies* do seu desenho...)

9

Eles se despediram no começo da Sunset Drive, e Ellie seguiu pelo restante do caminho sozinha. O ar marinho parecia mais carregado naquela noite, e tudo ganhava uma aparência indistinta e levemente irreal sob o manto de neblina que havia se desenrolado na cidade. Mas ela mal reparou nisso; estava muito ocupada pensando nos acontecimentos das últimas horas: na maneira como Graham tinha erguido os olhos do desenho, no sorriso aberto para ela dentro da loja de doces, nos cachinhos da nuca quando caminhou atrás dele pela praia.

Mas, acima de tudo, estava tentando descobrir por que — no momento em que abrira a boca para fazê-lo — ela havia achado que poderia ser uma boa ideia convidá-lo para jantar em sua casa mais tarde, e por que ele havia aceitado o convite. Agora ela estava reprisando mentalmente a lista de todas as coisas que ainda precisaria fazer antes do horário marcado, o que exigia um belo esforço para não entrar em pânico.

Tal plano parecia francamente impossível de funcionar, mas, se quisesse aproveitar a chance ínfima de dar um desfecho positivo para sua empreitada, Ellie precisaria garantir que a mãe estaria fora para a reunião de seu clube de leitura na hora certa (pelo menos dessa vez), que a cozinha de casa estaria limpa (pelo menos dessa vez) e que Bagel teria feito bastante exercício antes da chegada de Graham para de fato se comportar feito um beagle, e não como um demônio-da-tasmânia (pelo menos dessa vez). E isso seria só o começo. Havia mil outras coisas com potencial para transformar a noite num desastre total. Com sorte, a geladeira de casa teria comida suficiente para preparar algo que lembrasse uma refeição de verdade. Com sorte, a mãe não teria largado metade do estoque da loja espalhado pela sala. Com sorte, o ar-condicionado teria se consertado sozinho milagrosamente enquanto Ellie estivera na rua.

Com sorte.

Agora Ellie descia por uma ladeira em curva, se deixando levar pelo impulso do próprio caminhar, as solas dos chinelos estalando no calçamento enquanto ela se perguntava onde estivera com a cabeça. Mas a questão era que simplesmente não conseguira imaginar a possibilidade de sair com ele para comer em algum lugar; não com todos os fotógrafos rondando os dois, não depois do que tinha acontecido durante o encontro de Graham com Quinn na véspera, não com todos os seus conhecidos de olho em cada movimento dos dois. Então quando ele sugerira um retorno ao Lobster Pot — meio de brincadeira, ela sabia, mas ainda assim —, Ellie se ouvira fazendo o convite para um jantar na sua casa.

— Não posso prometer nenhum prato sofisticado — dissera ela —, mas garanto que não vai ter lagosta.

— Caramba — retrucara ele. — Você é mesmo boa de argumentação.

Mas ele aceitara o convite. E iria aparecer para jantar. Na casa dela. Dali a uma hora.

Ellie já estava quase chegando quando percebeu, levando um susto, que Quinn estava instalada na namoradeira da varanda, usando os pés para se embalar enquanto inspecionava as unhas das mãos.

— Oi — disse ela, erguendo os olhos ao ouvir o som das passadas de Ellie. — Onde você estava?

— Fui dar uma volta — respondeu, sentando-se ao lado da amiga.

O móvel rangeu sob o peso das duas, e ela se lembrou de quando eram pequenas e costumavam sentar ali levando cobertores. Aconchegadas, bem pertinho uma da outra, fingiam que a namoradeira era um barco, e deixavam que as ondas no final da rua completassem a ilusão de que estavam navegando em alto-mar.

— Uma volta onde? — perguntou Quinn.

Mas Ellie sabia que havia outra pergunta implícita no questionamento de Quinn.

— Com Graham — falou, baixinho, sem encarar a amiga.

Quinn sacudiu a cabeça.

— Essa história toda ainda tá parecendo muito inacreditável, né?

Ellie não conseguiu pensar numa resposta. Era verdade. "Inacreditável" era a palavra ideal para descrever a coisa toda.

— Mas por isso mesmo tenho um milhão de perguntas para você. — Quinn encolheu as pernas sob o próprio corpo. — Como foi que o primeiro e-mail chegou? E, fala sério, como foi que você não me contou que estava trocando cartas de amor com um cara? Quero dizer, mesmo tirando o nome Graham Larkin da jogada, esse era o tipo de coisa que eu deveria ficar sabendo na hora. Afinal sou sua melhor amiga. — Quando ela parou para refletir sobre isso, seu rosto ganhou uma leve expressão de tristeza. — Falando sério, El. Desde quando virou essa pessoa cheia de segredos?

Ellie desviou o olhar, sem saber o que dizer. Quinn não fazia ideia de que havia acabado de atingir o cerne da questão. Não tinha notado que, ao longo daqueles 12 anos de amizade, era justamente isso que Ellie vinha fazendo o tempo todo: guardando segredos. Primeiro, para cumprir a promessa que tinha feito à mãe, e, depois, quando elas já estavam mais velhas, por força do hábito, ou por instinto, ou talvez por uma mistura de ambos, abafando algo sério demais para ser verbalizado.

— Eu não... — começou ela, mas depois mudou de ideia. — Eu ia contar para você.

— Ah, ia? — interpelou Quinn. — Quando? — Uma dureza repentina surgiu por trás do olhar dela. Como se soubesse que estivera chateada com alguma coisa, mas sem conseguir ainda definir exatamente o que era.

— Em breve — falou Ellie, girando o corpo para olhar para a amiga mais diretamente. — Eu juro. Era só que eu não sabia bem o que estava acontecendo, nem se estava acontecendo alguma coisa de fato. Achei que fossem só umas mensagens para um garoto qualquer do outro lado do país, que eu provavelmente nunca iria conhecer de verdade. — Ela soltou um suspiro. — Acho que eu não sabia se a história era pra valer.

— Mas e agora?

Ellie olhou para as próprias mãos. O polegar estava manchado do grafite que Graham usara para desenhar mais cedo. Ela precisou lutar contra o impulso de tirar o papel da bolsa e admirá-lo mais uma vez.

— Eu não sei — confessou. — Talvez seja.

Quinn ergueu as sobrancelhas, e Ellie sacudiu a cabeça.

— Ou talvez não seja. Quero dizer, o cara é Graham Larkin — falou, mas, no instante em que pronunciou as palavras, já estava pensando o contrário: que naquela tarde ele não fora nada parecido com Graham Larkin. Que se parecera mais com um garoto qualquer que morava do outro lado do país.

Atrás delas, a porta de tela se abriu, e a mãe de Ellie enfiou a cabeça pela fresta, usando um dos pés para bloquear Bagel — famoso por suas tentativas de fuga.

— Bem que eu *achei* mesmo que tivesse ouvido alguém aqui — disse ela. — O que vocês duas estão aprontando?

— Ellie estava só me contando — começou Quinn, parando abruptamente quando percebeu os olhos da amiga se arregalarem.

— Eu estava vendo se ela quer ficar para jantar — emendou Ellie, um pouco depressa de mais.

A mãe deu de ombros.

— Hoje é minha reunião no clube de leitura, mas vocês duas fiquem à vontade para preparar o que acharem na geladeira.

— Valeu — agradeceu Ellie. — A que horas você sai? Já deve estar quase na hora, né?

A mãe deu uma conferida no relógio de pulso.

— Daqui a pouco — falou, e em seguida voltou a recolher a cabeça e o cachorro para dentro de casa.

Depois que se fora, Quinn encarou Ellie.

— O que está acontecendo aqui?

— Foi mal. Mas é que Graham deve aparecer daqui a pouco, e ainda não consegui conversar com ela sobre esse assunto, e ela não ia gostar se...

— Então agora você também anda mentindo para sua mãe? — Quis saber Quinn, as sobrancelhas arqueadas.

— Caramba, que monte de segredos é esse?

— Nesse caso é diferente — falou Ellie. — É uma história complicada.

— Complicada como?

Ela baixou os olhos.

— Não posso contar.

— Já sei — zombou Quinn. — É mais um segredo.

— Me desculpe — pediu Ellie. — Sério. É que tem tanta coisa... — Ela parou e sacudiu a cabeça. — Eu queria poder explicar para você.

— Não precisa — falou Quinn, levantando-se da namoradeira. — Eu já estava indo embora mesmo. Também tenho um compromisso mais tarde.

— Sério?

O olhar da amiga pareceu frio.

— É algo tão inacreditável assim?

— Claro que não. — Ellie se apressou em dizer. — Qual vai ser o programa?

— Vou dar uma volta com Devon.

— Você? — reagiu ela antes de pensar. Mas agora já era tarde demais. Quinn já havia retornado e a encarava com olhos semicerrados.

Ellie não tinha conseguido segurar. Havia passado os últimos quatro anos ouvindo sobre como Devon era ridículo. Como era alto demais e magro demais; que o cabelo era cacheado demais e os óculos viviam tortos no rosto. Ela e Quinn tinham perdido a conta das horas de risadas devido à forma como Devon seguia sua amada por toda a parte, e todo mundo na escola se lembrava do Valentine's

Day na 1ª série, quando a porta do armário de Quinn emperrara. Quando o zelador enfim conseguira soltar a dobradiça, acabou soterrado por uma avalanche de envelopes cor-de-rosa, e o coitado do Devon passou meses ouvindo piadinhas fazendo referência ao seu amor secreto pelo sujeito, um senhorzinho corcunda de mais de 70 anos de idade.

Mas era óbvio que alguma coisa tinha mudado na noite anterior, e Devon deixara de ser alvo de piadas. De uma hora para outra, Ellie sentia que algum tipo de fronteira invisível tinha se deslocado e que agora se encontrava no território oposto ao de Quinn, que continuava a lhe lançar um olhar fuzilante.

— Isso mesmo, *eu*.

— Me desculpe — pediu Ellie. — De verdade. Acho que ainda preciso me acostumar à ideia de você e Devon juntos.

Quinn ficou parada mais alguns instantes nos degraus da entrada, olhando para Ellie com a testa franzida.

— Bom, acho que não é todo mundo que pode se dar ao luxo de sair com um ator famoso — disse ela, e depois, sem mais uma palavra, foi caminhando em direção à rua.

— Quinn — chamou Ellie, mas a outra não se virou, então só lhe restou ficar olhando enquanto ela ia embora.

Sentada ali na varanda de casa, sentindo o coração apertadinho dentro do peito. Mesmo que decidisse sair correndo atrás de Quinn, Ellie sabia que não havia muita coisa que pudesse dizer no momento. Porque o problema não tinha nada a ver com Devon, e também não tinha nada a ver com Graham; o problema era que Quinn estava absolutamente certa, até mais do que poderia imaginar. Ellie *tinha* um monte de segredos, e a única maneira de consertar as coisas agora seria contando toda a verdade. Só que essa não era uma opção viável.

Ellie já tivera brigas suficientes com Quinn ao longo dos anos para aprender que o momento ou a maneira escolhida para lhe pedir desculpas não eram relevantes. Enquanto a amiga não estivesse pronta para ouvi-la, nada mudaria entre as duas. Quinn acabaria voltando quando achasse conveniente — e ela sempre voltava —, mas Ellie jamais conseguira suportar bem essa espera e já nesse momento sentia o estômago se revirando só de pensar no assunto.

No dia seguinte, ela telefonaria para Quinn. No dia seguinte, começaria sua campanha para ser desculpada. Mas, por ora, não havia tempo para se preocupar. Faltava menos de uma hora para Graham chegar, e ela ainda não havia nem mesmo entrado em casa para fazer uma avaliação do tamanho do estrago que encontraria lá dentro.

Quando empurrou a porta de tela, Bagel veio disparado pelo corredor, esbarrando nas paredes e espalhando os pares de galocha, além dos guarda-chuvas que estavam arrumados junto a esses. Ellie ficou em cima do carpete surrado da entrada, vendo o cachorro chutar um coelhinho empoeirado que estava embaixo da mesinha do vestíbulo. Com um suspiro, colocou a bolsa no chão perto da porta e tomou coragem para entrar na cozinha.

A mãe estava perto da pia, com um copinho de iogurte na mão, assistindo distraidamente ao noticiário na TV antiquíssima que ficava ao lado da torradeira. Um balcão inteiro estava coberto de jornais com datas que variavam entre o dia anterior e duas semanas atrás, e a pia transbordava de pratos sujos.

— A que horas começa a reunião do seu clube? — indagou Ellie, dando uma olhada para os trajes da mãe, que naquele momento eram uma calça de moletom com camisa xadrez de botão e um par de chinelos.

Os olhos dela foram da TV para o mostrador do relógio do micro-ondas.

— Xi — falou, com uma expressão genuína de surpresa. — Está começando agora.

— Então é melhor você ir andando — disse Ellie, tocando-a para fora da cozinha e ficando parada na porta até vê-la chegar no alto das escadas. Depois voltou sua atenção para a pia e tratou de pegar uma esponja e começar o ataque à louça suja.

— Pensei que Quinn fosse ficar para jantar — comentou a mãe ao aparecer de volta alguns minutos mais tarde, usando a mesma camisa xadrez, mas agora com uma calça jeans e um par de mocassins.

— Ela teve que resolver umas coisas na cidade primeiro — disse Ellie, baixando a cabeça para não permitir que a mãe notasse seu rosto corado. Ela nunca fora muito boa em contar mentiras. — Mas pode deixar que a gente se vira aqui. Pode demorar quanto precisar.

— Tá bem — concordou a mãe, pegando as chaves que estavam em cima de uma pilha de cupons de desconto. — Você vai se lembrar de dar comida a Bagel?

Ellie fez que sim com a cabeça e deu um tchauzinho ensaboado, suspirando de alívio depois que ouviu a porta da frente bater. Aí recostou o corpo na pia com um suspiro, desanimada com a bagunça da casa. Quando virou a cabeça, deu de cara com Bagel sentado junto aos seus pés, balançando o rabo vigorosamente.

— Isso vai ser um desastre completo — falou com o cachorro, que se limitou a abrir um sorrisão canino e continuou a balançar sua cauda de ponta branca.

Depois que terminou de lavar os pratos, de abrir algum espaço nos balcões da cozinha, de fazer Bagel correr atrás de sua bola até ficar um pouco mais cansado e de ter servido a ele uma refeição não muito mais apetitosa que as opções de jantar na geladeira, Ellie só teria mais alguns minutos para tomar um banho, trocar de roupa e dar uma última geral na casa antes da hora combinada para Graham chegar.

No andar de cima, ela acabou resolvendo trocar a saia jeans de sempre por um vestido verde de verão que a mãe havia comprado fazia pouco tempo, arrancando a etiqueta com os dentes. Embora geralmente evitasse usar verde, pois temia que a combinação com seus cabelos ruivos a transformasse num enfeite de Natal gigante, Ellie gostou do resultado que viu no espelho. Não que fosse exatamente um figurino digno dos padrões hollywoodianos, mas teria que servir.

Faltando dois minutos para o horário marcado, ela correu para o andar de baixo, repassando mentalmente sua lista de tarefas outra vez. Ellie não esperava que ele fosse ser pontual, de qualquer maneira; garotos já eram atrasados por natureza, e seu conhecimento limitado dos astros de cinema indicava que eles eram uma categoria ainda menos ligada à pontualidade. Certamente ainda daria tempo de dar uma arrumada na sala, de esconder as fotos constrangedoras da infância e uma parte das bugigangas com desenho de lagosta que lotavam a casa.

Mas assim que retornou à cozinha, Ellie sentiu um aperto no peito.

Não havia mais jornais espalhados no balcão, nem nenhum ímã idiota preso na porta da geladeira, e ela tinha escondido os brinquedos barulhentos do Bagel num armário e sumido com todos os pratos sujos da pia. A casa estava com uma aparência agradável, talvez a mais agradável de sua existência. Mas ao ficar parada ali, tentando enxergar tudo sob o ponto de vista de Graham, Ellie entendeu que nunca seria boa *o suficiente*.

Porque era pequena, apinhada de tralhas e pobre demais. Os doze anos que ela e a mãe tinham passado ali estavam aparentes na pintura gasta das paredes, no assoalho todo marcado, na camada fina de poeira que cobria todas as molduras dos retratos. A torneira da pia da cozinha estava quebrada havia tanto tempo que elas quase já tinham se esquecido de que aquele pinga-pinga não era seu estado natural, e ninguém saberia dizer em que momento a geladeira originalmente branca tinha ganhado um tom bege.

Correndo os olhos ao redor, Ellie fez força para conter a onda de pânico que subia pelo seu peito. Como poderia ter achado que aquele convite seria uma boa ideia? O cara em questão não era um sujeito qualquer; era um astro de cinema. O banheiro da casa dele provavelmente era maior que aquela cozinha, e o quarto, maior que a casa delas inteira. Mesmo sem nunca ter ido à Califórnia, Ellie imaginava que as coisas por lá certamente eram todas modernas e estalando de novas, a anos-luz daquela casinha decadente, com sua pintura desbotada pela maresia e com sua varanda meio bamba devido aos muitos anos de uso.

Ela foi procurar o celular, já pensando em mandar um e-mail para informar sobre a mudança de planos. A ideia de circular pela cidade e ter que enfrentar os fotógrafos metia medo, mas o que poderia ser pior que aquilo ali? O que seria pior que fazer Graham Larkin atravessar os ladrilhos rachados do piso da cozinha para comer alguma sobra armazenada em tigelas lascadas?

Ellie sabia das possíveis consequências caso uma foto sua fosse parar nos jornais. A mãe ficaria furiosa, mas a coisa não pararia por aí: sempre haveria a possibilidade de alguém acabar ligando os pontos. A vida delas em Henley havia sido construída em cima de um segredo, e bastaria um único erro para pôr a coisa toda a perder.

Mas o fato era que às suas costas havia um cachorro bebendo água do vaso sanitário e o aparelho de ar-condicionado rangeu alto antes de parar de funcionar por completo.

Ellie mordeu o lábio, olhando para o telefone celular em sua mão.

Só que agora já era tarde demais.

Com um latido alto, Bagel disparou corredor afora, e uma fração de segundo mais tarde o som da campainha preencheu o espaço reduzido do casebre.

De: GDL824@yahoo.com
Data: Segunda-feira, 10 de Junho de 2013 19:24
Para: EONeill22@hotmail.com
Assunto: Re: se você se perder...

Já a caminho. (E eu não estou perdido, pode confiar.)

10

Graham havia passado a última hora perambulando pelas ruas de Henley. Quando dissera a Ellie que precisava dar uma passada no hotel para resolver algumas coisas, estava mentindo. Na verdade, a intenção era dar a ela algum tempo para se aprontar. Porque no instante em que o convite para jantar saíra da boca de Ellie, Graham percebera que parte dela já estava querendo recuar.

O que ele deveria ter feito era dizer a ela que não se preocupasse, enquanto os dois ainda estavam ali parados no alto da Sunset Drive, com a luz de fim de tarde se infiltrando pelas folhas das árvores de um jeito que realçava as sardas no nariz de Ellie. Ele queria ter lhe contado que havia sido criado numa casa não muito maior que aquela, com os ladrilhos do banheiro rachados e um porão malcheiroso, com degraus que soltavam uma sinfonia de rangidos e gemidos sempre que alguém se aventurava a pisar neles.

Ele deveria ter contado que seus pais continuavam morando nessa mesma casa até hoje, só que agora, quando ia visitá-los, eles arrumavam tudo como se fossem receber a visita de um desconhecido, de alguma autoridade convidada ou de um parente que não viam havia muito tempo, que talvez fosse se deixar impressionar pelas jardineiras floridas nas janelas ou pelas toalhas caprichosamente dobradas, tudo montado para disfarçar a natureza verdadeira do lugar, para torná-lo irreconhecível, quando o que Graham mais queria — e esse era o motivo que o fazia ir até lá, para começo de conversa — era justamente o oposto: reencontrar seu lar.

Mas as palavras lhe fugiram da boca. Ele estava tão acostumado a guardar aquele tipo de pensamento que parecia não ser capaz de dividi-lo com mais nenhuma pessoa.

Na cidade, ele tratou de caminhar com a cabeça baixa, passando por grupinhos de turistas que examinavam os cardápios pregados à entrada dos restaurantes. No final da rua do porto, o set de filmagem estava silencioso, com os trailers grandalhões apagados e vazios. O trabalho do dia já havia sido encerrado horas atrás, mas, mesmo assim, Graham sabia que Mick provavelmente estaria ocupado em algum lugar, repassando o roteiro ou dando uma última verificada nos equipamentos antes da filmagem do dia seguinte, quando eles gravariam a primeira cena no mar.

Ao passar por uma loja de ferragens, a qual tinha na frente um daqueles cavalinhos de brinquedo acionados por moedas, ele reparou um cartaz na vitrine anunciando o Festival Anual do Quatro de Julho e parou para ler com mais calma. Aparentemente todos os anos havia um dia inteiro de comemorações na praça da cidade, com apresentação de música e barraquinhas de comida, um baile ao ar livre e show de fogos de artifício no encerramento. As imagens foram se formando na cabeça de Graham quase imediatamente: as ruas lotadas de gente, as crianças correndo com velas-faísca na mão, o espocar distante dos rojões, a música no ar. Aquilo o lembrou das comemorações em sua cidadezinha natal, e ele foi tomado pelas recordações de todos os desfiles do Quatro de Julho que vira com os pais quando era novinho, os três agitando as bandeirinhas enquanto a banda passava marchando.

Graham estava a meia quadra da casa de Ellie quando se deu conta de que ainda estaria em Henley no feriado. A produção só desmontaria tudo para voltar a Los Angeles alguns dias depois, e, embora naquele momento não conseguisse se lembrar do cronograma exato — porque na verdade ainda não havia lhe dado a devida atenção —, tinha certeza de que a equipe teria pelo menos algumas horas de folga durante o feriado.

Antes que tivesse a chance de pensar melhor no assunto, Graham se viu pegando o celular no bolso e discando o número da casa dos pais. Enquanto chamava, todas as possibilidades para preencher aquele final de semana prolongado iam se desenrolando em sua cabeça, e ele sorriu. Os pais só tinham ido vê-lo num set de filmagens uma vez, na gravação de uma de suas primeiras cenas, filmada num estúdio em Los Angeles. Na ocasião, os dois pareceram irremediavelmente deslocados, parados num canto com seus suéteres rústicos e óculos de grau, a mãe tremendo por causa do ar-condicionado muito potente, o pai, com os olhos espremidos diante do brilho dos holofotes. Na hora do intervalo, a mãe fora lhe dar um beijo no rosto e explicar que não estava passando muito bem, e Graham sentira um peso no estômago enquanto olhava os dois indo embora, uma sensação de que alguma coisa já havia se perdido entre eles.

Mas agora a história seria diferente. Ele mostraria tudo, deixaria os dois impressionados com seus conhecimentos sobre os detalhes da produção de cinema, e eles poderiam vê-lo em ação num lugar onde sentiriam-se mais à vontade. Ele passearia pela cidade com os pais, os levaria para jantar no Lobster Pot, e os três iriam ao festival assistir juntos à queima de fogos, tal como nos feriados de sua infância. E talvez até sobrasse tempo para fazer uma pescaria com o pai. Talvez até seus pais pudessem ser apresentados a Ellie.

Quando a secretária eletrônica atendeu — com a mesma mensagem de séculos atrás —, ele pigarreou se preparando para falar..

— Oi, pessoal — começou, então hesitou. — Sou eu. Estava querendo saber se vocês planejaram alguma coisa para o feriado. Se não tiverem planos, pensei que talvez pudessem vir me visitar na filmagem. Vocês vão adorar esse lugar. Tem alguma coisa aqui que meio que me faz lembrar de casa. E seria legal para vocês terem um fim de semana diferente. Ah, a cidadezinha fica no Maine. Eu não lembro se já tinha comentado isso. Bem, me avisem se gostarem da ideia...

Sua voz foi morrendo, e Graham tratou de desligar depressa, já não mais tão empolgado assim com a ideia. Seus pais nunca viajavam. Quando Graham era pequeno, eles faziam uma única viagem por ano, cruzando duas horas de estrada até um hotelzinho no litoral, onde permaneciam por exatos três dias, para depois retornar para casa com as bochechas rosadas de sol e o corpo marinado pelas muitas horas na praia. Não que não alimentassem o desejo de conhecer o mundo, mas seus salários como professores só podiam bancar aquilo.

— Nós moramos na Califórnia. — Era o que sempre diziam, num tom alegre. — Nossa vida já é um eterno clima de férias.

Mas a Califórnia onde Graham crescera era muito diferente do lugar onde morava agora. Era diferente até mesmo de onde ele havia estudado, uma escola a vinte minutos de carro de sua casa, que parecia estar a vinte horas de distância. Pouco antes de começar o ensino médio, ele tinha conseguido uma bolsa parcial para um colégio particular numa cidadezinha perto da sua, e os pais usaram um dinheiro que o avô lhe deixara de herança para cobrir o restante dos custos. A quantia parecera enorme para Graham na ocasião, e ele sentira muita culpa por ficar com aquele dinheiro quando havia tantas outras coisas que os pais poderiam fazer com a grana: consertos necessários na casa, trocar o carro velho, pagar as contas que pareciam se acumular na escrivaninha do pai com uma frequência alarmante.

Agora, é claro, Graham tinha dinheiro suficiente para cuidar dessas coisas: ele poderia comprar uma casa nova em folha para os pais ou uma frota inteira de carros, mandar os dois para uma viagem de volta ao mundo ou saldar todas as dívidas dos dois sem nem se abalar com isso. Mas a única coisa que eles queriam de verdade — a única coisa que queriam desde *sempre* — era que ele fosse para uma faculdade.

Não que os pais não apoiassem sua carreira de ator, mas a impressão era que a viam como uma coisa a ser tolerada, uma espécie de pausa no trajeto de Graham rumo ao ensino superior, e não como algo capaz de moldar o restante da vida dele. O pai só assistia a filmes clássicos em preto e branco e acreditava que nada do que havia sido lançado nas últimas décadas poderia ser chamado de arte. Quando Graham levou os dois à estreia de gala do seu primeiro filme, os pais aplaudiram e sorriram nos momentos adequados, mas ele não conseguiu fugir da certeza incômoda a respeito de como tudo aquilo soava à percepção deles: as cenas de luta repletas de efeitos especiais espetaculares, os diálogos forçados e, o pior de tudo, a cena na qual ele enfim conseguia beijar a heroína... Tomadas cuja breguice insuportável não tinha ficado muito clara em sua cabeça até então.

Graham sabia que mesmo cheios de dedos como eles ficavam, forasteiros nessa sua nova vida, os pais tinham esperanças de que em algum momento ele iria cair em si e abandonar aquela história de ser ator. Tinham o hábito de falar da carreira dele como se fosse uma espécie de ano sabático, como se ele tivesse resolvido adiar a entrada na faculdade para passar uma temporada trabalhando num circo ou estudando o comportamento reprodutivo dos macacos em Bali. Mas a verdade era que Graham não tinha nenhuma intenção de se matricular numa universidade no ano seguinte. Assim que terminasse o currículo do ensino médio com ajuda do tutor que o acompanhava nos sets, daria por encerrada sua vida de estudante.

Em parte, porque ele gostava de verdade de atuar, e não conseguia cogitar a possibilidade de fechar as portas para as oportunidades incríveis que vislumbrava para seu futuro: todos os atores com quem ainda queria contracenar e todos os papéis que tinha vontade de fazer. E também porque ele não via sentido nessa escolha. O objetivo de ir para uma faculdade era dedicar muito aos estudos para se conseguir um bom emprego e ganhar bastante dinheiro. Mas Graham já tinha muito dinheiro, suficiente para durar pelo restante de seus dias. E, além do mais, o mundo por si só já era uma escola, não era?

No entanto, caso fosse sincero de verdade consigo, Graham ainda tinha outros motivos. Em sua cabeça, estar numa faculdade — correndo de uma aula a outra entre prédios com fachadas cobertas de hera e por trilhas cobertas de neve no inverno, sentar nas arquibancadas para assistir aos jogos de futebol e debater filosofia em salas lotadas de estudantes com brilho nos olhos — parecia irremediavelmente distante da vida que ele tinha agora, uma vida na qual perdera totalmente a possibilidade de ser só mais um na multidão. E tudo o que ele não queria era ser uma dessas celebridades que querem passar a imagem de intelectuais e fingem se esforçar para serem alunos normais de uma faculdade enquanto são seguidas pelas câmeras e bajuladas pelos colegas de turma; e que, no final, acabam perdendo a semana de provas porque tiveram que viajar em seu jatinho particular para terminar as filmagens de uma produção independente em Vancouver. Não estava entre seus interesses chamar ainda mais atenção do que ele já chamava hoje em dia.

Ele sabia que os pais viviam numa torcida silenciosa para que mudasse seus planos, e detestava ter que desapontar os dois. Mas sua decisão estava tomada. E eis aí mais um motivo para a falta de entendimento cada vez maior entre eles, para a sensação de que estavam se transformando menos numa família e mais em três pessoas que tinham dividido a mesma casa durante um tempo.

Na verdade, eles estavam precisando de umas belas férias de família à moda antiga, Graham pensava agora enquanto seguia para a casa de Ellie. Estavam precisando da comida das barraquinhas, das bandeirolas e dos fogos de artifício no lugar mais distante possível da Califórnia. Após aqueles poucos dias ali em Henley, ele mesmo já estava se sentindo diferente. Talvez a cidade pudesse causar o mesmo efeito em seus pais.

Mas, quando a porta foi aberta e Ellie apareceu — os cabelos compridos ainda úmidos do banho e muito linda em seu vestido verde —, Graham se deu conta de que o tal efeito não tinha nada a ver com Henley em si.

Era ela.

Ele se inclinou para lhe dar um beijo — movimento que pareceu tão automático quanto amarrar os sapatos ou subir uma escada, algo que se faz sem precisar pensar — e estava a centímetros de seu alvo quando percebeu o gesto e se obrigou a recuar desajeitadamente, o cenário ao redor entrando em foco de um jeito tão abrupto que lhe deu um susto.

Os dois ainda nem tinham dado o primeiro beijo, e ele já estava ali todo saidinho como se aquilo fosse uma coisa corriqueira, um movimento de rotina, como se já tivessem se beijado mil outras vezes. Foi preciso um instante para Graham se aprumar, e, então, ele recuperou o equilíbrio e endireitou os ombros. Não queria estar entorpecido quando fosse beijar Ellie pela primeira vez. Queria estar completamente desperto.

Ela ficou olhando para ele de um jeito meio confuso, e Graham não conseguiu saber o que estava se passando em sua cabeça. Tomara que ela não tivesse percebido o que ele estivera a ponto de fazer.

Com sorte, ela ficaria achando que o equilíbrio dele era péssimo.

— Oi — cumprimentou ele, com um sorriso encabulado.

— Pode entrar — disse ela, meio sem graça também.

Ellie o conduziu por um corredor que cheirava a detergente com aroma de limão, e Graham parou um instante para fazer uma festinha em Bagel, que estava farejando seus sapatos com um empenho quase profissional. Então os dois seguiram Ellie cozinha adentro, onde a mesa estava posta para duas pessoas. O ambiente estava à meia-luz, e havia um vestígio de cheiro de detergente de lavar louça no ar. Mas Graham não reparou em muita coisa além disso; seus olhos estavam colados no vestido verde de Ellie enquanto ela se movimentava entre os armários, e dos armários para a geladeira, sem parar, com um pedido de desculpas mudo transbordando no rosto.

— Não que esta cozinha viva cheia de delícias — estava dizendo —, mas achei que fôssemos ter pelo menos uma pizza congelada ou coisa assim.

— Então você está dizendo — falou Graham, num tom de provocação — que não vamos comer lagosta?

Ela semicerrou os olhos para ele.

— Engraçadinho.

— Não se preocupe — retrucou, juntando-se a ela para dar uma olhadinha no que havia na despensa. Pegou um pacote de biscoitos quase vazio e uma lata de atum.

— Vamos fazer um rodízio de petiscos, com um pouquinho de cada coisa que tiver em casa.

— Me desculpe — disse ela, recostando-se na pia.

— Deveríamos ter ido a um restaurante. Não acredito que vou fazer você jantar biscoito velho.

— Está falando sério? — soltou ele, fazendo um gesto espaçoso que abarcou todo o espaço da cozinha. — Não é qualquer um que tem a honra de jantar no Chez O'Neill. Ouvi dizer que é simplesmente um dos lugares mais exclusivos de todo o Maine.

— Isso é verdade — respondeu ela, com um sorriso.

— Aqui só recebemos um grupo muito seleto de celebridades.

Então prosseguiram com a busca na geladeira, despejando no balcão tudo o que encontraram, e então começando a preparar a refeição, lado a lado: uma seleção aleatória que misturava pipoca de micro-ondas e fatias de maçã, dois pedaços de pizza esquecidos numa prateleira e um punhado de ervilhas congeladas. Tudo o que tinha aparência menos apetitosa foi despejado direto no pratinho do Bagel, e o resto foi levado para a mesa e arrumado em travessas, como se fosse um balcão de bufê.

— Mas então — começou Graham, enquanto puxava uma das cadeiras para sentar-se. — Já decidiu se vai mesmo fazer aquele curso de poesia?

Ellie ficou surpresa com a pergunta, e aquilo fez Graham sorrir, porque ele reagira do mesmo jeito quando ela mencionara seus desenhos mais cedo: como se Ellie tivesse conseguido ler os pensamentos guardados no fundinho da sua mente. Ela ficou nas pontas dos pés para pegar uma tigela na prateleira do alto, e assim que se voltou para ele, assentiu.

— Vou para lá em agosto — falou, mas havia certa incerteza em sua voz. — Estou bem animada, aliás. Parece que um dos professores é...

— Então você já sabe como vai fazer para pagar? — indagou Graham, e ela congelou ao ouvir a pergunta.

Dando-lhe as costas outra vez, despejou um pacote já meio vazio de *tortillas* na tigela, Graham sentiu um arrependimento imediato por ter perguntado aquilo. Parecia fácil para Ellie discutir aqueles assuntos por e-mail, mas agora alguma coisa havia mudado, e pessoalmente a pergunta não parecia cair tão bem.

— Não exatamente — disse Ellie num tom casual.

— Mas ainda tenho mais um mês para resolver isso.

— Mas quanto é que está faltando? — perguntou ele, e ela reagiu com um ar envergonhado.

— Bastante — respondeu, as bochechas ficando coradas.

Houve um silêncio constrangedor, e Graham percebeu seu erro. Parte dele queria resgatar Ellie, estender a mão com o dinheiro necessário, mas agora ele percebia que isso só iria piorar as coisas. E que, tocar no assunto das finanças de maneira tão despreocupada, só servira para lembrá-la mais uma vez sobre quem ele era: não o garoto comum do outro lado da conversa por e-mail, mas o astro de cinema que por acaso estava sentado na cozinha da casa dela. Sentindo que a conexão fácil que parecia ter se instalado entre os dois mais cedo começava a se fragilizar, ele pigarreou enquanto Ellie pousava a tigela com os salgadinhos na mesa, ávida para mudar de assunto.

— Isso está ficando com uma cara ótima — disse Graham, e notou os ombros de Ellie relaxando. — Nunca comi *tortillas* com molho picante e biscoitos da sorte na mesma refeição.

— Bem — comentou ela, com um sorriso lento começando a brotar nos lábios —, é que estamos na vanguarda da culinária *fusion* sino-mexicana aqui no Chez O'Neill.

— Aprovado — disse Graham. — Dou três estrelas.

— Como assim? — fez Ellie, sentando-se no lugar à frente dele. — Só três?

— É o número máximo que se pode receber no Guia Michelin, acho.

— Não parece muita coisa — reclamou ela. — Por mim, teria que ser umas dez.

— Que tal o bonequinho aplaudindo de pé?

— Agora você está misturando gastronomia e cinema — falou Ellie, lambendo um pouco de creme de amendoim dos dedos. — Falando nisso, como estão as coisas?

— Com o filme?

Ela assentiu.

— Tudo certo — respondeu ele.

— Você não me parece muito empolgado.

— Não, mas estou sim — disse Graham, pondo uma fatia de maçã na boca. — É bom poder fazer alguma coisa diferente. E o diretor é um cara bem... interessante.

— Acha que vai fazer outros trabalhos com ele? — Ela quis saber. — Quero dizer, você já deve estar no ponto de poder escolher seus projetos, né?

— Acredito que sim — disse ele. — Mas ainda não sei o que vou fazer depois.

— Bem, e o que você tem vontade de fazer?

— Alguma coisa que seja importante.

Ela inclinou a cabeça, refletindo.

— Que seja importante *para você*, você quer dizer?

Ele assentiu.

— De preferência.

— Quando aparecer o projeto certo, você vai saber — garantiu ela. — Mas deve ser legal interpretar um personagem novo. Eu vi o trailer do primeiro filme, achei legal aquela parte quando...

Graham se inclinou para a frente.

— Espere aí — falou ele, rindo. — Você só viu o trailer?

Ellie pegou a água para dar um gole, se escondendo atrás da caneca de plástico azul enfeitada com uma baleia sorridente.

— Nunca chegou a ver os filmes?

— Bem, o terceiro da trilogia ainda nem foi lançado — defendeu-se ela, colocando a caneca de volta na mesa para pegar um dos biscoitos da sorte.

— Tá, mas e os dois outros?

A resposta veio junto com um dar de ombros.

— Quinn tentou me arrastar para ver o primeiro, mas não era meu tipo de filme.

— Pensei que todas as adolescentes do país fossem loucas por essa trilogia — disse Graham, impressionado.

Já fazia um tempinho constrangedoramente longo desde a última vez que ele tinha encontrado uma pessoa que não tivesse assistido àqueles filmes, ou que pelo menos não tivesse fingido ter assistido.

— Por você — corrigiu Ellie. — Todas as adolescentes do país são loucas por *você*.

Ele riu.

— Então isso quer dizer que você não é muito fã de Graham Larkin?

— Agora sou — disse ela, quebrando um dos biscoitos da sorte ao meio. Então puxou a tirinha de papel com a testa franzida, depois começou a rir. — Aqui diz: *Você vai ganhar um biscoito da sorte.*

— Não é possível — respondeu Graham, e ela lhe deu o papel para que ele visse. — Essa é a melhor frase de biscoito da sorte da História.

Ellie deu uma mordida no biscoito.

— A mais óbvia, com certeza é.

— A maior parte das previsões desses biscoitos nunca se realiza — comentou Graham, balançando a cabeça para o pedacinho de papel. — Mas essa aí já se realizou na hora.

Tipo, você prefere uma previsão que prometa um biscoito delicioso e que se realize imediatamente ou uma que prometa um milhão de dólares e não se realize nunca?

— No momento, acho que ficaria com o milhão de dólares — falou Ellie, espanando as migalhas da mesa para que o cachorro, que surgiu ao seu lado numa fração de segundo, acabasse com elas. — Até porque o biscoito nem estava tão delicioso assim.

— Bagel parece discordar de você.

— Esse cachorro tem um aspirador de pó no lugar da boca — comentou Ellie, lançando um olhar carinhoso para o bicho. — Mas, então, você está pronto para filmar sua cena de amanhã?

Graham deu de ombros de um jeito não muito convincente.

— Aposto que deveria ter ficado decorando as falas em vez de passar a tarde inteira comigo — falou ela, apoiando-se nos cotovelos. — Já está com todas na ponta da língua?

— Mais ou menos — disse ele, dobrando uma das fatias de pizza ao meio. Bagel, que agora tinha ido para seu lado, bateu o rabo no chão algumas vezes, e Graham lhe jogou a casquinha da massa. — Passei o dia todo com as falas no bolso, então estou torcendo para que a osmose tenha entrado em ação.

— Tenho certeza de que a osmose faz parte dos métodos de interpretação de todos os melhores atores — brincou ela, e então estendeu a mão sobre o tampo da mesa. — Me mostra? A gente podia ensaiar juntos.

Graham se recostou na cadeira.

— Não precisa — disse, tímido de repente. Atuar no set era uma coisa; fazer isso na frente da garota de quem gostava era diferente. Ele não ia vestir o personagem na frente de Ellie. — Eu me viro.

— Anda — insistiu ela, sacudindo a mão ainda estendida. — Vai ser divertido.

— Tá — cedeu ele, endireitando o corpo para puxar as folhas de papel dobradas do bolso de trás da calça. — Mas não vou atuar de verdade, tá? Só repassar as falas.

— E eu não vou poder testemunhar o efeito Graham Larkin em sua dimensão mais completa? — provocou Ellie, pegando os papéis que ele lhe estendera. — Acho que, nesse caso, vou ter que dar um pulinho no set amanhã.

— Espero que você saiba nadar, então — disse ele.

— Nós vamos filmar num barco.

— Tá certo, Ahab — falou ela, dando uma olhadinha nas falas no papel.

Quando voltou a erguer os olhos, exibia algo de diferente no rosto; os lábios haviam formado um biquinho, e o olhar estava semicerrado, falsamente sexy. Ela jogou o cabelo de lado com um gesto exagerado, e Graham demorou um instante para se lembrar de onde tinha visto aquela mesma postura: Ellie estava imitando Olivia.

— Nada mal — falou, mas também sentiu um alívio quando Ellie saiu da brincadeira e voltou a examinar o roteiro, agora com uma expressão mais familiar.

— Tá certo, vamos começar — anunciou ela, pigarreando. — "Aonde você vai, Jasper?" — Ela parou e olhou para ele com as sobrancelhas erguidas. — Seu nome é Jasper?

Ele deu de ombros, e a leitura continuou.

— "Volte aqui!" — gritou ela, com um tom melodramático na voz, alto bastante para fazer Bagel se levantar, curioso, a coleira tilintando no pescoço, a cabeça de lado.

Graham baixou a mão para dar um tapinha carinhoso no cachorro.

— Muito bem — falou ele para Ellie. — Foi uma interpretação muito natural.

— Eu não disse nada sobre *minha* parte envolver apenas a leitura — observou ela. — Sua vez.

— "Eu estou precisando ficar sozinho" — recitou Graham num tom neutro, como que para enfatizar que não iria interpretar suas falas. — "Só quero um tempo para pensar."

Ellie inclinou a cabeça para um lado.

— Não que eu seja especialista no assunto, mas acho que dava para colocar um pouquinho mais de sentimento nisso aí.

— O bombardeio da crítica vem de todos os lados, Bagel — disse ele para o cachorrinho, que soltou um ganido compreensivo enquanto Ellie voltava a olhar para o roteiro.

— "Você não faz a menor ideia do que está precisando agora. A menor ideia..." — E ela parou nesse ponto, os olhos ainda pregados ao papel.

Graham não conseguia se lembrar de jeito nenhum do que vinha depois disso. Tinha pensado em estudar as falas quando voltasse para o hotel mais tarde e, de qualquer maneira, só precisaria começar a filmar ao meio-dia, então teria a manhã toda para ensaiar. Já tinha decorado cenas inteiras em menos tempo que isso.

— E aí você tem que me beijar — disse Ellie, ostentando uma expressão indecifrável. Graham sentiu um frio na barriga e ficou olhando para ela, ali do outro lado da mesa, sem conseguir formular uma resposta. A cozinha estava silenciosa, só com o tique-taque do relógio de parede acima do fogão e a respiração suave do cachorro, e Ellie demorou um instante para sacudir a cabeça. Quando falou, a voz soou muito clara: — Está no roteiro — disse ela, apontando um dedinho para a página sem tirar os olhos de Graham.

Ele assentiu rapidamente.

— É claro — falou, piscando depressa.

— Aí você tem que me beijar — disse ela outra vez, e em seguida corou e ergueu as folhas de papel amassadas. — Ou melhor, beijar Olivia. Quero dizer... — Ela deu uma olhada no texto. — Zoe. Sério? Jasper e Zoe? Quem é que escreve esses troços?

Ellie voltou a examinar o roteiro, mas Graham não estava mais escutando nada. A frase anterior continuava ecoando em sua cabeça: *Você tem que me beijar.*

Ela estava certa, claro. Ele tinha que beijar mesmo. Já deveria ter beijado um pouco antes, na hora em que chegara. Tinha que ter beijado mais cedo na praia. E no outro dia, na cidade. E também na primeira noite de todas, ali fora, na varanda.

De repente, ele pareceu ter perdido um milhão de oportunidades para beijá-la, mesmo sem nenhuma marcação no roteiro, mesmo sem as ordens de qualquer diretor. Quase sem pensar no que estava fazendo, Graham apoiou as mãos no tampo da mesa e arrastou sua cadeira para trás. E foi só quando ela sorriu que ele percebeu que também sorria.

— Acho que é importante — falou, enquanto se levantava — a gente seguir o que o roteiro diz.

— Ah, é? — brincou ela, abrindo ainda mais o sorriso.

No entanto, uma luz passou pela janela escura acima da pia justamente naquele segundo, desaparecendo brevemente antes de brilhar em cheio nos olhos de Graham outra vez. Ele deu um passo para o lado, piscando, e, quando se virou para encarar Ellie, ela já estava de pé e bem longe da própria cadeira.

— Droga — murmurou, entre dentes. — Ela voltou mais cedo.

— Quem? — repetiu Graham, desorientado.

Havia poucos instantes, o mundo dele estava girando em câmera lenta, e agora era como se alguém tivesse gritado um "Corta!", estragando a magia do momento. *Eu tinha que ter beijado,* pensou ele, e, de repente, a noite inteira fora como uma música desligada pouco antes dos acordes finais, deixando um gosto lancinante de incompletude no ar.

— Minha mãe — disse Ellie, enquanto tirava as coisas da mesa. — Ela não deve ter gostado do livro debatido no clube hoje.

Lá fora os faróis se apagaram, e Graham ouviu uma porta de carro sendo batida. Bagel foi trotando até a entrada dos fundos, e um minuto depois a mãe de Ellie surgiu, as linhas do rosto ficando mais tensas quando deu de cara com Graham ali no meio da cozinha, as mãos enfiadas nos bolsos.

Já fazia um bom tempo que ele não era encarado com um ar de desconfiança tão evidente quanto aquele. Em sua vida anterior, costumava ser hábil ao lidar com pais: era um garoto legal, que conquistava a simpatia de quase todo mundo. E nessa vida, ele estava acostumado com um monte de puxa-sacos. Mas aquele olhar da mãe de Ellie, com aquele tipo tão peculiar de desconfiança, era algo completamente inédito.

Graham ficou alternando o peso entre uma perna e outra, e arriscou seu sorriso de campeão, o qual não pareceu surtir efeito algum.

— Pensei que Quinn fosse ficar para jantar — disse a Sra. O'Neill para Ellie, as sobrancelhas erguidas enquanto deixava a bolsa no balcão da cozinha.

— Houve uma mudança de planos — murmurou Ellie de volta. — Você está lembrada de Graham, não está?

A Sra. O'Neill assentiu, porém não sorriu.

— Bom ver você — disse, fazendo a frase soar como se quisesse dizer o contrário. — Está gostando de Henley?

— Sim — respondeu Graham, engolindo o "senhora" a tempo. — A cidade é uma graça. — Ele pigarreou, baixando os olhos. Nunca tinha usado a expressão "uma graça" em toda a vida.

— E quanto tempo mais vocês vão ficar por aqui?

— Mais algumas semanas — respondeu Graham a ela. — Mas eu queria que fosse mais tempo. Este lugar é mesmo uma graça. — Ele tossiu, sentindo o rosto arder. Não era possível que tivesse repetido o "uma graça" duas vezes em menos de um minuto. — Aliás, convidei meus pais para passarem o feriado aqui — emendou, depressa, sentindo que começava a tagarelar demais, mas sem conseguir fazer nada a respeito. — Pensei que talvez eles fossem gostar da cidade também.

Do outro lado da cozinha, Ellie lançou um sorriso de incentivo para ele.

— Acho que vai ser divertido — disse ela. — Quanto tempo eles vão ficar? Nós podemos dar algumas ideias de passeios para vocês.

— Acho que uns quatro ou cinco dias — falou Graham, já pensando no quanto aquilo seria tremendamente improvável. Mas, de repente, ficou desesperado para que aquilo fosse verdade. — Meu pai e eu gostamos de pescar juntos, então uma parte do tempo deve ser usada para isso.

— Vocês vão gostar — comentou Ellie, lançando um olhar de relance para a mãe. — Bem, está ficando tarde...

— É — disse Graham, dando um passo em direção à porta. — Está mesmo. — Ele acenou para a Sra. O'Neill, constrangido. — Muito obrigado por ter me recebido. — Depois se virou para Ellie, sorrindo do outro lado da cozinha, distância que lhe pareceu enorme, pois ele estava louco para ir embora e se livrar daquela situação constrangedora. — A gente se vê... — E ele já estava quase dizendo "amanhã" quando pensou melhor. — Por aí.

E, com isso, deu um passo para contornar o cachorro e se enveredou pelo corredor que levava à porta da frente. Mal tinha chegado aos degraus da varanda, foi pego de surpresa ao ouvir as duas começando a discutir, os sussurros vazando pela tela, duros, ásperos e certamente altos demais.

Lá fora, a noite tinha refrescado, e Graham ficou parado um instante, tentando juntar as peças do que tinha acabado de acontecer. Vai ver que ela era uma daquelas mães que não gostavam de ver as filhas na companhia de garotos. Ou vai ver que o problema era os dois estarem a sós na casa dela à noite. Ou talvez o dia dela não tivesse sido muito bom. Seja lá qual fosse o motivo, Graham sabia que a melhor solução era sair de cena o mais depressa possível, e tratou de respirar fundo antes de descer os degraus da entrada silenciosamente.

Quando já estava quase na calçada, ele ouviu a porta de tela se fechar com uma batida, e depois o som das passadas descalças de Ellie, correndo para encontrá-lo, balançando a cabeça assim que se aproximou.

— Foi mal por... — começou ela, mas não conseguiu dizer mais nada, pois Graham já não conseguia esperar mais.

Ele baixou a cabeça, e os lábios dos dois se tocaram, os dela ainda com um leve gosto de creme de amendoim, então ele segurou os ombros dela e a beijou com vontade.

E foi tudo exatamente como Graham tinha imaginado, como se fosse a primeira e a milionésima vez ao mesmo tempo, como a sensação de estar muito desperto, como se tivesse perdido o equilíbrio. Só que, dessa vez, ele não estava sozinho; dessa vez, os dois tinham perdido o equilíbrio juntos.

De: EONeill22@hotmail.com
Data: Segunda-feira, 10 de junho de 2013 22:43
Para: GDL824@yahoo.com
Assunto: Re: se você se perder...

Que bom que você não se perdeu.

11

Ellie acordou com o cheiro de panquecas: o sinal de trégua. Desde que era pequena, as panquecas eram o suficiente para mostrar que uma briga entre as duas tinha terminado. Ela e a mãe não costumavam discutir muitas vezes, mas, quando acontecia, a contenda se restringia sempre ao horário da noite. Uma regra tácita determinava que, na manhã seguinte, a página estivesse virada e todo o restante — todos os olhares atravessados e as palavras duras — fosse deixado para trás e que no lugar sobrasse apenas as panquecas em formato de coração. O jeito mais gostoso de fazer as pazes.

Naquela manhã, entretanto, as coisas estavam diferentes. A mãe estava diante de fogão usando a calça de seu pijama de flanela de sempre, com uma caneca de café numa das mãos e a espátula na outra. Mas, quando Ellie se acomodou em seu lugar à mesa, a mãe lhe lançou apenas um sorriso fraco antes de se virar para o fogão outra vez.

Ellie tinha sido a culpada por interromper a discussão da véspera. Desde que Graham fora embora, ela começara a vibrar feito um diapasão, tremendo de raiva por causa do comportamento da mãe.

— Você não pode ser grossa assim sem motivo — sussurrou, assim que se certificou de que ele não estava mais por perto. — Graham não tem culpa de nada. Fui eu que fiz o convite para ele vir aqui.

— Sem me avisar nada. — O olhar da mãe estava fuzilante. — Nem sei por que você resolveu se encontrar com esse galãzinho juvenil, para começo de conversa...

— *Mãe* — queixou-se Ellie, as bochechas ficando vermelhas.

— Você sabia o que estava em jogo nessa história e, mesmo assim, agiu pelas minhas costas e...

— A gente estava só jantando! — disse Ellie, jogando as mãos para o alto, exasperada. — E eu só disse para ele vir para cá porque não queria que nenhum fotógrafo nos visse juntos na cidade. Não é como se ele...

— Se você está achando que eles não vão descobrir de qualquer jeito, se acha que a notícia não vai se espalhar num instante, então você é mais ingênua do que eu pensava. — A mãe pousou dois dedos na têmpora, como se estivesse com uma dor de cabeça horrível, depois bufou devagar. — Quero dizer, você nem conhece esse cara, Ellie!

— *Conheço* — retrucou ela, a voz bem baixa e furiosa. — Eu conheço, sim. De verdade.

A mãe sacudiu a cabeça como se nem tivesse escutado.

— E o sujeito é um astro de cinema, Deus do céu. Mora na Califórnia. Daqui a duas semanas nem vai estar mais na cidade. Como você pode ter *achado* que valia a pena se envolver com ele?

Ellie ficou parada, deixando a chuva de palavras cair sobre si. O ar parecia ter sumido por completo do ambiente, e até Bagel estava perfeitamente imóvel. Mas a questão não era tão complicada assim: o que a mãe não entendia era que Graham não era uma aventura de verão, não era um casinho à toa. E que os motivos que faziam Ellie achar que ele valia a pena nada tinham a ver com os motivos que levavam multidões de outras garotas a babarem sobre cada foto dele publicada nas revistas.

Era muito mais simples. Tinha a ver com o fato de ele ter jantado um pacote velho de tortillas com ela numa boa. E de ter desenhado uma cidade inteira para atender a um pedido seu. Tinha a ver com as piadas que ele fazia e com a expressão em seus olhos quando ambos se encaravam. E com as centenas de e-mails que ele havia lhe enviado, as palavras trocadas ao longo de todos aqueles meses, como se fossem moedas de grande valor.

Tinha a ver com o jeito como ele já parecia conhecê-la melhor do que quase qualquer outra pessoa no mundo, e isso só um dia depois de os dois enfim terem se encontrado pessoalmente. E, se as coisas já estavam assim, imagine só o que *mais* alguns dias seriam capazes de fazer.

A mãe ainda estava olhando para ela à espera de uma resposta, mas Ellie nem se importou. Em vez de se explicar, deu meia-volta e começou a se dirigir até a porta.

— Ellie — chamou a mãe, mas o tom de voz não pareceu irritado, apenas repleto de cansaço e confusão. No entanto, mesmo que houvesse qualquer irritação, não ia fazer diferença, porque a menina já estava correndo até o ponto do jardim onde as costas brancas da camiseta de Graham ainda brilhavam na escuridão.

E o beijo que ele lhe deu foi a resposta para a pergunta que continuava no ar.

Era a única coisa que ela precisava saber.

— Desculpe — sussurrou ela outra vez, assim que os lábios de ambos se descolaram.

Graham ainda estava com as mãos nos ombros de Ellie, agarrado a eles como se não soubesse ao certo se queria deixá-la ir.

— Não faz mal — respondeu ele, lançando um olhar para as janelas acesas da cozinha. — Mas eu acho melhor...

Ellie assentiu, e ele a beijou mais uma vez. Ela ficou imaginando os milhares de garotas que provavelmente sonhavam beijar Graham Larkin, as garotas que tinham uma cena daquelas montada em detalhes na cabeça, mas a sensação de estar com ele ali na penumbra à entrada de sua casa não se parecia com a cena de filme nenhum. Era ainda melhor.

— Vá me encontrar amanhã, tá? — disse ele, já começando a se afastar.

— Boa sorte com sua cena — desejou Ellie, e o sorriso que ele lhe deu em seguida fez o coraçãozinho dela dar um pulo.

Depois, quando ela voltou para dentro e se esgueirou até a cozinha com um ar encabulado, descobriu que a mãe havia subido para dormir. A briga fora suspensa, interrompida até a manhã chegar e ambas serem obrigadas a lidar com a pendência enquanto comiam as tradicionais panquecas da paz.

— Olhe — dizia a mãe dela agora, colocando um prato na mesa diante de Ellie e depois ocupando a cadeira ao lado. Quando debruçou o corpo para a frente, uma mecha de cabelo castanho-avermelhado se soltou do rabo de cavalo. — Talvez não tenha sido muito justo da minha parte julgar antes de saber da história toda.

Ellie estendeu a mão para pegar o frasco de calda.

— A gente vinha trocando e-mails — falou ela, sem erguer os olhos. — Há vários meses.

— Mas como? — perguntou a mãe. — Quero dizer, como foi que você...

— Começou com um engano — explicou. — Ele tinha digitado o endereço errado. A mensagem era para outra pessoa, mas acabou chegando para mim, e nós começamos a conversar. Eu não sabia que era ele. Que era Graham Larkin, quero dizer. Achei que fosse só um cara qualquer.

— Ah, isso me deixa muito mais tranquila — disse a mãe. — Mas acho melhor deixar meu sermão sobre segurança na internet para outro dia...

— Mãe — resmungou Ellie.

A mãe ergueu as mãos.

— Só estou querendo dizer que tem muita gente maluca por aí...

— *Mãe* — repetiu ela. — A questão não é essa.

— Tá bem, tá bem. Então qual é a questão?

Ellie ergueu o olhar.

— A questão é... — disse, mas daí deixou a voz morrer, inspirando profundamente. — A questão é que estou achando ótimo não ter descoberto antes quem ele era, entende? Porque, se não tivesse sido assim, a gente nunca teria se conhecido. Não de verdade. Não do jeito que o conheço agora.

A mãe assentiu.

— E você está gostando dele.

— Estou — admitiu Ellie, sentindo a voz embargada de repente. — Muito.

Na frigideira, a segunda leva de panquecas começou a queimar. A mãe se levantou da mesa e ficou parada por um bom tempo depois de já ter virado as panquecas, a cabeça voltada para a janela acima da pia.

— Não sei o que dizer — falou enfim, girando o corpo. — Só não quero que você sofra.

— Ele nunca iria...

— Ellie, por favor — pediu a mãe, e algo na expressão dela fez Ellie congelar. De repente se deu conta de que aquela conversa não era só sobre Graham. Elas estavam falando a respeito de seu pai também. — Você sabe que existem mil chances de essa história acabar mal — prosseguiu a mãe, a voz tensa. — Não só por causa de quem ele é, e não só porque ele vai ter que ir embora da cidade em breve. — Ela comprimiu os lábios, medindo bem as palavras. — Você já percebeu como sempre tem muita gente atrás dele.

— Você não pode me dizer para não sair com alguém só porque essa pessoa é muito fotografada — disse Ellie. — Já notou como isso parece papo de maluco?

— Essa história toda *já é* bem maluca — argumentou a mãe, colocando as duas últimas panquecas prontas num prato antes de se reacomodar à mesa. — E histórias assim — continuou, sacudindo a cabeça — nunca acabam bem.

— Você diz isso porque *sua* história não acabou bem — retrucou Ellie, com a testa franzida. — Mas esse caso é diferente. Ele não é um senador aproveitador. E eu não sou uma...

— Uma o quê? — cortou a mãe, lançando um olhar severo para Ellie. — Uma garçonete barata?

— Não falei isso — justificou-se, sacudindo a cabeça. — Você sabe que não foi isso que eu quis dizer.

— Seu pai... — começou a mãe, para depois fazer uma pausa, desviando o olhar. — Era tudo muito complicado.

— Tá — disse Ellie. — Mas essa história é diferente. Graham é diferente.

— A questão não é essa — insistiu a mãe, baixando os olhos para o prato. Nenhuma das duas tinha comido nada, e as panquecas estavam começando a esfriar. — Ele tem uma vida pública. E não seria bom para você se envolver nessa vida.

— Mas que diferença isso poderia fazer? — explodiu Ellie. — O que aconteceu entre você e ele... você e meu pai, quero dizer, não é exatamente um segredo. A história já saiu na imprensa. E não entendo que diferença faria caso as pessoas descobrissem. Não vejo por que a gente ainda precisa se esconder.

— A gente não está se escondendo — disse a mãe, espetando um pedaço de panqueca com o garfo. — Nós duas só estamos levando nossa vida como pessoas comuns. Não é a mesma coisa.

— Mas você não quer minha foto nos jornais.

— Não é só isso — disse ela, com um suspiro. — Não quero que sua vida comece a ser esquadrinhada em cada detalhe. A foto seria só o começo. Isso você consegue entender, não consegue? Se sair uma única foto sua ao lado de Graham Larkin, os fotógrafos não vão mais largar do seu pé. As pessoas vão querer começar a vasculhar todas as informações. E vão se achar no direito de divulgar tudo o que apurarem. Você era pequena demais para se lembrar de como foi isso da outra vez. — A mãe balançou a cabeça, fazendo uma careta sutil. — É uma coisa horrível, isso que eles fazem. Essa gente não tem nenhum limite.

Ellie cortou um pedaço da panqueca e mastigou devagar, refletindo sobre aquilo tudo.

— Mas, se esse é o único motivo, então a decisão não teria que ser minha? — questionou. — Não seria um risco que eu mesma teria que decidir se vou assumir?

— Não é tão simples assim — disse a mãe. — Isso tudo afeta a mim também. E ao seu pai.

Ellie bufou.

— Agora nós estamos tentando proteger *a ele*? — perguntou, recostando o corpo na cadeira e cruzando os braços. — Ele, que nunca fez coisa alguma por nós, que nem tentou entrar em contato...

— Você sabe que isso só aconteceu porque pedi a ele que não nos procurasse.

— E mesmo assim você ainda se preocupa? Se ele for mesmo concorrer à presidência, provavelmente a imprensa vai achar a gente de qualquer maneira. Que diferença faz, então?

— Pode ser que nos achem — argumentou a mãe. — Mas também pode ser que não. Essa história toda aconteceu três campanhas atrás. E escândalos novos aparecem o tempo todo. Eles vão mencionar o ocorrido como sempre fazem, mas isso não quer dizer necessariamente que virão atrás de nós.

— Você mesma disse que essa gente não tinha limites.

— Do ponto de vista do jogo político, essa notícia já ficou velha — explicou a mãe. — Mas e para as revistas de fofocas? Vai ser uma história ótima. Qualquer coisa que envolva o nome daquele garoto parece ser uma história ótima. — A mãe de Ellie brincou com a última panqueca que continuava no prato. — Você não enxerga? Nossa vidinha aqui está toda organizada. Dei duro para conseguir isso. E depois que uma coisa dessas sair na imprensa, não vai ter volta.

A voz de Ellie saiu num fiozinho de nada:

— Só que estou gostando dele de verdade.

— Eu sei — disse a mãe, estendendo a mão para cobrir a da filha. — Mas, mesmo que não existisse essa questão toda com seu pai, não seria bom para você levar essa história adiante. Pode confiar em mim. Ninguém quer acordar com montes de fotógrafos acampados na porta de casa. E eu tenho certeza de que até Graham Larkin iria lhe dizer a mesma coisa.

Ao sair para o trabalho mais tarde, Ellie ficou imaginando se aquilo seria mesmo verdade. Quando perguntara a Graham sobre como era ser reconhecido na rua, ele não quisera falar a respeito, embora parecesse estranhamente resignado em relação à presença dos fotógrafos na cidade, agindo como se eles fossem só um desses cachorros vira-latas que cismam em te seguir e não vão embora quando enxotados. Mas ela vivia vendo tantas fotos dele nas revistas de Quinn — Graham saindo da academia de ginástica, Graham tentando jantar em paz em algum restaurante. Não parecia muito provável que alguém fosse simplesmente se habituar a viver dessa maneira.

Perto dos trailers do set, ela reparou que a multidão estava menos numerosa do que de costume, e então se lembrou do que Graham dissera sobre as filmagens de hoje serem a bordo do tal barco. Mas, mesmo assim, logo avistou um dos fotógrafos fumando num canto e tratou de apressar o passo, ainda abalada por causa da conversa que tivera com a mãe mais cedo. Ellie estava feliz por seu primeiro turno de trabalho ser na Sprinkles; mesmo se Quinn ainda estivesse chateada com ela, seria melhor enfrentá-la a passar o dia todo dividindo o espaço apertado da loja de presentes com a mãe enquanto tentava decidir o que fazer a respeito de Graham.

Mas, ao empurrar a porta da sorveteria, Ellie teve a surpresa de se deparar com a cabeça cheia de cachinhos de Devon surgindo de trás do balcão.

— Oi — cumprimentou, entrando e se livrando da bolsa que trazia. — Cadê a Quinn?

Ele desviou o olhar.

— Ela me pediu para cobrir o turno de hoje.

— Como assim? — Quis saber Ellie. — Está tudo bem com ela?

Devon fez que sim com a cabeça, mas continuou sem encará-la.

— Ela está querendo me evitar?

Depois de um instante, ele ergueu o olhar.

— Acho que não — esclareceu. — Aposto que ela tinha algum outro compromisso hoje, só isso.

Ellie fez que sim com a cabeça. Ela conhecia Devon desde os 4 anos de idade; o garoto era a bondade em pessoa, além de ser o sujeito mais correto e honesto do mundo. Se aquilo era mentira, fora dita com a intenção de não magoá-la.

Com um suspiro, Ellie estendeu a mão para o baldinho de metal onde ficavam as conchas sujas de sorvete e o levou à pia nos fundos da loja, onde poderia ficar sozinha.

Os dois passaram a maior parte da manhã em silêncio. Entre um cliente e outro, Devon ficara sentado num dos bancos altos junto ao balcão lendo sua edição surrada de *O grande Gatsby*, enquanto Ellie lutava contra o impulso de enchê-lo de perguntas.

Ao fim de seu turno, ela começou a recolher suas coisas e Devon baixou o livro.

— Deve ser legal sair com um ator de cinema.

Ellie sorriu.

— Parece que sim.

— Quer que eu mande um "oi" para Quinn?

— Isso seria ótimo — concordou ela. — Obrigada.

Devon assentiu e voltou à leitura, mas, quando estava quase chegando à porta, Ellie parou e se virou para encará-lo outra vez.

— Ei, Devon? — chamou, e ele ergueu o rosto de um jeito que fez os óculos escorregarem até a ponta do nariz. — Eu também gostei de saber sobre você e Quinn.

O sorriso dele ficou mais largo.

— Brigado.

Lá fora, o vento tinha ganhado força, e Ellie ficou parada um instante, piscando para espantar a poeira. Ao fim da rua, avistou um barco desconhecido entrando na doca com dois sujeitos metidos em capas de chuva escuras debruçados na amurada da proa, e, mesmo antes de avistar Graham e Olivia, deduziu que aquela era a embarcação usada nas filmagens. O motor foi desligado assim que o barco se aproximou das boias do ancoradouro, e este foi parando aos poucos, com as gaivotas riscando círculos preguiçosos logo acima.

De onde estava, Ellie não conseguia distinguir a expressão de ninguém, mas notou Olivia parada bem junto a Graham enquanto ele mantinha os olhos fixos no rastro deixado pelo barco. Ela se perguntava se tinha motivos para sentir ciúmes. Então se deu conta de que a maior parte das garotas sentiria. Mas, se pensasse bem em todas as coisas que sabia a respeito de Olivia, era de se imaginar que só um esquizofrênico teria algum interesse por ela e por Ellie ao mesmo tempo. E, pela maneira como Graham havia lhe beijado a boca na noite anterior, ela sabia que não era o caso. Dava para ver que o cara estava interessado só nela.

E foi por isso que ela acelerou ladeira abaixo: a lembrança daquele beijo. A essa altura, já deveria estar na loja da mãe; o turno dela estava só começando, e havia um monte de coisas pendentes por lá. Mas, quanto mais o barco se aproximava da doca, mais Ellie se via caminhando em direção à água, como se houvesse algum ímã atraindo-a para lá.

Ela ainda não sabia o que iria fazer. Bem no fundo, sabia que sua mãe tinha razão. E não só a respeito das câmeras, mas em relação à história toda. E tais pensamentos ficavam revirando em sua cabeça sem parar, como roupas dentro da secadora. Ele era um astro. Tinha uma vida diferente demais da dela. Ele iria embora da cidade logo. Ele acabaria fazendo-a sofrer.

Só que, naquele momento, nada disso parecia ter importância.

Tudo o que Ellie queria era ficar mais perto dele.

Quando ela passou pela frente da loja de iscas à entrada da marina, o barco já havia encostado no cais e o nome pintado no casco estava bem visível: *Go Fish*. Graham desceu para o deque de madeira acinzentada do ancoradouro. Estava usando terno e gravata, um figurino que Ellie achou bem estranho para se usar a bordo, até se lembrar de que a cena se dava logo depois do funeral do pai do personagem, quando Jasper saía da igreja para navegar sozinho e acabava sendo seguido por Zoe.

Uma rajada de vento encrespou a água, e Olivia segurou o vestido com uma das mãos enquanto oferecia a outra para que a ajudassem a desembarcar. Já a salvo em terra firme, ela e Graham saíram caminhando lado a lado pela passagem de pedestres, juntamente ao diretor e a alguns assistentes, todos com *headsets* nas cabeças, pranchetas nas mãos e rostos carrancudos. Dois membros da equipe ficaram no ancoradouro para acompanhar o desembarque do equipamento; Graham tinha comentado na véspera que a filmagem só terminaria ao final da tarde, mas Ellie desconfiava que eles tivessem precisado encerrar mais cedo por causa do tempo ruim.

Uma multidão havia se aglomerado perto do muro do porto, e os gritos dos fãs chegaram ao volume máximo quando os dois astros se aproximaram daquele local. Alguns seguranças corpulentos estavam de olho na movimentação, mas isso não impedia os turistas de registrarem tudo com as câmeras de seus telefones, e garotas que mal tinham ingressado na adolescência de se debruçarem nas grades com os olhos vidrados e sorrisos rasgados sempre que Graham chegava mais perto. Olivia deu uma paradinha para sussurrar algo no ouvido dele antes de distribuir alguns autógrafos, e o restante dos paparazzi surgiu do nada para registrar o momento com suas câmeras grandalhonas.

Ellie estava parada junto das instalações da capitania dos portos, a uma distância segura da movimentação toda, mas, enquanto seguia de volta para seu trailer, Graham varreu os arredores com um olhar demorado. E os olhos encontraram os dela rapidamente, tão rápido que foi quase como se ele já soubesse que ela estaria ali. Ellie sorriu instintivamente para Gaham, e, antes que ela tivesse tempo de fazer qualquer outra coisa — como sacudir a cabeça ou lhe mandar alguma espécie de sinal —, Graham mudou a direção de seus passos e começou a caminhar diretamente até ela, aparentemente sem perceber que as atenções de todos os presentes continuavam cravadas em seus movimentos.

Ali onde estava, Ellie sentiu os joelhos fraquejarem e as pernas ficarem subitamente bambas, e, por um instante breve e cheio de pânico, ela ficou congelada, sem saber o que fazer. Graham prosseguia sem se dar conta de nada em volta, acenando para ela enquanto se aproximava com um sorriso cada vez maior. Por trás do ombro dele, os fotógrafos abandonaram a sessão de autógrafos de Olivia para acompanhá-lo com suas lentes. As palavras que a mãe dissera mais cedo lampejaram na mente de Ellie — *Depois que uma coisa dessas sair na imprensa, não vai ter volta* —, e ela se flagrou virando o corpo para ir embora.

Não posso, pensou consigo, torcendo para que Graham compreendesse.

Mas é claro que ele não entendeu. Ela flagrou seu olhar de relance por um instante, por tempo suficiente para notar a confusão ali, e sentiu uma pontada de culpa. Mas era tarde demais. A essa altura, ela já estava cortando caminho pela lateral da loja de iscas para descer até a praia. E, então, como um mágico experiente, Ellie fez seu truque do desaparecimento, deixando todo o circo armado às suas costas.

De: GDL824@yahoo.com
Data: Terça-feira, 11 de junho de 2013 12:18
Para: EONeill22@hotmail.com
Assunto: boletim meteorológico

E,

nós tivemos que voltar mais cedo por causa da ventania. Eu estou querendo acreditar que foi o vento que levou você embora também. Hoje a filmagem vai até tarde, mas tentarei passar para te ver depois que estiver liberado...

G.

12

Ao longo da tarde, Graham ficou tomado por uma branda sensação de pânico que levou sua concentração embora. Enquanto a equipe aguardava o mau tempo passar, ele ficou fingindo estudar o roteiro, mas a cabeça estava longe dali. Ouvindo o vento bater nas paredes do trailer lá fora, ele esfregava os olhos e fazia força para prestar atenção ao papel que tinha nas mãos.

As coisas só se acalmaram duas horas depois, e, com o mundo tranquilo outra vez, a produção foi tomada por um novo senso de urgência enquanto eles se encaminhavam para o barco a fim de tentar aproveitar as últimas horas de luz. Graham sentia a impaciência geral conforme seguia tropeçando nas falas, errando as marcações de cena e se distraindo com os equipamentos de bordo, o especialista em navegação lhe gritando instruções de trás da câmera. O mar parecia revolto, batendo nos cascos do barco de madeira, e, mesmo com o vento um pouco mais fraco, a equipe de cabeleireiros estava tendo um trabalhão na batalha inglória de tentar manter o rabo de cavalo de Olivia do jeito que deveria ficar.

Graham firmou os pés afastados junto da proa do barco enquanto Mick e dois cinegrafistas tentavam decidir se era melhor dar o dia de trabalho por encerrado ou se valia a pena insistir um pouco mais. O *Go Fish* oscilava nas ondas azul-acinzentadas, e o convés balançava sem parar. Se o desempenho de Graham em cena estivesse sendo levado em conta, certamente a decisão seria voltar para a doca. A tomada do dia pedia emoções rasgadas e uma declaração de amor sofrida. O roteiro indicava trocas de olhares angustiadas, vozes embargadas de amor, mas, no momento, ele sentia-se simplesmente incapaz de incorporar toda aquela densidade passional. Não hoje. Não por Olivia. Não depois de ter visto Ellie lhe dar as costas tal como fizera.

Era para ele estar nas nuvens depois da noite da véspera. O beijo tinha sido comparável ao riscar de um fósforo, uma coisa forte e brilhante se acendendo dentro do peito, uma parte de Graham que nem mesmo ele percebia que aguardava para ser acesa.

Mas, depois de flagrar o olhar de Ellie naquela manhã, pouco antes de ela lhe dar as costas, ele ficara completamente sem chão. Não que pudesse culpá-la. Graham não deveria ter acenado da maneira como fez, para começo de conversa. Logo depois do gesto, ele sentira a onda de atenção às suas costas, e qualquer pessoa na posição de Ellie teria feito a mesma coisa ao se ver confrontada pela multidão daquela maneira. Mas, mesmo da distância em que estava, Graham conseguira decifrar perfeitamente a expressão dela, tão bem quanto se Ellie tivesse verbalizado as palavras *Sinto muito*, que certamente foram ditas de forma silenciosa.

E, em seguida, já não estava mais lá.

Provavelmente fora apenas pânico momentâneo. Ele provavelmente estava exagerando as coisas. Mas, ainda assim, Graham não conseguia se livrar da impressão de que Ellie não havia fugido apenas da multidão de fãs e das câmeras.

O sol já havia se escondido por trás da torre da igreja quando eles entraram no porto pela segunda vez, mas o dia de trabalho ainda estava longe de terminar. Havia uma outra cena para ser gravada na entrada de um dos bares da cidade, e, quando passou a caminho do trailer, Graham viu os holofotes enormes já sendo montados para produzir um entardecer artificial bem no meio da rua já quase às escuras.

Um assistente de produção estava chamando seu nome do outro lado do set, mas como ele só precisaria entrar em cena dali a vinte minutos, manteve a cabeça abaixada e tirou o celular do bolso sem reduzir o passo. Deslizando o dedo na tela, passou direto pelos e-mails de seu agente e de seu relações-públicas, de seu administrador financeiro e da garota que havia conhecido na academia antes de sair de Los Angeles. Ao notar que ainda não havia nenhuma notícia de Ellie, apertou o botão de chamada enquanto os pés martelavam os degraus da entrada do trailer, ouvindo o toque do outro lado da linha. Já pensando no recado que deixaria caso ela não atendesse — alguma coisa casual e divertida que encobrisse sua preocupação pela falta de resposta para seu e-mail —, Graham teve seu raciocínio interrompido assim que abriu a porta e deu de cara com Harry dentro do trailer, sentado junto da mesinha. Graham baixou o telefone, tateando a tela para encerrar a ligação.

— Quem era? — Quis saber Harry, deixando um maço de papéis de lado.

Graham não respondeu. Seguiu para pegar uma garrafa de água no frigobar, então se sentou em frente ao empresário.

Harry abriu um sorriso, mas havia um sinal de alerta ali.

— A ruiva?

Graham inclinou a cabeça para trás para beber um gole da água, os olhos pregados no teto. Depois que terminou, secou a boca com as costas da mão e disse, numa voz pouco familiar:

— Que ruiva?

— Qual é? — zombou Harry. — Todo mundo viu você indo atrás dela hoje mais cedo.

— Eu não estava...

— É melhor segurar a onda nesses seus contatos com os moradores locais. — Ele se recostou na cadeira e coçou as costas. — Acha que já não vi isso acontecer? Você viaja para filmar, e, de repente, surgem mil menininhas gritando seu nome...

— Não tem nada a ver com isso.

— Tenho certeza que não — disse Harry, embora não parecesse convencido. — Mas a questão é que não é o melhor momento para você começar a exercer esse seu lado Don Juan.

Graham bufou.

— E quando *seria* o melhor momento para uma coisa assim?

— Estou falando sério. Nós estamos numa fase crítica, e todo o cuidado é pouco para preservar sua imagem. Não quero que seja visto saindo com uma garota diferente a cada noite. — Ele puxou um tabloide de baixo da pilha de papéis que estava na mesa à sua frente, empurrando-o para Graham. — Tem que ser uma só.

Olhando de um jeito ressabiado para a publicação, Graham ficou surpreso ao ver uma foto reluzente da filmagem do dia anterior. Ela havia sido tirada no momento em que ele erguera Olivia nos braços para a primeira tomada do beijo, os dois ainda em movimento, os olhos fechados, os braços entrelaçados, num flagrante que — se tirado de contexto — poderia se passar facilmente por algo além de interpretação de personagens. A legenda da foto dizia: "Química nas telas ou romance na vida real?"

— Belo trabalho — disse Graham, largando a revista de volta na mesa.

Harry abriu um sorriso satisfeito.

— É para isso que você me paga aquela grana alta, está lembrado? Embora fosse facilitar muito minha vida se você parasse de correr atrás da ruiva e saísse para jantar com Olivia por uma noite que fosse.

— Se não estou enganado, seu trabalho é deixar *minha* vida mais fácil — lembrou Graham, levantando-se. Ele estendeu a mão para atirar a garrafa vazia na lixeira transbordante ao lado do frigobar e, depois, como se quisesse enfatizar seu alerta, jogou o tabloide lá dentro também. — E ela tem nome, caso você não saiba.

— E qual é?

Mas Graham já tinha disparado porta afora.

Na rua, o set de filmagem ganhava vida outra vez. Depois de um dia frustrante no mar, agora todos pareciam insuflados por uma corrente renovada de energia, cumprindo eficientemente suas funções, empolgados pela ideia de recomeçarem do zero e terem uma cena novinha em folha para trabalhar.

A noite já havia quase caído por completo, com uma última mancha rosa-claro borrando o céu perto da água. A uma quadra adiante, luzes feéricas banhavam a calçada em frente ao bar onde Jasper teria seu momento de revelação, e Graham sabia que já deveria estar começando a se concentrar na cena. Mas ele fez uma pausa para pescar o telefone no bolso mais uma vez, ansioso para ver se havia chegado alguma resposta de Ellie. Ficou surpreso ao encontrar uma mensagem de sua mãe.

Mais à frente, uma assistente de figurino acenava para chamá-lo. Mas, em vez de ir até ela, Graham levou uma mão em concha à tela brilhante do telefone enquanto lia o e-mail. Os olhos fizeram uma leitura dinâmica: uma série de justificativas, uma lista de planos já feitos para o feriado, preocupações com os riscos e custos da viagem aérea, insinuações de que talvez eles fossem se sentir deslocados no meio dos "amigos do ramo" de Graham, pedidos de desculpas e a promessa de que matariam as saudades quando ele voltasse para a Califórnia.

Mesmo assim, Graham ainda levou um instante para captar o que aquela mensagem implicava.

Seus pais não iriam visitá-lo.

Já deveria esperar por isso. Não havia motivos para achar que a resposta poderia ser qualquer coisa diferente de um "não". Ainda assim, só depois que voltou a baixar o telefone, Graham se deu conta de que — por mais ilógico que isso pudesse parecer — estivera contando com a visita deles.

A assistente de figurino agora estava postada bem na frente dele e pigarreou alto. Ele ergueu os olhos da telinha, um pouco desorientado. A moça era baixinha, meio corcunda e pelo menos dez anos mais velha que Graham, mas, mesmo assim, havia certa reverência na maneira como ela o fitava, como se ele estivesse lhe fazendo um enorme favor ao finalmente lhe dar atenção.

— Eles estão prontos para você — disse ela, e ele assentiu antes de voltar a guardar o telefone no bolso, ostentando uma expressão cuidadosamente neutra.

E mesmo mais tarde, depois que tinha vestido o figurino, o cabelo estava emplastrado de gel e já tinham proclamado que ele estava pronto para as câmeras, a mesma expressão continuou lá; uma neutralidade controlada, a fórmula para abrir espaço dentro de si a outra pessoa completamente diferente: Jasper e seus problemas, Jasper e seus pensamentos, Jasper e seus sentimentos complicados por Zoe.

A questão era que o restante todo continuava presente também, logo abaixo da superfície neutra: Graham e seus problemas, Graham e seus pensamentos, Graham e seus sentimentos complicados por Ellie. E bem mais que isso, até: sua relutância em sair com Olivia, a irritação com Harry, a decepção com a recusa dos pais, a impaciência para terminar logo de fazer a cena para ir atrás de Ellie, o único antídoto certo para a confusão de pensamentos que se atropelavam em sua cabeça.

A filmagem terminou cedo. Mas, dessa vez, não foi por causa do tempo ruim ou da iluminação, e certamente não foi porque Graham não conseguira criar a combinação emocional necessária para o personagem. Quando o dia de trabalho foi declarado encerrado, aliás, e um exército de trabalhadores surgido aparentemente do nada começou a desmontar o set, Mick se aproximou para lhe dar uns tapinhas no ombro.

— A atuação de hoje foi bem intensa — elogiou. — Será que dá para rolar essa mesma energia no trabalho de amanhã também?

A risadinha de Graham soou rouca.

— Vou ver o que posso fazer.

Mas, em sua mente, o pensamento era outro: ele queria justamente o oposto disso. Queria tranquilidade. Queria Ellie.

No caminho até a casa dela, Graham jogou a cabeça para trás para fitar o mar de estrelas lá no alto, o qual tinha sido ofuscado pelas luzes poderosas do set. Agora elas formavam uma camada espessa, uma estática no azul-marinho do céu, e Graham se lembrou da caixa no porão de casa, onde o pai guardava um telescópio antigo. A madeira tinha entalhes intrincados formando pequenos desenhos de sóis e luas, e, quando era garoto, Graham era louco para levar o equipamento para o andar de cima e apontar as lentes para as estrelas além da janela. Mas ele só tinha a chance de vê-lo uma vez por ano, quando o pai forrava a mesa da sala de jantar e o erguia de dentro da caixa com o mesmo cuidado que dedicaria a uma pessoa à beira da morte.

— A gente não pode experimentar? — Era o que Graham sempre perguntava, debruçando o corpo para olhar enquanto o pai polia a madeira e limpava as lentes com o mesmo paninho aveludado.

— É um telescópio valioso demais — alertava o pai. — A gente não pode deixar que nada aconteça a ele.

Só que foi exatamente isso que acabou acontecendo: nada. Pelo que Graham sabia, o telescópio continuava guardado entre as teias de aranha do porão, e o que ele sempre aceitara como uma medida sensata do pai agora lhe parecia simplesmente um enorme desperdício.

Quando chegou ao topo da ladeira que dava até a porta da casa de Ellie, já estava quase correndo. Havia luzes acesas na cozinha, e Graham se forçou a reduzir o passo quando se aproximou dos degraus da entrada, inspirando bem fundo. À porta, ergueu a mão, mas descobriu que lhe faltava coragem para bater.

Ficou passeando de um lado a outro da varanda, meio sem saber qual era o problema. De repente, a sensação era de estar paralisado. Ele voltou a parar em frente ao botão da campainha, depois deu meia-volta, deixando o corpo cair no assento da namoradeira de balanço, os cotovelos apoiados nos joelhos, o rosto enterrado entre as mãos. O que estava acontecendo? Graham nunca tinha sentido tal insegurança com garota alguma, nem mesmo na sua vida antiga.

Ainda sentado do mesmo jeito — as costas curvadas, chateado, sem conseguir bater na porta —, ouviu o som de passos lá dentro e sentiu algo se revirar no estômago. Mas, quando uma fresta da porta se abriu, quem surgiu foi a mãe de Ellie. Ela arqueou as sobrancelhas sem dizer nada, e ele se levantou da namoradeira.

— Desculpe por ter incomodado — disse Graham. — Eu já ia bater na porta.

Ela deu um meio sorriso, uma expressão que ele já vira reproduzida igualzinha no rosto da filha.

— Imaginei isso há uns dez minutos — brincou ela. — E então achei que deveria dar um empurrãozinho para acelerar as coisas.

Ele pigarreou.

— Ellie está em casa?

— Sim — respondeu ela. — Mas está meio tarde.

Graham sabia que aquela era a deixa para que ele fosse embora e sentiu uma pontada de irritação. Endireitando os ombros, assumiu uma postura decidida. Não iria embora de jeito nenhum. Ainda não.

— Será que eu poderia falar com ela só um minutinho?

— Acho que não. — Foi a resposta, e ele ficou surpreso quando notou um ar genuíno de pena cruzando o rosto dela.

Só um instante depois Graham foi entender o sentido verdadeiro daquele olhar, e nessa hora sentiu o impacto da constatação atingir seu peito em cheio.

Não era a Sra. O'Neill que estava atrapalhando. Não era ela quem estava dizendo "não".

Era Ellie.

Tal conclusão trouxe um silêncio de espanto que lhe roubou qualquer chance de conseguir articular a pergunta que logicamente viria a seguir: *Por que não? Ou o que aconteceu?* Ou, ainda, a pior de todas: *O que foi que fiz de errado?*

Em vez disso, Graham simplesmente baixou os olhos, fitando o assoalho irregular da varanda.

— Hoje não está sendo uma noite muito fácil — disse a Sra. O'Neill, colocando uma das mãos no ombro dele.

A pergunta seguinte brotou naturalmente, embora Graham já desconfiasse de que a resposta para ela também não seria nada agradável.

— Que tal amanhã?

Ela hesitou, abrindo e depois tornando a fechar a boca. Depois de um instante, balançou a cabeça de leve.

— Boa noite, Graham — falou, para em seguida retornar para dentro, deixando-o sozinho na varanda.

De algum lugar nas entranhas da casa, Bagel soltou um latido ao ouvir a batida da porta. Já descendo os degraus,

Graham olhou para cima. Havia uma única luzinha acesa, numa janela do segundo andar, e, dentro do campo de visão, havia uma prateleira cheia de livros. Por um instante, Graham se permitiu imaginar a cena que encontraria ali dentro: Ellie enroscada na cama, o cachorro deitado ao seu lado — e essa imagem pareceu iniciar um processo dentro dele.

Graham já tinha lido esse roteiro. Ele sabia como a história deveria acontecer. Garoto conhece garota. Garota gosta do garoto. Garoto beija a garota.

E depois? As possibilidades eram infinitas. Mas, em meio a todas elas, Graham tinha certeza de que *isso* certamente não estava incluído: ele não deveria estar ali sozinho, do lado errado da porta, sem fazer a menor ideia do que podia ter acontecido para provocar tal rejeição.

Graham tinha achado que havia algo entre os dois. Mas agora estava claro que Ellie tinha mudado de ideia, e ele ficou chocado com a rapidez com que tudo se desenrolara, ao ver o final chegando antes que o começo tivesse a chance de se iniciar de verdade. Seu pobre coração-telescópio — aquela coisa frágil e preciosa guardada dentro do peito — provavelmente teria ficado melhor se nunca tivesse sido tirado da caixa.

PARTE II

RASCUNHOS SALVOS

De: EONeill22@hotmail.com
Data: Quinta-feira, 13 de junho de 2013 23:27
Para: GDL824@yahoo.com
Assunto: (sem assunto)

Querido Graham,

me desculpe. Mesmo.

De: EONeill22@hotmail.com
Data: Domingo, 16 de junho de 2013 15:02
Para: GDL824@yahoo.com
Assunto: (sem assunto)

Querido Graham,

De: EONeill22@hotmail.com
Data: Domingo, 16 de junho de 2013 15:05
Para: thisisquinn@gmail.com
Assunto: (sem assunto)

Quinn,

me perdoe. Queria poder explicar.

De: EONeill22@hotmail.com
Data: Terça-feira, 18 de junho de 2013 17:15
Para: GDL824@yahoo.com
Assunto: (sem assunto)

G...

De: EONeill22@hotmail.com
Data: Quarta-feira, 19 de junho de 2013 08:07
Para: thisisquinn@gmail.com
Assunto: (sem assunto)

Q... a gente pode conversar, por favor?

De: EONeill22@hotmail.com
Data: Quinta-feira, 20 de junho de 2013 21:29
Para: cbodine@harvard.edu
Assunto: (sem assunto)

Prezada Srta. Bodine,

Gostaria de informar que não vou mais poder comparecer ao curso de poesia a ser realizado em agosto. Infelizmente, não tenho os recursos necessários para

---

De: EONeill22@hotmail.com
Data: Quinta-feira, 20 de junho de 2013 21:38
Para: paul_whitman@whitman.senate.gov
Assunto: (sem assunto)

De: EONeill22@hotmail.com
Data: Sexta-feira, 21 de junho de 2013 19:18
Para: GDL824@yahoo.com
Assunto: (sem assunto)

Oi, Graham,

De: EONeill22@hotmail.com
Data: Domingo, 23 de junho de 2013 10:10
Para: cbodine@harvard.edu
Assunto: (sem assunto)

Prezada Srta. Bodine,

Lamento, mas não poderei comparecer ao curso de poesia em Harvard. Infelizmente, houve uma mudança de planos e farei uma viagem de férias com meus pais justamente na época das aulas.

De: EONeill22@hotmail.com
Data: Segunda-feira, 24 de junho de 2013 16:51
Para: thisisquinn@gmail.com
Assunto: (sem assunto)

Quinn,

Isso não faz o menor sentido. A gente precisa conversar. Podemos nos encontrar qualquer hora?

Beijos,
Ellie

De: EONeill22@hotmail.com
Data: Quarta-feira, 26 de junho de 2013 22:34
Para: GDL824@yahoo.com
Assunto: (sem assunto)

Querido Graham,

Espero que esteja correndo tudo bem com o filme...

De: EONeill22@hotmail.com
Data: Quinta-feira, 27 de junho de 2013 15:40
Para: GDL824@yahoo.com
Assunto: (sem assunto)

Oi.

De: EONeill22@hotmail.com
Data: Sexta-feira, 28 de junho de 2013 23:11
Para: GDL824@yahoo.com
Assunto: (sem assunto)

Olá.

De: EONeill22@hotmail.com
Data: Domingo, 30 de junho de 2013 07:31
Para: GDL824@yahoo.com
Assunto: (sem assunto)

Bom dia.

De: EONeill22@hotmail.com
Data: Segunda-feira, 01 de julho de 2013 08:24
Para: GDL824@yahoo.com
Assunto: (sem assunto)

Saudade de você.

13

Evitar encontrar com uma pessoa numa cidade do tamanho de Henley era tarefa quase impossível. Havia um número limitado de lugares para ir, um número limitado de cruzamentos, de sinais de trânsito e de restaurantes. Havia um número limitado de árvores com troncos grossos o suficiente para ocultar uma pessoa.

Portanto, depois de ter passado três semanas fugindo de Graham com sucesso, Ellie estava bem orgulhosa. Ela só tinha cruzado com ele duas vezes, em ambas bem de longe e com um burburinho conveniente ao redor dele — proporcionado pelos paparazzi, pela equipe do filme, pelas fãs — para lhe servir de alerta sobre a presença do dito-cujo.

Já Quinn, por outro lado, parecia estar em toda parte. Embora isso não indicasse que as duas tivessem voltado a se falar — pois não voltaram mesmo. Mal haviam trocado uma palavra nas últimas semanas.

— E como está Quinn? — perguntava a mãe de Ellie, sem desconfiar de nada, sempre que ela chegava de seu turno na Sprinkles, e a única solução possível era pregar um sorriso falso no meio da cara.

— Está ótima — respondia ela em todas as vezes, engolindo as palavras implícitas, as palavras tristes demais para serem confessadas em voz alta: *Não faço a menor ideia.*

A culpa pelo clima estranho não era totalmente de Ellie, claro, porque se Quinn não fosse tão teimosa, a história já teria se resolvido muito antes. Mesmo assim, era Ellie quem tinha começado a briga, e ela continuava desejando desesperadamente arranjar uma forma de se desculpar. Mas só o que acabava fazendo era rascunhar e-mails que nunca eram enviados ou preparar discursos que nunca eram declamados.

No trabalho, Quinn havia adotado a estratégia de usar Devon como uma espécie de escudo contra qualquer conversa mais séria, e ele ficava sentado com Quinn numa das pontas do balcão, batendo papo e brincando, enquanto Ellie se espremia toda sem graça na extremidade oposta, procurando manter a maior distância possível naquele espaço tão reduzido. Vez ou outra, Quinn pedia um copinho ou uma concha de sorvete a Ellie usando aquele tom de voz educado e frio que as pessoas costumam adotar ao se dirigirem a um desconhecido de quem só ouviram falar coisas terríveis — e a interação delas parava por aí. Mesmo nos dias mais quentes, quando o sol castigava sem dó a cidade, Quinn não se dava mais ao trabalho de perguntar se Ellie tinha se lembrado de passar protetor solar.

Mais ou menos uma semana antes, quando Ellie já estava começando a se perguntar se por acaso tinha ficado invisível, ela ouviu a dupla conversando sobre uma festa na praia.

— Então a noite vai ser animada hoje, hein? — perguntou aos dois no tom mais casual que conseguiu, mas a única resposta que recebeu foi um silêncio demorado.

Depois que ficou claro que Quinn não iria dizer nada, Devon pigarreou.

— Vai ser só um churrasco — disse ele. — Para os amigos mais chegados.

— O que quer dizer que o acesso é vetado a celebridades — completou Quinn, sem desviar os olhos de suas atividades.

Ellie sentiu um bolo na garganta. Quinn não tinha como adivinhar o status atual da história entre ela e Graham. E seria muito fácil para ela, bem ali, cuspir a história inteira de uma vez só e ir captando as reações no rosto a Quinn: primeiro a culpa por ter resolvido ficar de mal num momento assim, depois o remorso por não estar ao lado da amiga e, por fim, a solidariedade por tudo que ela estava passando.

Mas Ellie não queria ser alvo de compaixão. Ela só queria sua amiga de volta.

Além do mais, contar a história significaria ter que arrumar uma resposta para a pergunta mais difícil de todas: por que ela havia tomado a decisão de se afastar dele, para começo de conversa? E isso só serviria para levar as duas de volta ao ponto onde a briga toda começara. Tudo por causa de um segredo que não podia ser revelado.

— Em que praia vai ser? — perguntou Ellie, e Quinn ergueu o rosto para encará-la pela primeira vez, os olhos faiscando.

— Isso é segredo — rebateu, incisivamente.

Com isso, Ellie concluiu que não valia a pena nem continuar tentando. Daí passou a ignorar Quinn do mesmo jeito que estava sendo ignorada, o que só erguera uma barreira muito maior do que aquela que teria se formado caso a hostilidade estivesse partindo só de um lado.

E, para completar, a situação com Graham era ainda pior. Porque o processo poderia até demorar com Quinn, mas Ellie sabia que no final tudo acabaria se resolvendo. Essa não era a primeira briga das duas, e certamente não seria a última.

No caso de Graham, por outro lado, Ellie desconfiava ter estragado algo que não poderia ser consertado. Naquela noite em que ele surgira em sua casa, Ellie ficara encolhida no degrau mais alto da escada enquanto ouvia as vozes na varanda, louca para ter coragem de descer e dizer à mãe que o deixasse entrar, de dizer a ela que nada importava: nem o passado, nem os segredos das duas, e muito menos seu pai.

Mas Ellie já havia tomado sua decisão. Optara por se afastar dele naquele dia no ancoradouro, e agora se via presa num jogo desesperado de gato e rato enquanto se esquivava pelas ruas da cidade, se esforçando ao máximo para não cruzar com Graham novamente.

Porque a verdade era que Ellie não tinha certeza se teria forças para se afastar mais uma vez.

E assim, naquele dia, como em todos os outros dias, ela parou junto à porta da Happy Thoughts, olhando para um lado e para o outro antes de sair. Fazia só três semanas que ela e a mãe tinham gastado um bom dinheiro para consertar o ar-condicionado de casa, e agora, justamente no dia mais quente do verão, o aparelho da loja resolvera pifar também, o motor estalando até parar completamente com um último gemido agoniado. Depois de as duas terem passado a manhã inteira ocupadas entre se abanar com leques e socar a máquina enferrujada na tentativa de trazê-la de volta à vida, a mãe finalmente liberou Ellie para buscar um chá gelado.

Alguém havia espetado um irrigador no gramado da praça, e um grupo de crianças com roupas de banho ensopadas se divertia correndo em meio à água. A maior parte dos outros moradores tinha preferido passar o dia em casa, esperando o calor ceder um pouco. Mesmo assim, antes de atravessar a área aberta, Ellie vasculhou os arredores como se fosse uma criminosa em fuga, lançando olhares furtivos em direção às lojas do outro lado do gramado.

A única delicatéssen local tinha sido aberta um ano antes, no lugar onde costumava funcionar um dos estabelecimentos mais tradicionais de Henley, um pequeno armazém chamado Marv's, que ficara sempre no mesmo endereço. Num tributo à tradição, a loja nova fora batizada de Sanduicheria no Endereço da Antiga Marv's, nome que inevitavelmente era abreviado para Marv's. Assim que empurrou a porta, Ellie soltou um suspiro de alívio por causa do ar fresco que removeu a camada pesada de calor de seus ombros. As bochechas continuavam coradas e a camiseta ainda estava colada ao corpo, mas a sensação geral melhorou no mesmo instante. Era como entrar numa geladeira.

Com a fila que se estendia diante do balcão, ela não se incomodou em ficar aguardando perto da porta, bem debaixo de onde ficava a saída do ar-condicionado. Vendo que os jornais do dia estavam numa mesinha junto à vitrine, Ellie pegou o diário local e começou a folheá-lo para passar o tempo.

— O que você vai querer hoje, menina? — perguntou Meg, a dona do lugar, que tinha ido até a ponta do balcão, um bloquinho numa das mãos e um lápis na outra.

— Não precisa se incomodar — disse Ellie, acenando com o jornal na mão. Era regra básica do atendimento na casa dar prioridade aos locais, mas Ellie não estava com pressa de voltar para a fornalha em que a Happy Thoughts tinha se transformado. — Eu espero.

Meg deu de ombros.

— Você está suando — comentou ela. — Não quer nem uma limonada, chá gelado ou coisa assim?

— Era isso que eu já ia pedir mesmo — admitiu Ellie. — Vão ser dois chás gelados.

Meg concordou com um cumprimento breve antes de abrir caminho de volta até seu posto no balcão, deixando Ellie a sós com o jornal. Depois de escolher aleatoriamente o caderno de imóveis, ela começou a ler uma reportagem sobre como a redução da área costeira de uma das ilhas-barreira estava afetando o preço das mansões instaladas na região; então se deparou com um nome conhecido numa notinha no canto da página:

> Em meio aos preparativos para alguns dias de descanso merecido no próximo feriado prolongado, o Senador Paul T. Whitman contou aos repórteres que pretende não pensar em trabalho durante alguns dias.
>
> "Será a comemoração do aniversário da América", declarou ele. "Não poderia haver motivo melhor para me desligar um pouco e relaxar com minha família."
>
> O possível pré-candidato à presidência passará quatro dias na bela cidade de Kennebunkport, no Maine, famosa também por ser o reduto de verão do ex-presidente George H. W. Bush.
>
> Seria essa uma demonstração de que Whitman, senador pelo estado de Delaware, tem a intenção de seguir os passos de Bush pai?

"Isso nós ainda veremos", foi a resposta que o senador deu à questão, rindo. "Mas nada de tratar de política nos próximos dias. Meu único compromisso será sair de barco com meus meninos, pescar um pouco e descansar."

Ellie baixou o jornal, piscando depressa.

Kennebunkport ficava a menos de uma hora de distância, e foi esse dado — a proximidade — que fez seus dedos começarem a tremer, ainda agarrados ao jornal. Ela sabia que ele estava sempre em algum lugar por aí, seu pai, mas sua consciência da existência dele era como aquela que temos em relação a algum planeta distante, que está sempre em movimento, sempre orbitando ao seu redor, mas sem nunca chegar perto o suficiente para ganhar importância. Durante toda a vida Ellie ouvira o nome dele nos noticiários da TV e acompanhara seus discursos e campanhas eleitorais, bem como suas férias de família, jantares e festas beneficentes, mas as informações que tinha eram as mesmas disponíveis a qualquer outra pessoa no país.

De certa forma, seu pai era o oposto perfeito de Graham. Era alguém que, segundo a ordem lógica das coisas, Ellie deveria conhecer melhor do que ninguém, alguém que deveria significar muito mais que um simples nome no jornal, ao passo que não deveriam existir motivos razoáveis para que ela soubesse mais sobre Graham Larkin do que qualquer uma das dezenas de garotas que se amontoavam ao redor do set de filmagens dia após dia, na esperança de conseguir um autógrafo.

A sineta acima da porta balançou naquele exato instante, e, quando Ellie olhou, arfou de susto. Foi como se ele tivesse saído diretamente de seus pensamentos para se materializar do outro lado do vidro — usando uma camiseta azul desbotada que combinava com seus olhos, os quais estavam escondidos atrás de um par de óculos bem escuros.

A surpresa por dar de cara com ele foi tão grande que Ellie recuou involuntariamente, esbarrando no mostruário de chicletes e balas. A estante inteira oscilou por um momento terrível e interminável antes de se espatifar no chão, derrubando os pacotes e arrebentando um saco de balinhas verde-claras, que rolaram para todos os lados como se fossem bolas de gude.

A loja inteira se voltou para o estrago. Graham terminou de empurrar a porta, baixando os óculos até a ponta do nariz para espiar por cima das lentes. Mas Ellie ficou congelada, mesmo depois que Meg surgiu de trás do balcão munida de uma vassoura.

— Não faz mal, não faz mal — dizia ela, a voz soando muito alta no silêncio repentino que tomara conta da loja. — Eu já estava querendo tirar essa vitrine daí mesmo.

Depois de passar bem ao lado de Graham sem dar sinais de reconhecê-lo, Meg começou a varrer ao redor de Ellie, que continuava parada com ar desamparado no meio do chão agora todo colorido pelas balas. Na cabeça da garota, piscava a consciência súbita e muito aguda da camiseta imunda que estava usando, do rabo de cavalo todo bagunçado, do fato de que havia passado a manhã suando num canto da loja que dividia com uma lagosta gigante de pelúcia. Ela percebeu que ainda estava agarrando o jornal com força, e então sua mente virou uma tela em branco, afinal não conseguia pensar em nada para dizer. Só conseguiu manter os olhos pregados inutilmente no chão.

Graham tinha deixado a porta da delicatéssen bater atrás de si e, sem dizer nada, se agachou ao lado de Meg e começou a recolher pilhas de balinhas espalhadas enquanto o restante dos clientes assistia a tudo com um espanto aparentemente similar ao de Ellie. Ela ficou olhando para as costas largas dele, as mesmas costas que tinha seguido no dia em que os dois cruzaram a enseada, e sentiu o coração martelar com força. Mesmo ainda estando debaixo da saída do ar-condicionado, de repente Ellie voltou a sentir um calor intenso, os olhos ardendo e o rosto inteiro formigando. E começou a se perguntar se por acaso não estaria tendo um princípio de insolação.

— Sem maiores estragos — disse Graham, voltando a se levantar enquanto Meg desaparecia loja adentro levando a vassoura.

Os outros clientes começaram a se lembrar do que tinham ido fazer ali originalmente e foram se virando de volta ao balcão para pedir seus sanduíches. Então, para alívio de Ellie, a quietude pouco natural que tinha se instalado no ambiente desaparecera, dando lugar ao bater de talheres e aos sons de risadas.

— Obrigada — agradeceu ela, baixinho, sem conseguir encará-lo, embora sentir o olhar dele sobre si como uma espécie de raio de calor.

Ele pigarreou e empurrou os óculos para o alto da cabeça, e, quando ergueu uma sobrancelha, a cicatriz em forma de meia-lua acima do olho esquerdo acompanhou o movimento. O coração de Ellie deu um pulo dentro do peito, como se também estivesse sendo manipulado por alguma espécie de cordão tênue. Ela queria dizer alguma coisa, mas a língua pareceu inflar na boca, e, antes que tivesse a chance de ao menos tentar falar, a porta voltou a ser aberta e uma nova comoção se espalhou quando Olivia adentrou a loja, com um rosto que era puro frescor, e exibindo um visual insuportavelmente incrível.

— Desculpe — disse ela, caminhando até Graham. Ergueu a mão com o celular, os cristais encrustados na capinha cintilando. — Meu agente. — De nariz franzido, ela baixou os olhos até uma única balinha verde que tinha ficado grudada no joelho da calça de Graham. — Aquela pessoa agachada no chão era você?

— Foi só um contratempo — disse ele, abanando a mão num gesto de desdém. — "Equipe de limpeza, compareça à seção de doces."

Olivia correu os olhos ao redor, distraída.

— Eles não têm funcionários para cuidar dessas coisas?

— Eles têm, sim — disse Meg, ressurgindo de repente ao lado deles com um copo suado cheio de gelo e chá em cada mão. — Vocês vão querer sanduíches, vão querer uma mesa ou as duas coisas?

— As duas coisas, acho — disse Olivia, parecendo um pouco hesitante ao conferir a diminuta área do salão onde famílias de turistas saboreavam os lanches servidos em cestinhos de vime.

Ellie tratou de enfiar o jornal debaixo do braço, esquivando-se do olhar penetrante de Graham, e pegou os copos da mão de Meg.

— Muito obrigada — falou. — Preciso voltar para a loja.

— Foi bom ver você — disse Graham, e ela respondeu com um meneio duro de cabeça.

Quando já ia empurrando a porta para sair, ouviu a pergunta de Olivia:

— Você conhece essa garota?

Mas Ellie não ficou para saber a resposta.

Lá fora, teve que obrigar as pernas bambas a correrem pelo gramado da praça. A porta da loja de presentes estava sendo mantida aberta, apoiada numa armadilha antiga de pescar lagostas, e, embora Ellie tenha sido recebida por uma lufada de ar abafado quando entrou, ela ficou aliviada por estar de volta.

A mãe, debruçada no balcão e apoiada num dos cotovelos, usava a outra mão para enxugar a testa com uma bandana. Quando viu Ellie, se aprumou.

— Você está com cara de quem acabou de correr uma maratona.

— A sensação é mais ou menos essa. — Foi a resposta de Ellie enquanto deixava os copos gotejantes em cima do balcão.

Ela não tinha percebido que suas mãos estavam tremendo, e tentou estabilizá-las enquanto tirava o jornal de baixo do braço disfarçadamente e o escondia atrás de uma das cestas cheias de brinquedos aos seus pés, onde poderia resgatá-lo com calma mais tarde.

— Tudo bem com você? — perguntou a mãe, e Ellie fez que sim.

— Tudo — respondeu, embora não fosse exatamente verdade.

Ainda estava em choque por causa do ocorrido. Abalada por causa da nota no jornal falando de seu pai. Estava cansada de ficar fugindo de Graham. Estava triste. Magoada. Ellie não estava nada bem.

— Que bom — comentou a mãe. — Porque é uma boa hora para trocarmos as vitrines.

Ellie soltou um suspiro cansado. A mãe tinha esse hábito exaustivo de trocar a decoração das duas vitrines da loja algumas vezes por mês.

— Hoje? — indagou ela, quando o que queria perguntar mesmo era: *Nesse calor?*

A mãe decidiu ignorar o protesto mudo.

— Hoje é um dia tão bom como qualquer outro — falou. — Eu estava pensando em usar o tabuleiro de xadrez com as peças de crustáceos num dos lados, talvez com umas conchas em volta, e de repente os porta-retratos com seus poemas poderiam ficar do outro lado.

— Tudo bem — disse Ellie, indo tirar da vitrine as bolas de praia que estavam ali desde o início das férias escolares.

— Deixe que eu faço essa parte — intercedeu a mãe. — Eu queria que você escrevesse mais poemas para os porta-retratos novos, pois estamos ficando com poucos.

Ellie baixou a mão para pescar o livrinho de poesia que sempre ficava em sua bolsa. Elas haviam vendido dois porta-retratos na semana anterior, ambos com poemas de Elizabeth Bishop, e a mãe tinha certeza de que esse detalhe fora decisivo para a venda. A compradora havia passado uns bons quinze minutos lendo todos os poemas até escolher quais porta-retratos levar.

Agora, enquanto se acomodava no banco atrás do balcão, Ellie já havia iniciado um debate mental para se decidir entre Auden ou Yeats. Mas, quando abriu o livro, uma folha solta escapou dele, e, surpresa, ela se viu segurando o desenho de Graham.

Seus olhos foram seguindo as linhas precisas traçadas no papel até formarem o conjunto, que já era por si só um verdadeiro estudo de geometria, com seus contornos muito retos e ângulos precisos. Como quem escapa para dentro de um sonho, ela se deixou perder naquelas linhas, a simplicidade do traço criando uma rede de segurança contra a lembrança do dia em que o desenho fora criado.

Ellie passou o dedo no buraquinho que o lápis fizera no papel quando ela interrompera Graham. Por trás do desenho, enxergou o sombreado das palavras e virou a folha para examinar os dizeres do cardápio, sendo transportada de repente de volta à doceria e à companhia de Graham, o cheiro doce do chocolate preenchendo o ambiente.

Ela continuou sentada por muito tempo, segurando o desenho pelas bordas, a mente vagando longe dali. Então se levantou e levou o papel até os fundos da loja, onde escolheu um dos porta-retratos novos — um com a moldura preta e ar bem robusto — e abriu a parte de trás dele. Enquanto deslizava o desenho para dentro, tomou o cuidado de esconder a assinatura ao pé da página, o rabisco irregular que poderia fornecer uma pista sobre a autoria da obra.

Vendo-a se aproximar com o porta-retratos na mão, a mãe franziu a testa.

— Isto aí não é poesia — comentou, mas Ellie não prestou atenção.

Ela arrumou um cartãozinho cor-de-rosa para escrever um aviso informando que o desenho não estava à venda e colocou o porta-retratos em cima, alinhado junto às outras molduras na vitrine, a parte do vidro voltada para o lado sul, onde ficaria de frente para o mar e para o ancoradouro. Onde ficaria de frente para Graham.

— É, sim — falou Ellie. — Isto é poesia, sim.

De: GDL824@yahoo.com
Data: Quarta-feira, 03 de julho de 2013 11:44
Para: EONeill222@hotmail.com
Assunto: (sem assunto)

E aí, Evan?

Acho que vou voltar pra casa no próximo fim de semana mesmo. Por incrível que pareça, a filmagem está dentro do cronograma previsto, e eu já estou querendo ir embora deste lugar, de qualquer maneira. Você pode passar para dar comida ao Wilbur só na hora do almoço de sábado? Acho que ele vai ficar bem até eu chegar, à noite.

Valeu pela força, cara. Manda um abraço meu pro suíno.

GL

14

No instante em que dera de cara com ela na delicatéssen, Graham percebera o engano que havia cometido.

Não que tivesse se esquecido de Ellie. Mas ele *tinha* de fato desistido de tentar.

E nesse momento, sentado em frente a Olivia, ele sentira um clarão de certeza, choque desesperador, indicando que sua decisão não tinha sido a mais acertada. Ele deveria ter se esforçado mais. Deveria ter aparecido na casa dela todas as noites, telefonado todos os dias, mandado e-mails de hora em hora. E não deveria ter aceitado "não" como resposta.

E não deveria ter se afastado.

Agora era tarde demais.

Ela nem mesmo olhara para ele. Nem uma vez.

À sua frente, Olivia examinava com os olhos semicerrados o cardápio que havia sido escrito no quadro-negro acima do balcão.

— Como é que pode não ter *nenhuma* salada aqui? — questionou ela, com um tom de choramingo que só aparecia quando estava em cena.

— Tenho certeza de que eles podem arrumar umas folhas de alface numa tigela para você — respondeu Graham, distraído, e Olivia lhe lançou um olhar tão ultrajado que foi como se ele tivesse sugerido que ela lambesse o chão do lugar.

Graham já vinha devaneando sobre um novo encontro com Ellie havia quase três semanas. Mas nenhuma das possibilidades que ele imaginara incluía a presença de Olivia.

— Por favor — pediu ela, acenando para a mulher que tinha varrido os doces espalhados. — Seria possível conseguir uma salada de rúcula? Vocês têm pera aqui? Ou queijo de cabra? — E, lançando um sorriso faiscante para Graham: — Queijo de cabra seria uma ótima ideia.

A outra mulher claramente estava fazendo um esforço para não rir.

— Nós só temos o que está no cardápio — esclareceu ela, gesticulando para as opções de sanduíche listadas no quadro-negro, as quais incluíam coisas como rosbife, peru e presunto. — E você precisa pedir no balcão.

Graham ficou de pé.

— Eu vou até lá.

— Acho que vou querer o sanduíche de peru, então — decidiu Olivia, sacando o celular com um suspiro. — Sem o pão.

— Sem pão não é sanduíche — murmurou a mulher, contornando a mesa para voltar ao seu posto no balcão.

Algumas pessoas tentaram ceder seus lugares na fila para Graham, mas ele recusou as ofertas educadamente. Então lançou um olhar pela vitrine para a loja da Sra. O'Neill, do outro lado da praça, depois fitou a mesa onde Olivia no momento se abanava com uma das mãos de unhas bem-feitas.

Harry tinha usado todo o poder de persuasão para convencer Graham de que sair com Olivia seria a segunda melhor coisa a fazer por sua carreira. A primeira, claro, era escolher seu projeto seguinte da pilha de roteiros que continuava largada na mesinha do quarto do hotel, uma sinopse pior que a outra — filmes com aliens e robôs e vampiros. Havia uma versão musical para uma *sitcom* antiga, uma história onde Graham interpretaria o próprio irmão gêmeo e uma comédia com dois amigos do primeiro ano do ensino médio que fingiam ser alunos de faculdade por uma noite.

— Eu sei, eu sei — dizia Harry toda vez que Graham rejeitava mais um roteiro. — Mas nós precisamos definir quais serão seus próximos passos.

Graham também sabia disso, mas queria poder escolher com calma.

Nas últimas semanas, ele mergulhara de cabeça nas filmagens, se entregando a cada diálogo com energia renovada, acertando todas as marcações de cena, decorando cada linha das falas com perfeição. À noite, pegava no sono no colchão irregular do hotel com uma cópia toda marcada do roteiro sobre o peito e, pela manhã, repassava as falas mentalmente enquanto tomava banho e escovava os dentes.

Não havia muito mais coisas que pudesse fazer. Sem Ellie, a cidade tinha começado a parecer muito pequena, e Graham estava ficando cansado de almoçar no trailer e jantar no quarto do hotel todos os dias. Harry só queria saber de pegar no pé dele, e Mick só falava de trabalho. Às vezes, ele jogava cartas com algum colega do elenco, mas a maioria deles eram pessoas bem mais velhas, sendo assim Graham acabava passando a maior parte do tempo sozinho. E não existe retrato mais claro da solidão do que uma tela piscante de TV ligada diante de um prato de comida remexido sobre uma cama desfeita de hotel.

Na noite anterior, ele ficara surpreso ao descobrir que estava passando *O sol é para todos* na televisão. Graham tinha visto esse filme pela última vez quando era pequeno, aconchegado com os pais no sofá de casa, os três dividindo a mesma tigela de pipoca. Agora, estava encantado enquanto assistia, cativado pela atmosfera clássica. Seus colegas podiam ficar com todos os filmes de gente dançando, com as comédias grosseiras e filmes de ação. Graham estava se dando conta de que seu projeto seguinte deveria ser como aquilo ali. Alguma coisa que fosse fazer diferença de fato.

Na hora de voltar ao set pela manhã, Olivia foi caminhando ao lado dele. Graham sabia que ela já estava com dois projetos agendados: um filme da Disney sobre uma princesa dos tempos modernos e uma comédia sobre duas colegas de quarto na faculdade. E, mesmo não aprovando tais escolhas, invejava Olivia de alguma forma. Ela sabia exatamente o que queria, sabia exatamente para onde estava indo. E isso era mais do que se podia dizer sobre ele mesmo.

— Quais são seus planos para o feriado? — Ela quis saber, ajeitando os óculos escuros enquanto os dois caminhavam até o aglomerado de câmeras, todas já posicionadas em suas plataformas de rodinhas e prontas para deslizar atrás dos dois rua abaixo dali a algumas horas.

Houve um certo motim entre os integrantes do elenco e da equipe quando Mick sugerira que trabalhassem no Quatro de Julho. Faltavam apenas três dias para o fim da filmagem — e menos ainda para Graham, que estaria liberado no final da manhã do segundo dia extra —, e a ideia do diretor era seguir trabalhando direto para que todos pudessem voltar logo ao estúdio em Los Angeles. A questão era que, depois de um mês trabalhando quase sem folga, todos estavam desesperados por aquele intervalo, e Mick acabou tendo que ceder. Eles parariam para o feriado antes de concluírem o período de trabalho em Henley, e agora todos pareciam empenhados em planejar o que fariam na folga. Graham ouvira uma conversa na equipe sobre um passeio de barco com muita bebida a bordo, e havia gente querendo dar uma conferida na festa oficial da cidade.

— Estou querendo pegar um avião para passar o dia em Manhattan — disse Olivia, sem esperar pela resposta de Graham. — Já estou começando a esquecer como é o cheiro da civilização.

— Parece uma ideia divertida — arriscou ele, e ela lhe lançou um olhar meio de soslaio.

— Quer ir junto?

Graham ergueu as sobrancelhas.

— Para Nova York?

— Manhattan — disse ela, como se fossem duas coisas completamente diferentes. — Você tem que admitir que seria uma boa escapar um pouco daqui.

Para a própria surpresa, a ideia não soou totalmente ruim para Graham, principalmente depois dos muitos dias solitários, e ele se perguntou se ela estaria falando sério ao fazer aquele convite. Examinando o rosto de Olivia, Graham procurou por sinais de sinceridade, sinais de que ela estivesse mesmo querendo sua companhia. Então era possível que ela gostasse mesmo dele, que nem tudo fosse em nome da boa imagem com o público?

Mas, antes que Graham pudesse dar qualquer resposta, Olivia abriu um sorriso.

— Lá não é Los Angeles, claro, mas tenho certeza de que nós não iríamos passar despercebidos — falou ela, reduzindo o passo quando se aproximaram de seu trailer. — E você ainda não tem nada planejado, tem?

Graham voltou a pensar no feriado de Quatro de Julho que tinha imaginado: os fogos de artifício, as velas-faísca nas mãos das crianças, o som da banda tocando, a festa de cidade do interior, a oportunidade de passar um tempo com os pais. Ele nem mesmo chegara a responder o e-mail da mãe e só voltou a ter notícias deles quando ela ligou na semana anterior para dar um "oi". Durante dez minutos, os dois ficaram falando sobre o clima na Califórnia e sobre os últimos livros do clube de leitura dela. Quando a mãe perguntou sobre o filme, Graham deu um jeito de fugir do assunto, como sempre fazia quando os pais mencionavam seu trabalho, muito ciente de que a pergunta tinha sido feita por pura educação. Mas, quando ela começou a contar sobre o churrasco que um vizinho estava organizando para o Quatro de Julho, a voz de Graham morreu do outro lado da linha.

— Querido? — chamou a mãe, a voz soando muito fraca do outro lado da linha.

— Que legal — comentou ele, seco, e ela soltou um suspiro.

— Desculpe por não podermos encontrar você — disse a mãe depois de um tempinho. — Você sabe como o seu pai é com essa história de viajar e...

— Não faz mal, mãe.

— O que você está planejando fazer?

— Acabou que vou ter que trabalhar — mentiu ele, sabendo que provavelmente terminaria fazendo a mesma coisa de sempre naquele lugar: dar longas caminhadas pela cidade, ficar olhando os pesqueiros entrando no ancoradouro, assistir a algum filme, desenhar um pouco e verificar as coisas com o cara que estava tomando conta de Wilbur — coisa que ele vinha fazendo com tanta frequência que já começara a receber as respostas mais sarcásticas e engraçadinhas do mundo (com linhas de assunto do tipo "Espírito de porco a todo vapor" ou "O porco não mora mais aqui").

Quando chegara a Henley, Graham ficara tão animado diante da chance de ficar longe de Los Angeles que as quatro semanas de filmagem lhe pareceram um período curto demais. Mas agora ele via que sua expectativa com relação àquele lugar estava total e inexoravelmente ligada à figura de Ellie, e que, depois que ela saíra da equação, ele se flagrou querendo simplesmente voltar para casa.

Mas, antes, ainda era preciso terminar o filme, e, naquela manhã, Graham tinha decidido que não iria mais fazer nenhuma refeição na companhia de Harry dentro do trailer.

— Acho que não vai dar — disse ele para Olivia, que continuava aguardando a resposta sobre Nova York. — Mas onde está pretendendo almoçar hoje?

Enquanto eles comiam — ou melhor, enquanto Graham comia e Olivia cutucava os pedaços de peru e alface em seu prato —, Graham tentava fazer o possível para a conversa fluir, mas a tarefa não era nada fácil. Olivia não parava de olhar ao redor, como se eles estivessem em alguma boate de Hollywood e alguém incrível estivesse prestes a surgir pela porta a qualquer instante. Ele fez algumas tentativas de enveredar pelo que chamava de "assuntos de verdade" — perguntando onde ela havia passado a infância e como seus pais eram, em vez do bláblábla típico no estilo qual-vai-ser-seu-próximo-projeto e como-começou-sua-carreira-de-atriz. Mas estava ciente de que seria difícil manter uma conversa tão íntima em meio àquelas mesas tão próximas e com tanta gente em volta. E, de qualquer maneira, Olivia só estava parcialmente presente, se dividindo o tempo todo entre olhar para Graham e para a tela do telefone.

Para ser justo, ele também poderia estar mais presente. Porque ainda estava abalado demais para conseguir se concentrar após o encontro casual com Ellie.

Os dois deram alguns autógrafos antes de sair da delicatéssen, e Graham deixou uma gorjeta na caixinha do lugar. Do lado de fora, as câmeras dos fotógrafos enfim tinham começado a trabalhar, e, como de hábito, Graham pôs os óculos escuros, baixou a cabeça e foi andando depressa em direção ao set. Mas Olivia enlaçou o braço ao dele, obrigando-o a reduzir o passo, e ele se deu conta de que a garota estava curtindo aquele momento. Graham se perguntou se ela estaria só tentando tirar vantagem do fato de os dois estarem sendo vistos juntos ou se realmente não se importava em ser o foco das atenções. Então ele se deixou perambular calmamente com ela pelo tempo que conseguiu tolerar, mantendo os dentes cerrados, até que sussurrou:

— A gente precisa voltar.

— É, não tem como dizer para eles irem começando sem a gente — comentou ela, baixinho. — Essa é a vantagem de sermos os astros do filme.

— Vocês dois estão ficando? — perguntou um dos fotógrafos dando uma piscadela, e Olivia ergueu as sobrancelhas antes de lançar um sorriso enigmático para o sujeito.

O trajeto curto pareceu interminável. Quando estavam chegando ao fim da rua, Graham ficou surpreendentemente aliviado ao avistar Harry e tratou de desenroscar o braço do de Olivia assim que o empresário se aproximou, todo alegre ao dar de cara com os dois juntos daquela maneira.

— Por aqui — chamou Harry, fazendo com que eles voltassem para trás das grades de metal que separavam a área da filmagem do restante da rua, deixando os cliques das câmeras dos fotógrafos para trás. Quando os dois começaram a se dirigir para onde ficavam os trailers, ele se virou para Graham e Olivia, com um sorriso. — Gostaram do almoço?

— Era praticamente um menu gourmet — disse Olivia, revirando os olhos.

— Eu gostei da comida — rebateu Graham, sem saber muito bem por que estava tomando as dores da delicatéssen.

— Eu vi bem que você gostou — disse Olivia, e depois se virou para Harry: — Quando cheguei, ele estava praticamente catando as coisas do chão para comer.

— Alguém tinha derrubado a vitrine das balas sem querer — explicou Graham. — E eu só estava ajudando a arrumar a bagunça.

— O fato de o tal "alguém" ser uma gata deve ter exercido alguma influência nisso tudo — completou Olivia, numa voz engraçadinha, depois riu. — Não sabia que você gostava de ruivas.

Graham retesou a mandíbula e, quando olhou para Harry, reparou com surpresa o olhar severo do empresário. E aquele olhar não tinha sido para Olivia. Tinha sido para ele mesmo.

— Preciso ir — falou Graham, de repente, fazendo Olivia erguer os olhos da tela de seu celular. — Valeu pelo almoço.

Harry o seguiu até o trailer, sem dizer mais uma palavra, no entanto uma veia pulsava de tensão perto da têmpora. Depois que entraram, ele deixou a porta bater às suas costas, e cruzou os braços.

— A mesma ruiva?

— Qual é o problema? — perguntou Graham, puxando uma cadeira. — Pensei que você fosse ficar feliz por causa de meu grande encontro com Olivia. Até porque, pode confiar, ela fez o possível para deixar os fotógrafos flagrarem o momento direitinho.

— Olhe — começou Harry, pegando a pasta que estava no sofá e vasculhando os papéis lá dentro. — Você sabe que eu me preocupo com sua felicidade...

Graham bufou.

— Mas não pode se envolver com essa garota.

— Com Olivia? — perguntou, se fazendo de bobo, e Harry cravou os olhos nos dele.

— Com Ellie O'Neill.

Graham sobressaltou-se ao som do nome dela.

— Como você sabe que...

— Andei apurando. — Ele ergueu as mãos, se defendendo. — É o meu trabalho, não é? — Harry tirou um envelope pardo bem grosso de dentro da pasta. — Eu tinha decidido não perturbar você com essa história a tão poucos dias do fim da filmagem. Mas como estou vendo que continua ligado na tal menina...

— Continuo nada — negou Graham, um tanto depressa demais.

— ...e que claramente ainda não esqueceu o que quer que tenha acontecido entre vocês dois...

— Não foi nada de...

— ...achei melhor pelo menos lhe passar todas as informações pertinentes — concluiu Harry antes de estender o envelope, que Graham não fez nenhum movimento para pegar. — Até porque você não está num bom momento para se envolver em nada que possa render... complicações. Não agora.

— Essa história não é de sua conta — censurou Graham, fuzilando o outro com o olhar.

— Não pegaria bem para você — acrescentou Harry, como se não tivesse escutado. — Os jornais cairiam matando. Seria o tipo de golpe contra sua imagem que talvez nós não conseguíssemos contornar.

O envelope continuava pendurado entre seus dedos estendidos. Quando percebeu que Graham não iria pegá-lo, Harry o largou na mesa com um baque seco, depois se levantou.

— Acredite, isso é para seu bem — disse, antes de atravessar o espaço reduzido do trailer.

Uma faixa de sol caiu no carpete quando a porta foi aberta, depois voltou a sumir, e Graham ficou sozinho.

Ele encarou o envelope, dividido entre a vontade de abri-lo de uma vez ou jogá-lo no lixo. Não fazia ideia do que Harry poderia ter descoberto, nem imaginara por que ele decidira fazer a investigação, para começo de conversa. E não tinha certeza de que queria saber.

Graham se pegou lembrando de sua primeira troca de e-mails com Ellie, da facilidade com que as palavras fluíram de um lado a outro naquele monte de mensagens que, no fim das contas, falavam de coisa nenhuma, mas que deixavam a sensação de terem sido, sim, alguma coisa. Tipo tudo.

Até o incidente de mais cedo, fazia semanas que os dois estavam sem se ver. E, embora Graham estivesse sentindo falta dela, embora seu maior desejo fosse bater à porta da casa dela e abraçá-la outra vez, não era só isso. Foi uma surpresa para ele constatar o tamanho da saudade que estava sentindo de *escrever* para ela. Por meses e meses, Ellie tinha sido única a pessoa a acompanhar suas elucubrações, e, nesse momento que ela não estava mais lá, os pensamentos ficavam zanzando dentro da cabeça feito moscas frenéticas presas dentro de um vidro fechado. Ele nunca tinha imaginado que pudesse ser tão importante ter alguém com quem conversar daquela maneira; não sabia que as mensagens poderiam se transformar numa espécie de bote salva-vidas e que, sem elas, não haveria ninguém para salvá-lo caso começasse a se afogar.

Graham tocou a pontinha do envelope, deslizando-o para perto. Subitamente se deu conta do desespero que estava sentindo para ver o que havia dentro, qualquer migalha que pudesse obter a respeito de Ellie O'Neill, não importava que tipo de informação seria ou o que poderia significar.

O envelope o encarou de volta com um ar enigmático e sisudo.

Parecia algum tipo de segredo.

Devia ser um engano.

Mas, depois de um instante, Graham esticou a mão e de fato o pegou.

De: EONeill22@hotmail.com
Data: Quarta-feira, 03 de julho de 2013 13:21
Para: thisisquinn@gmail.com
Assunto: bandeira branca

Alguma chance de trégua entre a gente? Sei que você continua chateada, mas é que ando precisando mesmo de uma amiga (e não pode ser uma amiga qualquer...)

15

O dia estava quente demais para se fazer praticamente qualquer coisa. Depois que as duas terminaram a arrumação das vitrines, Ellie puxou um banco para perto do ventilador e ficou lá sentada, o rosto virado para a hélice, que estava meramente espalhando o ar abafado pelo interior da loja. Os únicos clientes que tiveram coragem de entrar ao longo do dia deram meia-volta pouco depois de terem atravessado a porta, parecendo concluir que a fornalha em que o lugar havia se transformado era ainda mais insuportável que o sol escaldante do lado de fora.

Por fim, por volta das duas da tarde, a mãe de Ellie se levantou.

— Estou a ponto de cozinhar aqui dentro — disse. — Vamos fechar as portas logo e cair fora.

Ainda sentada de frente para o ventilador, a voz soando trepidante, Ellie respondeu:

— Mas para onde vamos?

Só que ela já sabia a resposta. Elas iriam para o lugar de sempre.

Meia hora mais tarde, mãe e filha estavam a caminho da praia. Não a praia da cidade onde os turistas iam se bronzear, esparramados nas pedras feito focas, nem a prainha das crianças onde havia salva-vidas a postos e uma área isolada com cordas para o banho de mar, e nem mesmo a praia de areia fofa que ficava junto do deque dos pescadores.

O destino delas era a enseada.

Depois de pendurarem um cartaz na porta da loja com os dizeres: CALOR DEMAIS; VOLTEM AMANHÃ, Ellie e a mãe passaram em casa para trocar de roupa, pegaram as toalhas e o cachorro, e agora estavam a caminho da prainha que não ficava muito longe, mas que era tão escondida que as duas já a consideravam quase um território particular. Desde que Ellie era menina, as duas fugiam juntas para lá, levando protetor solar e toalhas no verão, ou garrafas de cidra e cobertores no inverno. Ellie já havia perdido a conta das tardes passadas caminhando com os pés na água, catando pedras e espiando a atividade dos pássaros. O lugar pertencia só às duas, e, até o dia do passeio com Graham na semana anterior, Ellie nunca tinha levado mais ninguém até lá. Nem mesmo Quinn.

Agora, enquanto desciam até a água, ela se flagrara vasculhando o chão forrado de pedras com o olhar e pensando se seria possível encontrar mais de um coração num lugar como aquele. A mãe já estava estendendo as toalhas no local onde sempre costumava ficar, e Bagel tinha disparado direto para dentro d'água, todo cheio de coragem — só para ser expulso de volta por uma ondinha minúscula na mesma hora.

Ellie chutou os chinelos para longe e entrou, sentindo um calafrio gostoso quando a água gelada a envolveu até a altura dos joelhos. Com os pés congelando e os ombros quentes do sol, ela baixou a cabeça para trás e fechou os olhos, deixando os acontecimentos do início do dia escoarem juntamente ao vaivém das ondas.

— Três semanas inteiras... — disse a mãe, quando chegou ao seu lado. — Vou sentir saudades daqui.

Ellie nem precisava perguntar do que ela estava falando. Desde pequena, ela nunca se afastara de Henley por mais do que alguns dias seguidos, e a mãe ainda estava achando que logo Ellie estaria de partida para o curso de poesia custeado por uma bolsa inexistente. E não era só isso. Aquele era um jeito de a mãe se preparar para algo muito maior. Dirigir até Boston no verão para deixar Ellie num quartinho vazio de alojamento seria uma preparação para o verão seguinte, quando a menina iria embora de vez para uma faculdade. Esta viagem, este agosto, eram como se fosse o começo do fim. Eram o início do último ano que as duas iriam passar juntas.

E, portanto, Ellie sabia muito bem do que a mãe estava falando quando disse aquele *três semanas inteiras*, e sabia também que deveria ter estendido a mão para os dedos salgados de mar da mãe e apertá-los, dizendo *Pois é* ou *Eu também vou sentir saudades.* Mas havia algum pedacinho endurecido em seu coração que a fez simplesmente ficar onde estava, fitando a linha da costura invisível onde a água se emendava com o céu.

— Três semanas não é tanto tempo assim. — Foi o que ela disse por fim, a voz soando brusca e dura.

A mãe assentiu, o olhar distante. Ela não tinha como saber o que estava se passando de verdade pela cabeça de Ellie: que aquelas três semanas eram tudo de mais importante, e que talvez ela fosse perder essa chance. Suas economias até aquele momento somavam US$ 624,08, e, se continuasse trabalhando no mesmo ritmo, teria pouco menos de mil dólares quando agosto chegasse. Mas esse valor não chegava nem perto do necessário, e a ideia de ter que dizer "não" — de abrir mão da vaga, ou, pior ainda, de precisar pedir ajuda — fazia Ellie sentir um aperto muito forte no peito, a deixava arrasada, frustrada e inferior.

Na areia, Bagel corria de um lado a outro, indócil por ter sido deixado para trás. Ouvindo o assovio de Ellie, ele se lançou para dentro d'água com um ganido ligeiro e manteve o focinho para cima enquanto nadava até as duas.

— Olhe — disse a mãe. — Eu sei que...

Mas Ellie não queria ouvir; ela encheu bem os pulmões de ar e mergulhou a cabeça na água, o impacto da temperatura gelada fazendo seu corpo tiritar até o dentes. Pelos olhos entreabertos, viu as patas agitadas de Bagel, que começara a circular ao seu redor, alarmado, e se impelindo com os braços, ela avançou um bom pedaço antes de emergir outra vez.

E, então, para sua surpresa, a mãe estava bem ao seu lado outra vez, sacudindo a água que tinha entrado em seu ouvido.

— Você não vai se livrar de mim assim tão fácil — disse, e Ellie enxugou os olhos com as costas de uma das mãos.

O fundo do mar descia numa ladeira abrupta um pouco antes daquele ponto, e as duas agora estavam com os pés suspensos na água, batendo-os sem parar.

— Não era isso que eu estava tentando fazer — falou Ellie, deitando o corpo para trás até boiar, sentindo as ondas rugindo em seus ouvidos e o gosto do sal.

— Sei que você continua brava comigo por causa de Graham — disse a mãe, e Ellie lançou um olhar para ela.

Gotinhas de água ornavam seus cílios, e o rosto estava muito pálido contra a superfície do mar. — Você passou as últimas semanas muito quieta, sei que deve estar chateada, então eu queria pedir desculpas.

Uma onda levantou as duas levemente e depois voltou a baixá-las, e um grupo de gaivotas voava em círculos acima de suas cabeças. O reflexo do sol na água estava brilhante demais, e Ellie semicerrou os olhos para se proteger dele, sem saber o que responder. Ela estava mesmo chateada por causa da história com Graham. Enquanto os dois ficaram sem se ver, ela até achara estar lidando bem com a coisa toda. Mas, ao vê-lo mais cedo, ficar perto dele daquele jeito... A atração entre eles era como um ímã, poderosa e inescapável. Mesmo ali, nadando sob o sol muito alto no céu, ela ainda sentia que seu equilíbrio tinha sido levado embora. Já fazia horas que saíra da delicatéssen, mas alguma parte crucial de sua essência — algo importante demais para ser perdido — havia ficado para trás.

— Não faz mal — Ellie acabou dizendo, a voz quase um fiapo. — Não é culpa sua.

A mãe bufou. Seus braços se mexiam depressa debaixo d'água, muito brancos e fantasmagóricos.

— Ele já deve estar quase para ir embora mesmo — falou. — E aí tudo vai ficar mais fácil.

Ellie abriu a boca, mas descobriu que não conseguiria dizer nada. Aquilo tinha sido para fazer com que ela se sentisse melhor, com toda certeza, mas, de repente, sua vontade de chorar ficou mais forte que qualquer outra coisa.

As palavras da mãe ecoaram outra vez em sua cabeça: *três semanas inteiras.* Esse era o tempo que tinha sido desperdiçado. O tempo passado desde que ela havia beijado Graham.

Três semanas inteiras.

Um pouco adiante, um iate imenso passou no mar, avançando devagar contra o azul ofuscante do horizonte, e Ellie voltou a pensar na nota que tinha visto no jornal a respeito de seu pai, dizendo que ele estaria em Kennebunkport com a família no final de semana, provavelmente num iate não muito diferente daquele. Ela conseguia imaginá-lo hospedado em alguma mansão de frente para o mar, passando as noites entre uma festa sofisticada e outra. Os dias seriam gastos em pescarias com os dois filhos de olhos azuis com cara de modelos saídos dos catálogos de moda, mas que — a julgar pelas coisas que Ellie lia a respeito da dupla — não seriam selecionados para o curso de poesia em Harvard nem se tentassem.

Ela engoliu em seco, chocada com a injustiça da coisa toda. Não só por causa de todas as horas que vinha trabalhando para juntar dinheiro para um curso de verão que provavelmente nem poderia fazer mesmo. Aquilo era só o começo. Logo seria a vez da faculdade: todos aqueles cadastros para pedidos de empréstimo, a mãe acordada até tarde com a calculadora em punho, fazendo malabarismos com os números. E havia também as preocupações permanentes com a casa e com a loja, as conversas intermináveis sobre as contas do mês, as gavetas cheias de cupons de desconto, todas as coisas que não existiriam caso Paul Whitman ainda fizesse parte da vida delas.

Quando Graham quis saber quanto de dinheiro ainda faltava juntar, a pergunta atingira Ellie como se fosse um tiro. Para ele, mil dólares provavelmente era a quantia a deixar de gorjeta para a equipe do hotel depois de uma semana num resort. Provavelmente os investimentos que ele tinha em seu nome rendiam isso de juros num único dia. Mil dólares eram um trocado. Uma mixaria. Bobagem.

Mas, na perspectiva de Ellie, a quantia ainda parecia impossível de juntar. Como se fossem dez mil dólares. Ou até um milhão.

Ela desviou o olhar do iate, sentindo um bolo na garganta. Bagel tinha começado a nadar de volta para a areia, e ela e a mãe ficaram observando o cachorro se afastar, a mancha branca em formato de diamante em sua cabeça oscilando junto com o movimento das ondas.

— Eu acho que a ideia dele foi a melhor de todas — disse a mãe, dando um chute na direção para onde Bagel tinha nadado. — O sol está me deixando torrada. Você quer voltar?

Ellie mergulhou o queixo na água, sacudindo a cabeça, depois voltou a deitar o corpo para ficar boiando, os cabelos espalhados num halo flutuante ao redor.

— Ainda não — respondeu. — Encontro você depois.

— Tudo bem — concordou a mãe, já começando a nadar de volta. — Só não vá deixar a água te levar embora.

O mar batia em ondinhas nos ouvidos de Ellie. Lá em cima, as gaivotas conversavam umas com as outras na amplidão do céu, e o sol já havia começado a baixar em direção à praia. Ellie não soube precisar por quanto tempo tinha ficado ali ao sabor das ondas, o corpo leve apesar de todo o peso que sentia por dentro.

Depois de um tempinho, ela se virou de bruços e começou a nadar para a areia, onde se embrulhou numa toalha e foi sentar em sua pedra favorita — uma superfície plana que se projetava da enseada como se fosse uma escarpa em miniatura —, sentindo o sal marinho secar na pele do rosto, o calor do sol atravessando as pálpebras cerradas. Ellie contraiu os dedinhos dos pés ao redor da borda da pedra e abraçou os joelhos. Ao olhar para baixo, ficou surpresa quando encontrou um pequeno disco mais claro encaixado numa fenda entre as pedras e, estendendo a mão para ele, sentiu um riso borbulhar garganta acima.

A bolacha-do-mar era parecida com uma moeda, mas não serviria para pagar nada do que ela precisava no momento.

Ellie a segurou, examinando o desenho em formato de estrela riscado no meio. Na água, outro barco sofisticado surgiu ao longe, e Ellie semicerrou os olhos para examiná-lo, um primeiro fiapo de ideia tomando forma em sua cabeça. Ela endireitou as costas e sentiu os pensamentos embalados pelas ondas despertando aos poucos, avaliando as possibilidades enquanto girava o disco da bolacha-do-mar na mão distraidamente.

A partir do dia seguinte, seu pai estaria só a uma hora de distância.

De repente a coisa toda lhe pareceu muito simples, como se a ideia fosse a mais óbvia do mundo. Ali, sentada na pedra, Ellie sentiu uma certeza — ou sensação de inevitabilidade, talvez — se cristalizando aos poucos dentro de si, e estava tão ocupada acertando os detalhes de seu plano que não ouviu que alguém vinha abrindo caminho por entre as árvores da trilha. Mas o barulho das passadas no cascalho a fez virar, e seu coração pulou dentro do peito quando os olhos avistaram Graham.

Parado na praia, ele sorriu para ela. Estava usando uma bermuda cáqui e uma camisa polo azul que realçava a cor de seus olhos e contrastava com todo o cinza ao redor, e, quando Ellie notou algo na mão dele, teve certeza de que era a pedra em formato de coração do outro dia.

— Você estava com a cabeça tão longe — comentou ele, ainda de pé no mesmo lugar.

Ellie não conseguia parar de sorrir.

— Oi — cumprimentou ela, e ele inclinou a cabeça com um ar divertido.

— Era só devaneio ou algum plano secreto?

— Um plano. — Foi a resposta dela, e Graham pareceu refletir por um instante antes de avançar alguns passos.

— Bem, qualquer que seja esse plano — falou —, pode contar comigo.

De: GDL824@yahoo.com
Data: Quarta-feira, 03 de julho de 2013 16:48
Para: harry@fentonmanagement.com
Assunto: (sem assunto)

Harry,

Valeu pelas informações. Foram muito úteis.

Graham

16

Era ele que tinha voltado para ela, isso era verdade. Era ele que tinha saído do meio das árvores e atravessado a praia, cruzando a distância entre os dois. Mas o fato era que ele não estava sozinho nessa empreitada. Dava para ver isso nos olhos de Ellie: ela também estava voltando para ele.

No instante em que Graham abrira o envelope pardo, todas as suas dúvidas se dissiparam. Harry obviamente tinha lhe entregado aquilo para que servisse de alerta, mas a coisa acabou tendo justamente o efeito contrário. Sentado no seu trailer, Graham espalhara a papelada na mesa — um apanhado de buscas da internet e matérias de arquivo — e foi lendo tudo a respeito do passado de Ellie. Só que isso não o fez ter vontade se afastar dela. Na cabeça de Graham, pouco importava se Ellie era ou não a filha ilegítima daquele senador com cara séria. Ele não se incomodava com as possíveis repercussões negativas, nem com o fato de que aparecer ao lado de alguém com um passado daqueles poderia pegar mal para sua carreira.

Para Graham, só uma coisa era importante ali: o conteúdo da pasta enfim explicava o que havia acontecido entre os dois, tintim por tintim... a expressão dela quando se afastara dele no dia do ancoradouro, o e-mail que ficara sem resposta, a insistência de Ellie em manter distância ao longo das últimas semanas.

Não era que ela não quisesse estar com ele. Ela só estava se protegendo.

Mas isso agora não vinha mais ao caso. Os dois estavam sentados frente a frente na pedra imensa que se projetava da linha da água. O sol havia começado a mergulhar no horizonte, e, embora já vestisse uma camiseta e um short, Ellie continuava com a toalha enrolada no corpo como se fosse um cobertor, tremendo, embora ainda fizesse calor naquele fim de tarde. Os cabelos compridos continuavam úmidos de água do mar, e o nariz tinha ficado cor-de-rosa por causa do sol.

Ela fizera uma tentativa de começar a falar, e Graham também, as palavras de ambos se chocando feito carrinhos numa pista de bate-bate, e então Ellie pediu que Graham se sentasse diante dela, e os dois trataram de respirar bem fundo, começando a rir sem qualquer motivo aparente além da alegria rara que havia naquele momento em si, no fato de estarem juntos outra vez. Mesmo sem qualquer explicação ou pedido de desculpas, a sensação era de segunda chance, um recomeço. Aquilo era um verdadeiro presente, e a última coisa que Graham queria era ser a pessoa a estragá-lo. Mas havia coisas que precisavam ser ditas, e então ele pigarreou e se inclinou para a frente.

— Primeiro eu — falou, e Ellie assentiu, o rosto ganhando uma expressão de seriedade. Era difícil saber por onde começar, e houve uma ligeira hesitação. — Eu já sei o que aconteceu — disse ele, por fim. — E sei que não teve nada a ver com nós dois. Que foi por causa do seu pai.

Ellie se encolheu.

— Como é que você...

— Harry descobriu tudo — esclareceu ele. — Meu empresário. Ele não vai contar para ninguém. Foi só porque soube que eu estava gostando de você, e resolveu ir atrás das informações para me proteger...

— Para proteger *você*? — perguntou Ellie, os olhos verdes faiscando.

— É o trabalho dele — falou Graham. — Mas a questão não é essa. O que aconteceu nem tinha nada a ver com a gente, tinha? Mas isso não importa mais também. Agora que já sei de tudo.

Ellie franziu a testa.

— É claro que importa — retrucou. — O fato de você saber não muda nada de nada.

— Muda *tudo de tudo* — corrigiu Graham. — Eu não me incomodo com seu passado, nem com o fato de seu pai ser quem é. Seu problema foi com a exposição pública, não foi? Com as câmeras? — Ele deu de ombros. — É só a gente ficar longe delas.

— Graham — começou ela, numa voz séria, embora o canto da boca estivesse tremendo por causa do esforço para conter o sorriso. — Pense bem. Ficar longe delas não é uma coisa simples assim. As câmeras fazem parte de sua vida.

— As câmeras não são minha vida — protestou ele, sentindo uma pontada de irritação, e a expressão de Ellie se suavizou.

— Não foi isso que eu quis dizer — falou ela, e depois, para surpresa de Graham, estendeu a mão para tocar no rosto dele. Ele sentiu o calor da mão em sua pele, a maciez impossível, mas antes que pudesse ter qualquer reação, ela puxou a mão de volta com um ar envergonhado. — Só estava dizendo que o risco é grande demais. Fico feliz por você estar sabendo da história. Jamais consegui dividi-la com ninguém. Mas ficar com você... chamaria atenção demais. Eu não poderia fazer isso com minha mãe. — Ela fez uma pausa e ficou fitou a água. — E Harry está certo, afinal. Também não seria a melhor coisa para sua carreira.

— Não ligo — disse Graham. — Isso não tem importância.

— Tem, sim — protestou ela, encarando-o com um ar meio triste. — E não vale o risco. Você só vai passar mais uns dias aqui na cidade mesmo.

— Exatamente — falou ele, chegando o corpo mais para perto. — E nós já desperdiçamos três semanas inteiras.

Ela baixou os olhos.

— Eu sei.

— É tempo demais. Eu não tinha passado nem três *horas* sem saber de você desde que começamos a nos falar.

Um sorriso se abriu no rosto dela, mas voltou a desaparecer quase imediatamente.

— A gente não pode fazer isso.

— Por causa das câmeras?

Ellie fez que sim com a cabeça.

— Você sabe que no instante em que a gente voltar para a cidade...

— Tudo bem — interrompeu Graham, correndo os olhos pela praia. O sol enfim havia mergulhado atrás das árvores, e as ondas estavam tingidas de dourado. — Então a gente fica aqui e pronto.

Ellie riu.

— Para sempre?

— Claro — disse ele. — Parece um lugar bem legal para se morar.

— Tem vista para o mar e tudo.

— E é bem iluminado.

— Uma casa na beira da praia. E sem câmeras por perto.

Ele assentiu.

— Sem câmeras.

Ellie estendeu a mão para segurar a dele, e os dedos dela estavam quentes.

— Não quero mais perder tempo — declarou ela, baixinho, e, quando Graham se inclinou para beijá-la, sentiu o gosto de sal.

Aquela coisa entre eles era como a força da gravidade, uma atração com a mesma força das marés e diferente de tudo o que ele já havia sentido. Aquela história de ter sugerido que os dois ficassem ali para sempre era para ter sido piada, mas de repente Graham sentiu um fundo de verdade nela.

Quando Ellie fez menção de se afastar, ele ainda não estava pronto para deixá-la ir, então lhe enlaçou os ombros, e ela cedeu e se aninhou. Os dois ficaram daquele jeito por muito tempo, observando o mar sem dizer nada, com o sol se pondo às suas costas.

— É aqui que você vem para ver o sol nascer? — perguntou Graham. — Aposto que é um lugar perfeito.

Ellie se virou para encará-lo, com uma expressão envergonhada.

— Na verdade, nunca vi o sol nascer.

— O quê? Como assim, nunca?

— Porque sempre estou dormindo na hora — confessou ela. — Eu sei, é horrível.

— Mas isso estava na sua lista.

— Que lista?

— De como ser feliz.

— Ah — fez Ellie. — Entendi. Acho que esse item foi mais hipotético mesmo. E de qualquer maneira, você também mentiu na sua lista.

Graham ergueu as sobrancelhas.

— Menti?

— Você disse que gostava de conhecer pessoas...

Ellie não precisou concluir. Ele sabia o que ela estava querendo dizer. E era verdade — ou pelo menos tinha sido verdade, até ele encontrá-la. Mas agora tudo estava diferente.

— Não foi bem uma mentira — justificou ele, apoiando o queixo no topo da cabeça de Ellie. — Mas eu estava me referindo só a você.

— Ah, bom — disse ela, e Graham pôde ouvir o sorriso permeando sua voz. — Porque eu também gostei de ter conhecido você.

— Espero que tenha gostado disso mais do que de ver o sol nascer.

— Considerando que nunca vi de verdade... — completou ela, e ele assentiu.

— Exatamente. Como você pode saber que uma coisa traz felicidade sem nunca ter experimentado essa coisa?

— Existem vários tipos de felicidade — falou Ellie. — E algumas dispensam a experiência direta.

— Como a felicidade de ver o sol nascer.

— Exatamente — concordou ela. — Meu conhecimento teórico basta para saber que isso é ser feliz. Não pode haver nada de triste num sol nascendo.

— Ao contrário do pôr do sol.

— Que eu não acho que seja especialmente triste também.

— Eu acho — confessou Graham. — O pôr do sol é um final, e os finais são sempre tristes.

— Mas ele é também o início da noite — disse Ellie. — Tem isso.

— Tá, mas todo mundo sabe que a noite é mais assustadora que o dia.

Ellie riu.

— Então é melhor a gente se virar para o outro lado agora.

— Como assim?

— As coisas deixam de ser tão assustadoras se você consegue ver quando elas estão chegando.

Mesmo assim, nenhum dos dois se mexeu. O sol continuou se pondo às costas deles, escorregando pelo meio das árvores, das casas e da cidade de Henley, enquanto o mar em frente estava movimentado com os barcos que voltavam para o ancoradouro. Eles ficaram observando um veleiro enorme se aproximar, o vento inflando as velas brancas. Graham fechou os olhos.

— Meus pais não vêm mais — disse ele, e Ellie se remexeu em seus braços.

— Para o feriado?

— Eu achei que eles viessem — disse, e depois balançou a cabeça. — Não, acho que eu estava me enganando. Eles nunca vão a lugar algum. Mas eu também nunca havia convidado.

— Você se dá bem com eles?

— Eu achava que sim — disse ele. — Antes.

— Antes disso tudo? — indagou Ellie, e Graham fez que sim com a cabeça, sabendo a que ela estava se referindo. Os dois permaneceram em silêncio por um instante, observando a aproximação do veleiro, depois Ellie pegou a mão dele outra vez. — Eles não sabem o que estão perdendo.

— Na verdade, eles não entendem bem — falou Graham. — Essa história toda de cinema.

— E dá pra culpar os dois por isso?

— Acho que não — admitiu Graham, baixinho. — Eu também não entendo nada na maior parte do tempo.

— Pelo menos você tem Wilbur — disse Ellie, e ele riu.

— É verdade.

— E a mim.

Ele chegou para a frente e deu um beijo no topo da cabeça dela.

— Verdade também.

O barco tinha começado a virar uma silhueta escura contra o dourado da água, e uma brisa morna levantou o cabelo da testa de Graham.

— Lamento por seu pai — disse ele, embora continuasse pensando na própria família.

Ellie levou um instante para responder.

— Nunca dei muita importância para isso — falou. — Tenho muita sorte por ter a mãe que tenho. Mas neste verão as coisas ficaram mais difíceis que de costume.

— Por minha causa? — Quis saber ele, mas ela não respondeu.

Em vez disso, se afastou para virar o corpo por completo, encarando-o com olhos muito brilhantes e cheios de determinação.

— Ele vem passar o feriado em Kennebunkport.

Graham lhe retribuiu um olhar perplexo, se perguntando o que aquela informação teria a ver com qualquer coisa.

— Onde fica isso?

— Um pouco ao norte daqui — respondeu ela, a tensão instalada no rosto. — Ele vai estar com a família, e resolvi que vou lá encontrá-lo amanhã.

— Era esse o plano que você estava tramando? — indagou. — Seu pai sabe que você vai?

Ellie balançou a cabeça.

— E vocês não se veem desde que você era pequena?

— Isso — confirmou ela, assentindo uma vez.

— Sua mãe sabe que você vai?

Ela mordeu o lábio.

— Não.

Graham deu um suspiro e esfregou a nuca.

— E você acha que isso é uma boa ideia?

— Astros de cinema não costumam ser pessoas atiradas e irresponsáveis? — retrucou ela, armando uma tentativa de sorriso que logo fraquejou.

— Eu só não acho que...

— Não ligo — cortou ela, com uma dureza decidida na voz. — Eu vou e pronto.

Graham hesitou um instante, depois assentiu.

— Tudo bem — falou. — Nesse caso, vou também.

Ellie reagiu com surpresa.

— Não vai, não.

— Nós vamos ter folga das filmagens, e estou sem planos para o feriado mesmo. Vai ser legal viajar.

— Você chama atenção demais.

— Eu providencio um disfarce.

Mesmo sem querer, Ellie riu.

— Impossível.

— Juro que me esforço — disse ele. — Levo um chapéu de cowboy. E um bigode falso.

— E nem vai ficar exagerado.

— Ossos do ofício — disse ele, com um sorriso.

— Vamos combinar assim — falou Ellie, ficando de pé, ainda com a toalha pendurada nos ombros. — Eu te respondo amanhã.

— Ótimo — concordou Graham, levantando-se também. — Mas em todo caso, já vou preparando meu disfarce.

Quando eles começaram a retornar pela praia, ele pegou a mão dela. E os dois avançaram em silêncio, as pedras rangendo sob os pés, as ondas lambendo a praia e ficando cada vez mais para trás.

Mais três dias, Graham estava pensando.

Ele não queria perder nem um minuto desses dias.

— Então seu trabalho de hoje já terminou? — perguntou Ellie sem encará-lo, os olhos atentos aos desníveis do terreno.

— Já — disse ele. — Você vai estar livre mais tarde?

— Claro — respondeu Ellie, e ele quase conseguiu ouvir o tom de riso na voz dela. — A gente podia dar uma volta pela cidade, jantar no Lobster Pot, quem sabe ficar se beijando um pouco num banco da praça...

— Engraçadinha — disse ele, quando os dois chegaram ao barranco que separava a praia das árvores e, juntos, trataram de subir para se enfiar na vegetação. — Que tal um piquenique? A gente pode se encontrar aqui mesmo

Ela concordou com a cabeça.

— Parece perfeito.

Estava mais escuro no meio do bosque, com um lusco-fusco azulado preenchendo todos os espaços entre as árvores, e Graham se deixou guiar por Ellie enquanto os dois voltavam para a rua aos tropeços. Havia algo de onírico naquele momento, com os estalos das passadas na trilha e o som da respiração dos dois, a mão pequenina de Ellie dentro da de Graham, guiando o caminho. A praia estava só poucos metros às costas deles, e a rua a poucos metros adiante, mas ali, no meio das árvores, a sensação era de estarem a milhões de quilômetros de tudo no mundo. Então, quando o primeiro flash foi disparado diante deles, Graham levou um instante para se dar conta do que estava acontecendo.

Se ele estivesse em Los Angeles ou Nova York, ou mesmo caminhando numa das ruas normais de Henley, sua mente teria funcionado mais depressa, mas ali, na penumbra do bosque, voltando da prainha isolada, ele demorou até conseguir entender as implicações da coisa. À sua frente, Ellie estacara de repente, soltando a mão dele. Mas, mesmo depois que o segundo clarão se espalhou no ar, ofuscando tudo — o lampejo da carroceria de uma motocicleta, passos apressados, mais um flash —, Graham só conseguiu ficar parado, piscando.

— Graham! — Veio o primeiro grito, e ele sentiu o corpo de Ellie se retesando ao seu lado. — Graham, pode dar um sorriso para a gente? E que tal um beijo? — Só havia três deles, mas a sensação era de muito mais gente; parecia que estavam cercados.

— Qual é seu nome, querida? — perguntou um dos três a Ellie, um sujeito careca e grandalhão que andava espreitando pela cidade desde a chegada da equipe de filmagens. Ele avançou um pouco, caminhando pelo acostamento. Os dois continuavam quase escondidos no meio das árvores, mas não tinham para onde escapar. — A gente pode tirar só uma foto?

Graham levou um instante para agir. Daí se virou para Ellie, agarrou a toalha que estava no ombro dela e a sacudiu para abri-la diante dos dois. Quando se deu conta do que ele estava fazendo, ela pegou a toalha de volta e enterrou a cabeça debaixo da estampa de cavalos-marinhos. Graham apoiou o braço nos ombros dela e, mesmo sentindo certa resistência, a incitou a prosseguir, os dois avançando aos tropeços pelo meio das pedras e raízes para chegarem até o asfalto.

Os três fotógrafos já tinham começado a trabalhar, e estar no meio deles ali naquele trecho deserto de estrada era bem diferente de estar na cidade, era mais sinistro e um pouco ameaçador. Eles recuaram uns passos quando Graham chegou à pista, daí puxou Ellie para junto de si enquanto apressava o passo na direção oposta sem dizer nada.

— Qual é, Graham? — O careca surgiu correndo à frente deles, depois foi caminhando de costas, a câmera batendo contra seu peito a cada passo. Os outros dois vieram um de cada lado, trotando pelo acostamento, e Graham lançou um olhar fuzilante para o que estava à sua esquerda.

— Só uma foto — dizia o sujeito. — Uma foto decente e a gente deixa vocês em paz.

— Cai fora — vociferou Graham, entre dentes. O fotógrafo baixou a câmera, e, por um instante, Graham chegou a pensar que estava tudo acabado. Mas então o papparazzi avançou para Ellie, agarrando a ponta da toalha para puxá-la. Ela soltou um gritinho de surpresa no instante em que o flash foi disparado, e, antes que conseguisse raciocinar direito, Graham partiu para cima do sujeito e arremessou a câmera dele para longe. Primeiro veio um som de estilhaço, depois a batida dura do metal contra o asfalto e a torrente de xingamentos enquanto o fotógrafo tentava catar o equipamento arruinado.

Os outros dois pararam por um instante. A toalha de Ellie tinha caído no chão, e, ao perceber a oportunidade, um deles — o careca — se posicionou na frente do casal. Mas antes que ele conseguisse erguer a câmera, Graham avançou outra vez.

— Abaixe isso — mandou ele, numa voz muito baixa e grave.

O sujeito estacou, mas só por um segundo, procurando o outro fotógrafo, o qual hesitava com a câmera apontada para Ellie, que nesse momento havia se abaixado para pegar a toalha.

Houve um instante de quietude, depois outro, com todos parados, as câmeras erguidas como armas durante uma trégua. Mas, assim que Ellie voltou a endireitar o corpo, um flash cortou a escuridão — um clarão que fez todos piscarem —, e como se houvesse algo interligando aqueles dois acontecimentos, como se um tivesse desencadeado o outro, a mão de Graham se fechou num punho, então ele recuou o braço para tomar impulso e socou o fotógrafo.

De: EONeill22@hotmail.com
Data: Quarta-feira, 03 de julho de 2013 22:24
Para: GDL824@yahoo.com
Assunto: (sem assunto)

Você estava certo. A gente tinha que ter ficado morando na praia para sempre.

17

Nem um facho de luz teria conseguido se movimentar mais rápido. Ou a água corrente. Um trem-bala. Ellie tivera a impressão de que nada se espalharia mais depressa que a foto granulada e a reportagem que surgiram em incontáveis páginas da internet naquela mesma noite.

Sentada na cama na manhã seguinte, com o computador aberto no colo, ela ficou sem ação, olhando as matérias se sucederem na tela. Mas Ellie não estava pensando na versão jornalística da história, que parecia guardar poucas semelhanças com o que de fato acontecera. Em vez disso, as imagens na sua cabeça eram do momento em si, da maneira como o fotógrafo ainda tinha dado um jeito de transmitir tudo depois de levar o soco, digitando todo torto, feito uma marionete.

A cabeça dele havia atingido o chão com um estrondo aparentemente forte demais para ter sido produzido por uma pessoa, e Ellie ficou olhando a cena, horrorizada, congelada pelo choque durante os segundos aterrorizantes em que o sujeito demorou para piscar e impulsionar o corpo para ficar de pé outra vez. Foi Graham quem reagiu primeiro, já sacudindo a cabeça num pedido de desculpas enquanto estendia a mão para ajudar o sujeito a se levantar. Mas o movimento foi interrompido por um flash e ele se virou para o segundo dos três fotógrafos com uma expressão ameaçadora.

— Babaca — cuspira o careca, ignorando a mão que Graham lhe estendera e lutando para se levantar sozinho.

O olho dele já tinha se transformado numa fenda estreita, a pele toda inchada e marcada por um semicírculo cor-de-rosa que logo ganharia um tom forte de roxo. Ele pressionou dois dedos bem em cima do ferimento, estremecendo de dor, depois tateou a região da cabeça que havia batido no asfalto. Quando seus olhos fitaram Graham outra vez, havia neles a centelha de algo inesperado — um ar de presunção talvez, ou até mesmo de triunfo —, e Ellie se flagrou dando um passo involuntário para trás.

— É melhor se preparar — disse ele para Graham. — Porque agora vou levar essa história até o final.

Mas Graham já havia tomado o braço de Ellie, girando o corpo para afastá-la dos sujeitos vestidos de preto. Ela apressara o passo para acompanhá-lo, o *clique-clique-clique* urgente das câmeras pairando atrás dos dois. Mas, para o próprio alívio, ela não ouviu mais nenhum passo e logo o clarão dos flashes também desapareceu.

— Você está legal? — perguntou Graham, depois que os dois já estavam a uma distância segura.

Ellie assentiu, embora ainda estivesse sentindo um formigamento no pulso por causa da maneira como a toalha fora puxada de sua mão — e só então ela percebera que havia perdido a toalha. Ironicamente, apesar de tudo o que acabara de acontecer, foi justamente essa parte — imaginar sua toalha de cavalos-marinhos, que ela tinha desde pequenininha, largada no meio de uma estrada deserta — que a fez ficar com um bolo na garganta.

A essa altura já era quase noite fechada, e os dois seguiram caminhando depressa, as cabeças abaixadas e os ombros curvados, impelidos por uma mistura perturbadora de raiva e medo. Os dentes de Ellie tiritavam, embora ela não estivesse sentindo frio. Sua cabeça zunia com montes de dúvidas mais e menos importantes, mas ela foi bloqueando todas antes que ganhassem voz. A maneira como aqueles homens tinham ficado rondando os dois feito hienas famintas, o clique constante das câmeras — ela nunca havia se sentido tão exposta. Mesmo agora não conseguia se livrar da sensação de estar sendo seguida, e ficava o tempo todo virando para ver se não havia mesmo ninguém atrás deles.

Quando se aproximaram da casa dela, Graham reduziu o passo e se virou para encará-la. Os olhares se cruzaram brevemente na rua escura, e Ellie percebeu a preocupação que tomara conta dos olhos dele. Graham abriu a boca para dizer algo, mas desistiu, exibindo uma expressão de puro sofrimento.

Já nesse momento, Ellie estava fazendo uma lista mental de quais seriam as possíveis consequências no dia seguinte, e sabia que ele também devia estar repassando os telefonemas que precisaria dar aos advogados e relações-públicas, se preparando para a conversa com seu empresário, pensando em todos os efeitos colaterais inevitáveis. Não havia nada mais fascinante aos olhos do público que uma celebridade insuflada por impulsos autodestrutivos, nada mais empolgante que uma explosão pública de descontrole. O fato de os fotógrafos terem perseguido os dois cruelmente não teria importância, nem tampouco a agressividade da abordagem deles. Todas as atenções ficariam voltadas para o soco que Graham tinha desferido em um deles.

Ellie lançou um olhar para sua casa. Mesmo com as árvores que tapavam parcialmente a entrada, ela notara as luzes acesas na cozinha. A sensação era que muitos dias tinham se passado desde que a mãe a deixara boiando no mar da enseada, e ela certamente devia estar estranhando a demora. Ellie sentiu o estômago revirar só de se imaginar explicando o incidente.

Quando ela se virou para Graham, ele continuava com os olhos pregados nela.

— Eu sinto muito — falou ele depois de um instante, e a visão dos lábios se articulando para falar fez Ellie se lembrar do beijo na praia mais cedo. Era para os dois estarem fazendo um piquenique romântico neste exato momento, ela se dera conta, e tal ideia agora lhe parecia tão distante que era como se tivesse sido planejada por outro casal.

Ellie balançou a cabeça.

— A culpa não foi sua.

— Mas eu piorei tudo — disse Graham, a voz sem inflexão. — E agora isso vai tomar uma proporção muito maior.

— Não tem probelma — disse ela, embora tivesse noção de que talvez, no fim, teria problema, sim.

A decisão anterior de ficar longe dele tinha sido justamente para tentar evitar situações como essa, mas, no final, Ellie não resistira e cedera aos encantos de Graham, total e, talvez, irreversivelmente dessa vez. E não lhe parecia nada justo ter precisado conter seus sentimentos durante tanto tempo só para agora ser puxada de volta outra vez, jogada de um lado a outro numa espécie de ioiô sentimental.

Os corações de ambos simplesmente não tinham sido feitos para aguentar esse tipo de coisa.

— Preciso entrar agora — avisou ela, olhando para a casa outra vez.

O ar entre os dois parecia carregado, e Graham tentou sorrir. Mas o sorriso saiu falso, fraco e contido, e começou a falhar no instante em que ela segurou a mão dele.

— Ei — chamou ele, segurando-se a ela por um instante, a expressão séria. — Vou fazer tudo que puder para consertar essa história, está bem?

Ela assentiu, tentando parecer convencida do que acabara de ouvir, e deu meia-volta para entrar em casa, deixando Graham sozinho na rua. Só depois de pisar na varanda é que ela deixou o corpo desabar contra a porta, tratando de inspirar bem fundo algumas vezes antes de girar a maçaneta e entrar. Lá dentro, dava para ouvir a mãe zanzando de um lado a outro na cozinha. De alguma forma, Ellie sabia que iria desabar e chorar assim que fosse conversar com ela, e ainda não estava nada preparada para enfrentar aquele momento — para dar todas as explicações e confissões, para lidar com todas as implicações pesadas dos últimos acontecimentos. Então, ela gritou um "oi" de longe, a voz embargada, e tratou de subir as escadas correndo.

Dentro do quarto, pegou o computador e sentou-se na cama com as pernas cruzadas, digitando o nome de Graham na barra de busca. Os resultados mais recentes eram uma foto dele com Olivia tirada na porta da delicatéssen mais cedo e algumas matérias com especulações sobre seu próximo filme, mas nada ainda sobre um fotógrafo com o olho roxo, nem sobre uma camera quebrada, nem sobre a misteriosa garota ruiva cujo pai alienado poderia vir a ser candidato à presidência do país.

E ela passou o restante da noite ali, dizendo à mãe através da porta fechada que não, não estava com fome, apertando o botão de atualização do navegador tantas vezes que as palavras começaram a dançar, borradas, meras sequências de letras sem mais sentido algum.

Ellie não soube dizer a que horas pegara no sono, sua única noção ao acordar era que continuava tudo escuro lá fora, e ela levara um tempinho tateando em busca do telefone até conseguir descobrir que eram pouco mais de cinco da madrugada. As lembranças do dia anterior voltaram todas de uma vez só, e ela estendeu a mão para pegar o computador de novo, sentindo a mente enevoada de preocupação.

Dessa vez, estava tudo lá. Tudinho. Ellie sentiu o coração apertar enquanto lia as manchetes: *Graham Ataca; Larkin Não Economiza nos Socos; Larkin em Fúria.* E foi passando matéria após matéria, o estômago revirando, imaginando se Graham já teria visto aquilo tudo. As primeiras notas tinham sido postadas por volta das onze da noite anterior, possivelmente um pouco depois de ela pegar no sono, e diversas delas estavam acompanhadas pela foto que mostrava Graham um instante antes do ataque, com o cotovelo recuado como o de um arqueiro na iminência da flechada, uma expressão sombria dominando o rosto. Ao fundo, Ellie via a toalha de cavalos-marinhos jogada no chão e, mais atrás, um pedaço recortado de si: só um braço muito branco e uma mecha de cabelos ruivos.

Os sujeitos não tinham conseguido nada que valesse a pena publicar a seu respeito, concluíra ela, embora todos os textos falassem em uma "acompanhante desconhecida. Parecia não haver nada além disso, pelo menos por ora, mas Ellie sabia que seu alívio seria temporário. Ela compreendia a dimensão do que tinha acontecido, a preocupação que a história poderia tomar, e sentiu pulsar no peito uma pontada de preocupação por Graham. Alguns artigos falavam num possível processo judicial, enquanto outros simplesmente o retratavam como algum tipo de ameaça anteriormente desconhecida, como se um monstro adormecido tivesse sido despertado. Mesmo que acabasse não havendo processo nenhum, Ellie sabia do impacto que essa história poderia ter na imagem dele, na carreira, no filme, e queria ser capaz de encontrar algum jeito de defendê-lo, de explicar a verdade, provando como qualquer outra pessoa na posição dele teria agido da mesma forma.

Mas Ellie sabia que isso não seria possível. E sabia também que não demoraria muito para alguém ligar os pontos e chegar ao nome dela, algum turista que por acaso tivesse visto os dois juntos, um morador local querendo ganhar dinheiro à custa do acontecido ou um repórter que fizesse as perguntas certas. Era só uma questão de tempo até o restante da história começar a se desenrolar.

Ela pensou em verificar a caixa postal para ver se havia alguma mensagem de Graham, mas não sabia se conseguiria suportar ler as coisas que ele talvez tivesse escrito, ou, pior que isso, constatar que não havia e-mail algum. Em vez disso, então, tirou os dedos do teclado e olhou pela janela, onde uma fresta de luz acabara de surgir no horizonte, contrastando com as sombras dos galhos das árvores.

Ellie se deu conta de que já era o feriado de Quatro de Julho, o dia que tinha escolhido para ir atrás do pai. Só que nesse momento ela já não sabia se seria mesmo uma boa ideia. E se todos aqueles blogueiros e jornalistas anônimos dessem um jeito de descobrir seu nome nesse meio-tempo?

E se ela fosse aparecer na porta do pai só para descobrir que ele já tinha ficado sabendo da novidade? Para descobrir que ele estava furioso por ela ter desenterrado uma história que poderia atrapalhar sua imagem junto aos eleitores e impactar na futura campanha?

Com um suspiro, Ellie clicou para recarregar a página do navegador, e mais seis matérias sobre Graham Larkin surgiram na lista de resultados. Ela engoliu em seco e desviou os olhos para a janela outra vez, o céu começando a clarear. Ao longe, algumas gaivotas trinavam, e ela ouviu o aquecedor de água rangendo no final do corredor quando a mãe girou a torneira para abrir o chuveiro.

Seria loucura fazer aquilo, mas Ellie precisava dar um jeito de pegar o carro emprestado sem falar nada com a mãe. E teria que garantir que sua ausência não fosse notada na comemoração oficial da cidade. Também precisaria descobrir exatamente o endereço onde poderia encontrar o pai, e reunir a coragem necessária para pedir dinheiro a ele. Ainda teria que torcer para que as notícias não chegassem a ele antes dela, e também para que nada falhasse quando enfim conseguisse abordá-lo — nem as pernas, nem a voz, nem a coragem.

E, se ia mesmo se lançar na empreitada — partir para aquela jornada arriscada, aquela tentativa desesperada de consertar sua vida —, Ellie teria que começar naquele exato momento.

De: GDL824@yahoo.com
Data: Quinta-feira, 03 de julho de 2013 23:01
Para: EONeill22@hotmail.com
Assunto: Re: (sem assunto)

Ainda dá tempo. Você leva as bolachas. Eu levo o bigode falso.

18

Graham sabia que não deveria ter se surpreendido. Mas, quando abriu a porta do quarto do hotel e encontrou Harry sentado na poltrona perto da janela, levou a mão ao peito num reflexo, como se quisesse acalmar o coração disparado.

— Nossa — disse ele, a palavra saindo num bufar.

Harry ergueu um dedo para indicar que estava ao telefone, lançando um olhar de poucos amigos, e Graham se deixou afundar na beirada da cama, esfregando os olhos.

Não dava para concluir muita coisa ouvindo só o lado de Harry da conversa, e depois que o empresário enfim desligou o aparelho, os dois ficaram em silêncio. Graham inclinou a cabeça para olhar além do mar de meias sujas e peças de roupa jogadas no chão, das caixas de pizza vazias e das bandejas do serviço de quarto, encarando o empresário atolado na poltrona. O cabelo ralo parecia todo desgrenhado, e Harry estava usando óculos em vez das lentes de contato de sempre. Havia um laptop apoiado na mesinha ao lado, e Graham não precisava ver a tela para saber o que havia sido pesquisado nele — embora fosse um pouco difícil crer na velocidade com que a informação havia se espalhado.

Mas ali estava Harry, claramente ciente de tudo que havia acontecido nem uma hora antes. E, se ele já estava sabendo, Graham concluiu que possivelmente o restante do mundo também estaria.

— Como foi que você conseguiu entrar aqui?

Harry pinçou o osso do nariz com o indicador e o polegar.

— Eu falei na recepção que provavelmente você tinha desmaiado de bêbado.

Graham franziu a testa.

— Por que diria uma coisa dessas?

— Porque não consegui imaginar outra explicação possível para o fato de você ter saído por aí dando socos em fotógrafos — falou ele, e, embora obviamente estivesse de brincadeira, quando os olhos encararam os de Graham, lá do lado oposto do quarto, havia neles uma ponta de chateação pelo que sem dúvida viria a seguir: uma confusão de proporções gigantescas com a imprensa.

— É claro que não estou bêbado — disse Graham, e depois meneou a cabeça para o computador. — Já está tudo aí?

— Ainda não — respondeu Harry.

— Então como é que você...

— Recebi uma ligação de Mitchell.

Graham olhou para ele, sem entender.

— Aquele assistente de produção que sempre anda com os fotógrafos — explicou o empresário. — Parece que a coisa não vai demorar a estourar.

O celular de Harry começou a tocar, e depois de dar uma conferida no visor, ele o deixou de lado. No corredor, dava para ouvir a família que estava hospedada no quarto ao lado voltando de um passeio. Eles tinham chegado ao hotel algumas noites antes e, quando cruzaram com Graham pela primeira vez, pareceram automaticamente congelados. O pai foi o primeiro a se recuperar do choque, apressando os outros para seguirem seu caminho enquanto uma das filhas botava a mão sobre a boca, deixando escapar entre os dedos uma sequência trêmula e descrente de "ai meu deus, ai meu deus, ai meu deus". Mesmo depois de todos já terem se amontoado no elevador do final do corredor e de as portas já estarem devidamente fechadas, Graham continuava ouvindo os gritinhos agudos das duas meninas, sem conseguir evitar um sorriso.

Agora ele fazia um esforço para não imaginar o que as mesmas meninas achariam quando vissem a foto na primeira página dos jornais locais que sempre ficavam espalhados no saguão. Caso a matéria não saísse já no dia seguinte, ela certamente estaria lá dois dias depois, com uma fotografia escura e granulada logo abaixo de alguma manchete idiota e melodramática do tipo: *Larkin Fecha o Tempo Usando os Próprios Punhos.*

— Já não bastava ter quebrado a câmera do sujeito? — dizia Harry, e Graham jogou a cabeça para trás com um gemido. — Precisava ter dado um soco nele também?

— Eu sei — falou ele. — Mas o cara estava no meu pé. Todos os três estavam. Eles praticamente estavam nos perseguindo.

Harry ergueu os olhos ao ouvir essa última parte.

— Nos perseguindo? — repetiu, erguendo uma sobrancelha. — Deixe ver se adivinho...

— Você nem precisa tentar — retrucoy Graham, cruzando o olhar com o dele.

O rosto de Harry tinha uma expressão amarga, e ele ergueu a mão para ajeitar o cabelo. Graham quase podia ver o esforço do empresário para engolir as palavras que queria tão desesperadamente dizer: *Eu bem que avisei*. Mas elas estavam lá mesmo assim, estampadas no olhar dele, e Graham sabia que Harry tinha razão. Ele deveria ter ficado longe de Ellie. Mas o arrependimento que estava sentindo agora era por outro motivo. Estava se lixando para a repercussão ruim na imprensa. Não conseguia nem esboçar uma preocupação fingida pela maneira como Mick reagiria quando soubesse. Graham só conseguia pensar em Ellie. Só queria que ficasse tudo bem com ela.

— Então o que a gente faz agora? — indagou ele, chegando o corpo para a frente no colchão. — Tem como abafar essa história? Ou distorcê-la de um jeito mais favorável para nosso lado?

— É isso que estou tentando — comentou Harry. — Se pelo menos fossem só as fotos...

Graham não precisou perguntar a que o empresário estava se referindo.

— Se eu não tivesse dado um soco no sujeito, você quer dizer.

O telefone começou a tocar de novo, e dessa vez Harry atendeu.

— Sim — disse, e em seguida ficou escutando, em silêncio.

Graham ficou de pé e caminhou até o banheiro, onde abriu a torneira e jogou um pouco de água fria no rosto, na esperança de que o choque térmico levasse os acontecimentos da noite embora.

Apoiando uma das mãos de cada lado da pia, ele se abaixou um pouco, irritado consigo mesmo por ter tomado a decisão de ir até a enseada, para começo de conversa. Mas no momento em que vira o próprio desenho emoldurado na vitrine da loja da mãe de Ellie, bem ali no meio dos poemas, alguma coisa o transportara até a praiazinha escondida. E, nem mesmo se tentasse, ele conseguiria se arrepender das coisas que tinha vivido ali, o peito ainda marcado, como se houvesse um carimbo no lugar onde Ellie tinha se aconchegado.

Sob as luzes acesas do banheiro, ele ficou examinando os nós do punho que tinham atingido a mandíbula do fotógrafo, ao mesmo tempo que ouvia a voz de Harry soar cada vez mais irritada no quarto.

— Já vazou — informou ele um instante depois, surgindo no vão da porta. — Todo mundo já está publicando.

Graham ergueu os olhos do fio d'água que deixara escorrendo na mão ferida.

— E quanto a ela? — indagou, tentando não alterar o tom de voz. — Eles conseguiram alguma foto nítida? Apuraram o nome?

— "Uma acompanhante desconhecida" — disse Harry. — Por enquanto, pelo menos.

Graham soltou a respiração, aliviado.

— Que bom — disse. — Podemos fazer com que continue assim?

— Vou me esforçar ao máximo para isso.

— Eu sei que vai — apoiou Graham, fechando a torneira e pegando uma toalha. — E eu sei que não deveria ter feito o que fiz. A culpa foi toda minha.

— Isso é verdade — concordou Harry, mas havia uma suavidade atípica no olhar dele quando se recostou na moldura da porta.

Era para o empresário estar furioso a essa altura. Graham já tinha visto Harry surtar por muito menos: uma multa por estacionamento proibido, um relações-públicas que se recusara a cooperar, um produtor querendo embolsar mais do que lhe era devido, e uma vez, surtara até por causa de um astro infantil que adorava pregar peças nas pessoas.

Até então, Graham tinha conseguido levar sua carreira sem se envolver em qualquer escândalo mais significativo, e Harry tinha todos os motivos para estar lívido de ódio nesse exato momento. Até porque caberia a ele a função de lidar com os advogados, e de tentar convencer o tal fotógrafo a não entrar com o processo no fim das contas. Pelos próximos dias, ele teria que trabalhar em contato direto com relações-públicas e jogar uma boa lábia nos repórteres. Teria que fazer Mick acreditar que Graham ainda continuava totalmente concentrado no projeto do filme. E também precisaria fazer de tudo para impedir que os segredos de Ellie vazassem, segurando todas as informações possíveis a respeito dela, como se não fossem água escorrendo por entre os dedos.

E uma parte desse peso todo se fazia notar bem ali, na tensão do maxilar e no latejar da pálpebra, uma raiva que claramente borbulhava logo abaixo da superfície. Mas havia também um lado contido que Graham não estava habituado a ver em Harry, e ficou grato por isso.

— Diga o que você precisa que eu faça — falou então, sentindo pela primeira vez que aquela não era só uma relação profissional, que eles estavam juntos naquela história.

— Trate de arrumar um gelo para botar nessa mão — disse Harry, gesticulando para os dedos já roxos de Graham —, e deixe que meu trabalho eu mesmo faço.

O telefone que ainda estava na mão dele começou a tocar outra vez, e Harry deu uma piscadinha para Graham antes de levar o aparelho ao ouvido, já atento à voz do outro lado da linha, caminhando de volta para o quarto. Sem ter mais o que fazer, Graham pegou o balde de gelo que estava numa mesa perto do armário e saiu para o corredor, apoiando as costas por um instante contra a porta fechada.

Ele sabia que muitos atores que faziam esse tipo de coisa o tempo todo e que nunca se sentiam mal pela confusão armada e nem pelo trabalho que seus respectivos empresários tinham para consertar o estrago; e que também nunca ficavam preocupados com o sujeito que levava os socos. Mas, mesmo com a consciência de que aquilo que acontecera era o único desfecho possível para a situação, o fato era que Graham nunca tinha socado ninguém na vida, e o barulho do golpe — um esmagar audível de osso contra osso — continuava ecoando em seus ouvidos até aquele momento.

Ele encaixou o balde de gelo vazio debaixo do braço, como se fosse uma bola de futebol americano, e saiu arrastando os pés pelo corredor. Quando chegou à máquina de gelo, ficou olhando os cubos caírem numa avalanche de barulho e ar frio, depois meteu o punho inteiro na portinhola da máquina, se encolhendo ao sentir o choque térmico.

Quando voltou para o quarto, Harry estava debruçado na frente do computador. O telefone ao lado dele no viva-voz, e Graham escutou Rachel, sua relações-públicas, despejando uma lista de veículos que já tinham noticiado a história.

— Todos esses? — perguntou Harry numa voz tensa.

— Só na última hora — esclareceu Rachel. — E o fato de ele ter quebrado a câmera não ajudou muito a situação.

— Foi mal — desculpou-se Graham, desabando numa das camas, e quase pôde ouvir a mudança instantânea de atitude do outro lado da linha, a voz soando subitamente como se fosse outra pessoa.

— Oi, querido — trinou Rachel. — Não sabia que você estava aí.

— É — disse Graham. — Estou.

— O que foi que houve? — indagou ela, com um tom de leveza forçada. — Você costuma ser meu cliente mais tranquilo.

Graham deve ter feito uma cara de quem não tinha a menor ideia de que resposta dar ao comentário, pois Harry acabou intervindo antes que ele pudesse dizer qualquer coisa:

— A gente volta a ligar depois, certo, Rach? Vá nos mantendo informados.

— Tudo bem — concordou ela antes de desligar. — Só tentem não arrumar mais nenhum problema.

Depois que a ligação foi encerrada, Harry deu uma olhada em Graham.

— Você está com uma cara péssima — disse. — Por que não toma um banho? A noite vai ser longa.

Ao terminar a chuveirada, Graham vestiu o mesmo short cheio de areia da praia e a mesma camisa polo listrada, que estava com cheiro de maresia. Quando saiu do banheiro, Harry estava no meio de outro telefonema. Ele se deitou de costas na cama e, sentindo os olhos pesados, ficou ouvindo parte da conversa. E — apesar de todos os ruídos externos, da voz de Harry baixando e aumentando de volume, da vibração intermitente do telefone em cima da mesa, do zumbido constante do computador ligado — Graham não demorou a mergulhar num sono sem sonhos.

Quando despertou, ainda estava escuro lá fora, e Harry estava do outro lado do quarto, com o computador apoiado no colo e o rosto iluminado pela luz branca da tela. Graham não estava com a menor vontade de conferir o que seu empresário estava lendo ali, de descobrir o que os sites tinham conseguido desencavar ao longo da noite. Não dava a mínima para o que diziam a seu respeito; sua preocupação estava toda voltada para Ellie.

— Já disseram alguma coisa? — indagou, sentando na cama e esfregando os olhos, e Harry tomou um susto, voltando os olhos turvos para encará-lo.

— De você? — disse ele. — Um monte. Quer ver?

Graham balançou a cabeça.

— E dela?

— Nada ainda — respondeu Harry, com um sorriso cansado.

Graham sentiu uma onda de alívio.

— Você é o máximo.

— É para isso que você me paga aquela grana alta.

— Com certeza — concordou Graham.

E depois escapou para o banheiro, parando perto da pia. No espelho, os olhos surgiram debruados de vermelho, e a sombra da barba por fazer na linha do maxilar lhe dava um ar vagamente ameaçador, como se fosse mesmo o tipo de sujeito capaz de sair por aí socando fotógrafos. De repente, ele sentiu que precisava de ar fresco.

— Tudo bem se eu der uma volta? — perguntou ao voltar para quarto, e Harry fez que sim sem tirar os olhos do computador.

— É claro — respondeu. — Por enquanto está tudo sob controle.

— Ótimo — falou Graham, estendendo a mão para pegar o suéter. — Não vou demorar.

Depois de fechar a porta atrás de si com um clique discreto, ele disparou pelo corredor até entrar no elevador, e então cruzou o saguão do hotel cegamente e emergiu para o mundo exterior recém-desperto, onde o céu exibia pinceladas alaranjadas no ar frio do começo de manhã, parando na calçada para sorver uma lufada generosa de ar e acalmar o coração disparado.

O hotel ficava numa das pontas da praça da cidade, a fachada maior se sobressaindo em meio às lojinhas em volta, vigiando do alto o ancoradouro lá embaixo, e, quando Graham olhou ao redor, ficou surpreso por constatar que a cidade já estava movimentada. Ele tinha achado que àquela hora veria apenas alguns pescadores, e talvez um ou dois corredores madrugadores, mas, em vez disso, havia gente por toda parte, montando mesas de armar perto do gazebo e tirando caixas dos porta-malas de seus carros. Algumas crianças com olhos cheios de sono zanzavam pelo gramado da praça, e um cachorro amarrado a um dos postes de luz latia. Graham levou um instante para se dar conta de que o cachorro era Bagel.

Procurando por Ellie com o olhar, ele sentiu uma pontada inexplicável de pânico. Se tivesse lido as notícias antes de sair do hotel, provavelmente não estaria sentindo-se tão vulnerável assim. Mas agora a sensação era de que o mundo inteiro devia estar sabendo de algo que ele não sabia, fossem quais fossem os detalhes da noite anterior que os blogs e jornais tivessem resolvido usar para elaborar suas manchetes.

Do outro lado do gramado, uma mulher lutava para estender uma toalha que o vento insistia em inflar, e os tons reluzentes em vermelho, azul e branco do tecido serviram como um lembrete instantâneo.

Era Quatro de Julho.

Um grupo de senhoras carregando bandejas de biscoitos e *cupcakes* passou por ele, todas ocupadas demais para reparar no sujeito plantado ali, congelado pela indecisão. Graham sabia que deveria voltar ao hotel e conversar com Harry para saber exatamente quais partes da história tinham vazado e qual era o tamanho da encrenca. Ele também deveria examinar as fotos, telefonar para tranquilizar seus pais — uma perspectiva que o enchia de pavor desde já — e verificar com Rachel qual seria a melhor estratégia de ação. Ele deveria explicar o acontecido a Mick, se desculpar com o fotógrafo, assumir a responsabilidade por seus atos.

Mas tudo que queria fazer era sair correndo na direção oposta.

Quando Graham viu a Sra. O'Neill — de pé numa cadeira para tentar prender a ponta de uma faixa à estrutura do gazebo —, a lembrança sobre os planos de Ellie para aquele dia brotou dentro dele com uma força que o fez sair correndo rua abaixo. Ele puxou o capuz do suéter para esconder o rosto e enfiou as mãos nos bolsos enquanto passava pelas pessoas envolvidas nos preparativos da festa. Chegando ao final da rua, dobrou a esquina para seguir o caminho paralelo à praia, passando pelos barcos que oscilavam suavemente nas águas calmas. Todas as lagostas que seriam servidas no evento já tinham sido pescadas, por isso, em vez de apresentar a movimentação típica daquele horário, o ancoradouro agora era puro silêncio. Mais tarde, certamente as pessoas iriam para a beira d'água para ver os fogos, mas, por enquanto, até o *Go Fish* boiava vazio, dispensado de seu dia de filmagens, tal como o próprio Graham.

Quando chegou à casa de Ellie, o ar já não estava mais tão fresco. Ele esperava que ela estivesse dormindo ou, então, já na estrada, ou, ainda, ocupada lá dentro, mas quando dobrou o caminho da entrada da garagem, teve uma surpresa ao dar de cara com a visão dela emoldurada pelo portão aberto. Segurando uma mochila pequena, Ellie já estava com a mão na maçaneta do sedã enferrujado devido à maresia, o qual certamente já tinha uns bons anos de uso.

— Oi — chamou Graham, e ela girou o corpo com os olhos arregalados e um rubor de culpa já se espalhando pelas bochechas. Mas, assim que percebeu que era só ele, o corpo voltou a relaxar e um riso trêmulo lhe escapou.

— Pensei que fosse minha mãe — justificou ela, abrindo a porta do carro e jogando a mochila em cima do banco. Estava usando calça jeans e uma camiseta roxa justa, com um par de óculos escuros equilibrados no alto da cabeça e mil sardas novas nas bochechas por causa da praia do dia anterior.

— Isso sempre acontece — disse Graham, se apoiando no capô do carro. — Ator de um personagem só, você sabe.

Ela sorriu ao ouvir aquilo, mas o rosto logo ficou sério outra vez.

— Você viu?

Graham não precisou perguntar do que ela estava falando.

— Não — respondeu, sacudindo a cabeça. — Não consegui criar coragem para olhar. Mas Harry falou que ninguém descobriu seu nome.

Ellie baixou os olhos.

— Por enquanto, pelo menos.

Os dois ficaram em silêncio por um momento, e depois ela pigarreou.

— Preciso ir — disse.

Graham assentiu.

— Vou com você.

O olhar dela foi cortante.

— Não vai, não.

— A que horas a gente pega a estrada? — indagou ele, como se não tivesse escutado, e Ellie simplesmente franziu a testa e semicerrou os olhos.

— Estou entendendo — falou. — Faz todo sentido que você esteja querendo passar seu dia longe daqui. Mas os acontecimentos de ontem mudaram as coisas. Esta história é importante para mim, e sua presença iria chamar atenção demais.

— Eu já falei — disse ele, dando um meio sorriso —, vou usar um disfarce.

Ellie balançou a cabeça outra vez.

— Não dá.

Quando ela se virou para voltar para dentro de casa, Graham a seguiu mesmo sem ser convidado.

— O que você acha que pode acontecer?

Ela virou para encará-lo, medindo-o com os olhos verdes.

— Tem um milhão de possibilidades — falou. — Pode ser que a gente pare para abastecer e alguém reconheça você, que uma garota de 12 anos no carro ao lado bata o olho e comece a mandar torpedos para todas as amigas. Pode ser que os fotógrafos persigam a gente de moto. — Ela fez uma pausa e sacudiu a cabeça. — *Você*, quero dizer — corrigiu. — Pode ser que eles persigam *você* de moto. E a missão que tenho pela frente já promete ser bem complicada sem a presença de Graham Larkin no banco do carona.

Ouvir seu nome dito daquele jeito, como se ele fosse alguém que ela nem conhecesse, o atingiu feito um tapa, mas

Graham se recusou a baixar a guarda. Agora os dois estavam na cozinha, e Ellie abriu a geladeira, olhando para as prateleiras como se tivesse se esquecido do que tinha ido fazer ali. Ele parou ao lado dela, sentindo o frescor artificial soprar em suas pernas.

— Eu preciso fazer isso sozinha — disse ela, numa voz suave.

Do lugar onde estava, Graham podia ver as sardas espalhadas na pele branca do ombro de Ellie, e também sentir o perfume do xampu dela, um cheiro meio adocicado, meio parecido com lavanda. Ele engoliu em seco, mas não disse nada.

Depois de um tempinho, ela balançou a cabeça.

— Você chama atenção demais — repetiu, mas dessa vez as palavras saíram hesitantes, e Graham deu um passo mais para perto.

— A gente pode ir sem o carro, então — disse ele, uma ideia se formando na cabeça.

Ela virou o corpo só um tiquinho, apenas o suficiente para ficar de lado entre Graham e a porta da cozinha.

— Como assim? — indagou ela, e ele abriu um sorriso.

— A gente vai de barco.

De: EONeill22@hotmail.com
Data: Quinta-feira, 04 de julho de 2013 07:18
Para: GDL824@yahoo.com
Assunto: (sem assunto)

Devo atrasar uns minutos, mas encontro você lá embaixo. Procuro pelo cara de bigode, certo?

19

Eles combinaram de se encontrar no ancoradouro dentro de uma hora.

Graham partiu para buscar algumas coisas na cidade, incluindo as chaves do *Go Fish* que estavam no trailer da produção, enquanto Ellie fuçava no computador para tentar achar a melhor rota por mar entre Henley e Kennebunkport. Aparentemente, se corresse tudo bem, eles conseguiriam estar lá em pouco mais de duas horas. Como ainda não eram nem sete da manhã, mesmo que as novidades já fossem sair nos primeiros jornais, eles conseguiriam chegar antes delas.

Lá fora, o céu anunciava mais um dia perfeito de verão, e o mar se estendia amplo e calmo como um imenso tapete azul. Enquanto caminhava pela cidade, sentindo o peso da mochila nos ombros, Ellie foi contabilizando mentalmente as vantagens do plano usando do mesmo otimismo que adotava quando precisava enumerar para si a vantagem de tomar mais um sorvete de casquinha (dose extra de cálcio) ou de roubar uns minutos extras de sono pela manhã (energia a mais). Havia uma dezena de razões para justificar o fato de eles estarem surrupiando o barco, mas a principal era que, com isso, contornariam o maior problema no plano original de Ellie: a necessidade de pegar o carro da mãe emprestado. Porque ela ainda estava pensando em como resolver isso quando Graham surgira à porta de sua garagem, cheio de confiança e convicção, convencendo-a então a aderir à sua ideia.

E a verdade era que pouco importava o meio que Ellie usaria para chegar até Kennebunkport: de carro, de barco ou a bordo de um balão. Fosse como fosse, o desfecho da história seria o mesmo: ela precisaria ficar frente a frente com o pai. E a ideia de se postar diante dele enquanto via o senador fazendo esforço para se lembrar de quem exatamente se tratava — com um ar confuso, ou, pior e ainda mais desencorajador que isso, com uma expressão irritada — era quase difícil demais para ser contemplada.

O motivo por trás da empreitada de Ellie era bem simples: seu plano consistia em pedir dinheiro ao pai. Mas ela também sabia que havia muitas outras complicações embutidas na história.

Perto do centro da cidade, a pista fazia uma curva para longe das árvores e em direção à água, e, num local onde o ar normalmente estaria repleto de ruídos dos barcos — o ressoar grave das sirenes e os berros das buzinas —, agora havia só as notas dissonantes da banda que começava a preparar os instrumentos no gramado da praça. Ao longe, Ellie avistou o borrão indistinto de vermelhos, brancos e azuis e a confusão habitual de comidas, música e brincadeiras que dava cor aos festejos do feriado, e continuou torcendo para que fosse bastante para distrair a atenção da mãe mais tarde, quando ela sem dúvida acabaria se dando conta de que tinha passado o dia inteiro sem ver a filha.

Quando começou a caminhar pela longa passarela de madeira do ancoradouro, passando pela frente da porta fechada da loja de iscas, Ellie girou o pescoço para tentar ver se Graham já estava a bordo do barco. Uma vaga na área nobre do ancoradouro tinha sido reservada para a equipe durante o tempo que demorassem as filmagens, e Ellie sabia que a parte mais difícil seria manobrar o *Go Fish* para fora do porto sem atrair a atenção de ninguém. A cidade inteira estava concentrada ao redor da praça naquele momento, mas não demoraria para alguns moradores começarem a descer para abastecer seus barcos. O feriado seria um dia para velejar e beber a bordo, para relaxar ao sol escaldante até que o céu enfim ficasse escuro e os fogos de artifício começassem a nele riscar seus desenhos. Por ora, o consolo de Ellie era que, mesmo se eles fossem vistos, ninguém desconfiaria de seus planos; a única preocupação seria ficar longe dos olhos de sua mãe.

Já perto do portão de acesso às docas, Ellie tomou um susto quando avistou Quinn vindo pela rua, mais acima. Era desconcertante dar de cara com a amiga logo ali e num momento como aquele, e Ellie estava totalmente despreparada para o possível confronto. Como não estavam tão pertinho uma da outra, ela até poderia fingir que não tinha visto Quinn, mas quando seus olhares se cruzaram, o ritmo das passadas da amiga desandou por um momento muito breve, uma pausa minúscula na progressão natural de seu movimento. Ellie lançou um sorriso para ela, que deu uma parada relutante a poucos metros, as duas se olhando por cima do canteiro de flores amarelas que separava o deque de madeira da rua que corria ao lado.

— Oi — disse Ellie, e Quinn abriu um sorriso educado. Ela estava usando uma camisa azul do uniforme da Sprinkles, e logo ficou claro qual camisa era. — Você conseguiu tirar a mancha — falou Ellie, sorrindo, e uma centelha se acendeu nos olhos de Quinn, onde antes só havia uma frieza cuidadosamente calculada.

— Não ficou perfeita — respondeu ela, puxando a barra da camisa para dar uma olhada. — Mas as minhas outras estavam todas sujas. — Quando ergueu os olhos, ela parecia estar refletindo sobre alguma coisa. — Eu ainda preciso devolver a sua.

— Pode ficar com ela — respondeu Ellie, e a amiga abriu um sorriso, dessa vez um sorriso de verdade. — É o mínimo que posso fazer como sua consultora de moda oficial.

— Aquele dia foi uma bagunça — comentou Quinn, e Ellie sabia que ela estava se referindo a muitas outras coisas além do incidente com o milk-shake. A amiga estava falando da história toda, de tudo o que tinha acontecido desde que a equipe de filmagem chegara à cidade.

— Olhe... — Ellie começou a dizer, mas foi interrompida por Quinn.

— Você vai estar na festa mais tarde, não vai? — perguntou ela, numa voz muito leve.

As duas costumavam ir juntas à festa da cidade desde pequenas, correndo pelo gramado da praça ano após ano com um cupcake numa das mãos e a haste das velas-faísca na outra. Aos 10 anos, roubaram uma caixa fechada de bombinhas e foram até a praia no fim da noite para estourar uma por uma, inaugurando assim uma tradição. Por causa de tudo o que havia acontecido nesse verão, Ellie imaginava que esse ano marcaria o fim das bombinhas estouradas na areia. Mas nesse momento, pelo jeito como Quinn a fitava, ela já não tinha mais tanta certeza disso.

Seus olhos se desviaram para os barcos.

— Não sei — disse Ellie numa voz fraquinha, surpresa por constatar o aperto que estava sentindo na garganta.

Ela queria poder dizer a Quinn para onde estava indo naquele momento. As duas sempre tinham passado por tudo juntas, por todas as aventuras e todas as novas empreitadas da vida, e agora havia essa distância horrível entre elas. Ellie teve que fazer um esforço para não pensar em todas as coisas que elas certamente estavam perdendo por causa isso, todos os pequenos momentos e grandes etapas que cada uma devia ter enfrentado nas últimas semanas sem o conhecimento da outra.

Quinn enrugou a testa.

— Você não sabe?

— É que tem uma coisa que eu preciso fazer hoje — respondeu Ellie, o que foi o mais perto que conseguiu de dizer a verdade. — Mas espero que dê tempo de voltar na hora.

Pelo canto dos olhos, viu Graham chegando pelo lado oposto, e ficou aliviada no momento em que ele mudou de rumo, seguindo para o barco ancorado. Seus olhos voltaram a fitar Quinn.

— Você vai estar lá?

A amiga fez que sim.

— Com Devon?

— É claro — disse ela, com uma rispidez na voz, mas logo depois pareceu se tocar do que tinha feito, e hesitou por um instante antes de inclinar a cabeça para mais perto. — E Graham?

— Não sei — respondeu Ellie, com sinceridade.

Quinn fez uma expressão pensativa, o rosto agora livre da rigidez que vinha se tornando habitual durante as últimas interações entre as duas.

— Bom, então quem sabe a gente se vê por lá.

— Tomara! — disse Ellie, tentando não parecer muito ansiosa. Mas se viu tomada por um desejo súbito e muito pungente de que tudo voltasse a ser como era. Ela queria estar na praia para ver os fogos de artifício rodopiando no céu escuro. E queria que Quinn estivesse ao seu lado. Não exatamente aquela Quinn que estava ali na sua frente agora, mas a Quinn antiga. Ellie sentia falta da melhor amiga.

— Estou atrasada — disse Quinn, e aos ouvidos de Ellie aquele soou como o pior jeito possível de dispensá-la. — Preciso ir.

— Tudo bem. Foi bem legal ter encontrado você.

Quinn assumiu uma expressão difícil de decifrar e levou um tempo enorme para responder, tão enorme que Ellie chegou a pensar que ela não iria dizer nada.

— Aquele seu e-mail — disse ela, por fim. — Eu acabei não respondendo...

— Tudo bem — cortou Ellie, depressa, e Quinn hesitou por mais um longo momento antes de assentir, os olhos suaves agora.

— Hoje parece que vai fazer calor — comentou. — Então vê se não esquece de passar o protetor solar.

Ellie sorriu.

— Não vou esquecer — falou, mas o que estava passando na sua cabeça era: *Seja bem-vinda de volta, amiga.*

Caminhando até o ancoradouro, ela sentiu uma leveza diferente, como se os pés nem estivessem tocando nas ripas de madeira do chão. O barulho das gaivotas soava cortante acima do rugido grave das ondas, e o mundo todo parecia cintilar sob o sol. A manhã era como uma tigela limpinha à espera dos ingredientes de uma receita; havia no ar uma sensação de possibilidades iminentes, a promessa de algo novo por vir.

Assim que empurrou o portão da doca, Ellie viu Graham esperando perto do barco, desconcertantemente lindo, mesmo ainda usando as roupas amarrotadas do dia anterior. Examinando o rosto dele, Ellie buscou indícios de que Graham tivesse conversado com Harry durante o tempo em que os dois haviam ficado separados, tentando avaliar se algo havia mudado por causa dela, mas só viu o sorriso de sempre, um sorriso que parecia estar lá especialmente para ela.

— Olá, marinheira! — cumprimentou ele, erguendo uma das mãos ao vê-la. — Está pronta para zarpar?

— Não teve problema você pegar emprestado? — Ela quis saber, segurando a mão que Graham lhe ofereceu para ajudá-la a subir a bordo.

Dando um pulinho para cruzar a distância entre a doca e a amurada na lateral do barco, Ellie vacilou ao pisar nas tábuas do convés. O *Go Fish* era bem maior do que parecia de longe, e bem mais antigo também — não forjado para ter cara de antigo, conforme Ellie desconfiara, mas antigo de verdade. Ela meio que estava esperando encontrar uma coisa artificial, mais um cenário que um barco de pescar lagostas de verdade, contudo tirando os prendedores de metal para as câmeras acoplados nas laterais de madeira, não havia qualquer outro vestígio visível da produção do filme ali.

— Problema algum — disse Graham numa voz leve, entrando no barco logo depois dela.

O mar parecia calmo, mas mesmo assim Ellie sentia o convés balançando debaixo dos pés, e teve que se apoiar no ombro de Graham enquanto deixava a mochila num banco de madeira junto da amurada oposta. Na proa, havia uma pequena cabine envidraçada, com um timão de aparência antiquada. Na popa do barco, havia armadilhas de lagosta vazias empilhadas, e algumas boias vermelhas rolavam de um lado para o outro ao sabor das ondas.

Ellie pulou por cima de uma das muitas cordas que estavam enroladas em vários pontos do convés. Lá do alto da ladeira da cidade, o som da banda vinha descendo até bater em cheio no mar. Eles tocariam o dia inteiro, ela sabia disso, e caso passasse por lá no fim da tarde ou mesmo à noite, encontraria os músicos ainda com a mesma energia executando suas melodias poderosas e patrióticas, que nesse momento soavam como a trilha sonora ideal para zarpar numa viagem marítima.

— Está tudo pronto? — perguntou ela a Graham, que estava examinando os mostradores perto do timão. O chaveiro na mão dele tinha uma pequena boia laranja acoplada, para não afundar caso caísse na água.

— Claro — disse ele, estendendo a chave para ela.

Mas Ellie só ficou olhando, sem fazer movimento algum.

— Achei que você fosse pilotar.

— O quê?

Ela fez um meneio de cabeça para o chaveiro, que continuava balançando entre os dois.

— Você não vai guiar o barco? — questionou ela. — A ideia foi sua, afinal.

Graham sacudiu a cabeça.

— Isto aqui é um barco de pescar lagostas — falou, e diante da ausência de resposta arregalou os olhos como se a conclusão fosse óbvia: — E você mora no Maine.

— E por causa disso você concluiu que eu sabia pilotar um barco de pescar lagostas?

— É — fez ele. — Você não sabe?

— Eu tenho cara de pescador de lagosta? — retrucou ela, franzindo a testa. — Achei que *você* soubesse pilotar. Eu vi como você pegou o leme naquele dia.

Ele não mudou a expressão.

— Que dia?

— Quando vocês estavam filmando.

— Era para o filme. — Ele deu um gemido. — Eu só estava atuando.

Ellie suspirou.

— Bem, e por que eles emprestariam o barco para alguém que não sabe guiar?

— Eu nunca disse que eles me emprestaram.

Levou um tempo até a ficha de Ellie cair, e, quando isso aconteceu, ela esticou a mão para dar um soco no ombro de Graham.

— Não acredito! — exclamou. — Você roubou essa chave?

— Eu lhe disse — explicou ele, esfregando o lugar atingido pelo soco. — Eles não vão se incomodar se a gente pegar emprestado.

Ellie abriu a boca para falar e desistiu. Daí virou de costas e caminhou até a ponta do convés, onde ficou com os olhos colados na cidade lá em cima, tentando avaliar se já seria tarde demais para voltar e pegar o carro da mãe.

E ainda continuava parada lá quando Graham surgiu ao seu lado.

— Não se preocupe — consolou ele. — O que eu sei deve bastar.

— Como assim? — perguntou ela, sem lhe dirigir o olhar.

— Eles me fizeram ter umas aulas antes de filmar. E o que aprendi nelas provavelmente vai servir pra levar a gente até lá e voltar. Só imaginei que talvez você tivesse mais experiência.

Ellie se virou para encará-lo.

— Porque moro no Maine.

— Porque você mora no Maine — repetiu ele.

— Bom, tem anos que guio a lancha quando Quinn sai para esquiar — disse ela. — Só que este barco me parece muito diferente.

— A gente dá um jeito, então — falou Graham. — Nós dois juntos.

— Nós dois juntos? — ecoou ela, e ele abriu um sorriso envergonhado.

— Bem, na verdade mais você do que eu.

Ellie estendeu a mão aberta, e Graham deixou as chaves caírem nela.

— Devo dizer que naquele dia você estava atuando superbem — elogiou ela —, porque parecia mesmo um marujo segurando o leme.

— Então você pode ficar despreocupada — respondeu ele, guiando Ellie de volta para a proa. — Se viu meus outros filmes, deve saber que também sou bom de mágica.

— Xii...
— Que foi?
— Esqueci meu celular.
— E?
— E como é que vou mandar e-mails pra você sem ele?
— Acho que a gente vai ter que conversar ao vivo então.

20

Depois que eles deixaram o ancoradouro para trás — atravessando o labirinto incerto formado pelas boias e pilares das docas —, Graham conseguiu relaxar. O mar aberto se estendia adiante, as ondas de um verde-azulado confeitadas de branco feito um doce coberto de açúcar, a linha fina onde o céu mais claro encontrava a água escura formando uma simetria perfeita. Tudo cintilava sob a vigilância do sol, e Graham fechou os olhos para sentir o vento e os vapores enquanto o barco cortava a água.

Ao seu lado, Ellie mantinha uma das mãos no leme, mexendo-o de vez em quando para fazer ajustes mínimos e imperceptíveis em meio ao avanço regular do barco, que deixava um rastro de espuma branca.

No início, eles ficaram em silêncio; o rugido do vento nos ouvidos estava alto demais. Mas, mesmo sem palavras, havia uma cumplicidade implícita que parecia soar mais alto que todo o resto ao redor. Eles estavam numa espécie de fuga, juntos.

— Viu só? — berrou Graham por cima do vento, e Ellie inclinou a cabeça para escutá-lo. — Você manda bem.

Ela deu de ombros.

— No fim, acho que não era tão diferente da lancha de Quinn.

Na sua última vez a bordo, Graham estivera com Olivia, que entre uma tomada e outra limpava os respingos de água do rosto e emburrava a cara. E agora que só faltavam mais dois dias para o fim da filmagem, ele sabia que ela estava empolgada para voltar a Los Angeles. Para Olivia, aquilo ali não passava de um estorvo, um intervalo incômodo em sua rotina habitual de sessões de fotos e festas elegantes, de idas à manicure e reuniões de trabalho.

Mas agora que Ellie tinha voltado para ele, Graham começava a sentir um pavor cada vez maior em relação ao momento em que o trabalho no filme se encerraria. Ele iria sentir saudades de ficar olhando os barcos de pesca zarpando de manhã cedo, da maneira como os raios de sol irrompiam no gramado da praça, do barulho das ondas que parecia seguir seus passos por todos os cantos da cidade. E, é claro, iria sentir saudades de Ellie. Graham ainda não estava pronto para uma despedida, e a simples ideia de ter que fazê-lo vinha sendo rejeitada por seu cérebro com uma frequência alarmante.

— Posso tentar? — perguntou ele, e Ellie chegou para o lado, deixando dois dedos pousados de leve no leme até ter certeza de que Graham estava com as mãos bem firmes para pilotar. Ele olhou pelo vidro da cabine, vendo a proa do barco subir e descer num movimento que lembrava uma cadeira de balanço.

— Você leva jeito — disse ela, e, para surpresa de Graham, aconchegou o corpo no dele, procurando abrigo sob o braço livre que ele logo tratou de enlaçar ao redor dos ombros dela. Era desconcertante como aquilo o fez sentir-se muito grande e adulto, com uma das mãos no leme e sua garota do lado. Então ele aprumou as costas e deixou escapar um suspiro feliz.

— Parece que encontrei minha nova vocação — brincou, e Ellie se desvencilhou do abraço, soltando um riso, ligeira como um peixinho. Pegando a mochila, sacou uma garrafa d'água e bebeu um gole antes de oferecer a Graham. Ele sacudiu a cabeça. — Estou me sentindo o próprio Ahab, partindo para uma nova aventura.

— Espero que essa seja melhor que a primeira.

— Vai ser, sim — prometeu ele.

— Se não der certo, pelo menos agora você vai ter uma nova opção de carreira — provocou ela. — Navegar pelos sete mares.

— Não parece uma ideia ruim — disse ele. — Melhor que Los Angeles, com certeza é.

Ellie sentou-se no banco que circundava toda a amurada do barco, banco também utilizado para ocultar os equipamentos, redes e boias.

— Não sei, não — comentou. — Provavelmente o circo nunca acha ruins as cidades por onde passa para levar seu espetáculo.

— Você está querendo dizer que sou o circo?

Ela sorriu.

— Circo, não sei, mas palhaço, com certeza.

— Obrigado — fez ele, rindo enquanto dava uma olhada para a costa e para os imensos casarões empoleirados nas pedras. Eles passaram por um veleiro, e o casal a bordo acenou. Graham ergueu a mão em resposta.

— Isso aqui só vai piorar tudo, né? — perguntou Ellie, e Graham se virou para encará-la. — Ter saído desse jeito com o barco.

— Pode ser — disse ele, dando de ombros. — Mas não é como se a gente estivesse usando o barco pra fazer tráfico de drogas nem nada assim.

Ela olhou para ele de soslaio.

— Chocolate conta como droga?

— Não, chocolate com certeza é tranquilo.

— Ótimo — falou Ellie, tirando um pacote de bombons da mochila e atirando para ele. Graham o agarrou com uma das mãos, depois usou o antebraço para segurar o leme enquanto abria o plástico. O chocolate, amolecido pelo sol, derreteu em contato com a língua. Ele sentiu o calor se expandir no peito, e teve vontade de passar o dia inteiro ali navegando. Mas sabia que o trajeto de barco era parte de uma missão, e todos os movimentos de Ellie deixavam isso bem claro: seus músculos tiniam com um ar severo de determinação.

— Então... você está nervosa? — perguntou ele, passando os bombons de volta para ela. — Por estar indo encontrar seu pai assim?

Ellie assentiu, os lábios contraídos.

— Já tem uma estratégia para a hora H?

Dessa vez não houve resposta, e Graham ficou pensando se sua pergunta teria sido soprada pelo vento. Era quase como se ela não a tivesse escutado. Mas então Ellie empurrou os óculos escuros para o alto da cabeça, e ele pôde ver os olhos verdes outra vez, encarando-o com uma intensidade que fez seu coração saltar mais que o barco cavalgando as ondas.

— Está lembrado do curso de poesia? — indagou ela, e prosseguiu sem esperar pela resposta: — A seleção dos candidatos é bem rigorosa, e eu quero muito participar.

Uma ruga se formou na testa dele.

— Achei que você já fosse participar de qualquer jeito.

— Eu vou — confirmou ela numa voz um pouco rude demais. — Só que ainda falta completar a grana do pagamento. E eles não oferecem bolsas.

Graham sorveu o ar num assovio enquanto esperava que ela continuasse a explicação, engolindo a pergunta que estava com vontade de fazer, mesmo sabendo que seria a coisa mais errada a se dizer naquele momento; um momento tão delicado e tão facilmente quebrável. Ele ficou em silêncio.

— Eu vou pedir o resto do dinheiro a ele — disse Ellie, e as palavras continuaram a brotar numa torrente. — Não tenho como pedir para minha mãe uma quantia dessas, e para ele não vai fazer diferença.

— Mas quanto é... — começou Graham, incapaz de se conter, e ela o interrompeu como se nem estivesse ouvindo.

— Além do mais, ele me deve ao menos isso — concluiu, cutucando a madeira do banco com a unha. — Depois de todos esses anos sem nada. E o dinheiro nem vai ser para uma loucura ou uma coisa fútil, tipo comprar um carro ou fazer uma tatuagem.

Graham ergueu as sobrancelhas.

— Isso é verdade.

— É para minha educação — disse ela. — Em Harvard.

Contrariando o que seu bom senso dizia, ele pigarreou e falou:

— Mas de quanto dinheiro você ainda precisa?

Ela ergueu os olhos para encará-lo.

— Mil dólares — falou, baixinho, as palavras quase se perdendo no rugido do vento, e depois baixou a cabeça outra vez.

Mil dólares, pensou Graham, envergonhado pela maneira como a quantia parecia pequena sob sua perspectiva. Ele se recordou do dinheiro que os pais tinham investido para matriculá-lo na escola particular, de como a quantia lhe parecera vultosa à época, do quanto tinha custado a eles investir aquilo tudo. Agora as coisas eram diferentes. *Mil dólares.* Um mês antes, ele tinha pago quase o dobro disso para o carpinteiro que construíra um viveiro para Wilbur nos fundos de sua área de serviço. Graham já vira colegas de elenco pagarem essa quantia por algum jantar mais especial, e tinha certeza de que as muitas bolsas que vira espalhadas no trailer de Olivia custaram algo assim no total, ou possivelmente até mais.

Seus olhos acompanharam a curva dos ombros de Ellie, ainda sentada no banco. Para ela, aqueles mil dólares obviamente eram uma barreira instransponível, algo tão importante a ponto de fazê-la embarcar num pesqueiro roubado para ir atrás do pai com quem não tinha nenhum contato. Seria tão fácil preencher um cheque ali mesmo, lhe entregar um maço de notas ou mesmo fazer uma surpresa e pagar diretamente a Harvard em segredo! Mas eles não estavam num filme, e Graham já conhecia Ellie o suficiente para saber que ela não o veria como um herói caso ele fizesse algo assim, e muito menos se atiraria nos seus braços cheia de gratidão. A menina tinha um senso frágil de orgulho que jamais lhe permitiria aceitar um ato de caridade como aquele. Ela precisava cuidar do assunto sozinha.

— E se... — Graham começou a indagar, mantendo o corpo voltado para a proa do barco. — E se ele não der o dinheiro?

Atrás dele, Ellie pendurou um braço na mureta da embarcação, deixando os dedos se molharem nos respingos do mar.

— Aí não vou poder ir — disse ela, a voz sem emoção alguma. — Mas como ele seria capaz de negar?

O que Graham não chegou a dizer — nenhum dos dois disse — era que certamente o pai de Ellie se recusaria a pagar qualquer coisa caso o episódio da noite anterior tivesse arrastado seu nome para as revistas de fofocas justamente no momento em que ele começava a articular sua pré-candidatura à presidência. E, ao pensar nisso, Graham entendera por que Ellie tinha tanta pressa para colocar seu plano em ação. Ela estava tentando alcançar o pai antes de a notícia explodir na mídia.

Ela ficou de pé e contornou Graham, estendendo os braços para tomar o leme nas mãos. Ele saiu da frente para deixá-la guiar, e Ellie acelerou, fazendo a proa despontar para fora d'água quando o motor mergulhou mais fundo na popa e impulsionou o barco.

Olhando por cima da amurada, Graham distinguia as silhuetas escuras dos peixes logo abaixo da superfície da água. Se as coisas tivessem caminhado de outra forma, ele talvez estivesse ali no mar com seu pai àquela hora, os dois com os anzóis lançados, compartilhando um silêncio confortável enquanto esperavam pela primeira fisgada.

O relevo da costa era mais acidentado naquele trecho, as propriedades imensas tinham dado lugar a cabanas de pescadores mais modestas, e Graham pensou em todos os outros pais e filhos que deviam estar preparando suas maletas de pesca naquele exato momento, prontos para passarem o feriado na companhia tranquila um do outro. Aquelas casinhas espalhadas pelo litoral pareciam todas tão pacatas, tão serenas. Seria bom ser dono de uma casa por ali — nada muito extravagante, só uma daquelas casas de praia modestas, um refúgio para quando ele se cansasse do mundo artificial de Los Angeles, uma forma de carregar aquele pedacinho de mundo depois que a filmagem já tivesse terminado.

— Ei — chamou Graham, girando o corpo para apontar na direção da praia. — Você sabe que cidade é aquela ali?

Ellie se virou para olhar, depois sacudiu a cabeça.

— Por quê?

— Parece um lugar bem legal.

— Você pode procurar o nome no mapa — sugeriu ela, então ele apalpou o bolso atrás do celular, daí se lembrou de que tinha deixado o aparelho no hotel. O esquecimento não fora proposital, e Graham só dera falta do telefone quando eles já estavam manobrando no ancoradouro. De qualquer maneira, aquele não parecia ser o pior dos dias para ficar sem nenhuma forma de contato com o mundo exterior. Não havia ninguém mais com quem ele quisesse falar no momento: nem Harry, nem Rachel, nem Mick nem qualquer outra pessoa. Num primeiro instante, Graham achou que fosse enlouquecer sem o celular, mas no fim das contas estava sentindo apenas uma tremenda liberdade.

— Esqueci o meu, lembra? Posso pegar o seu emprestado?

O aparelho estava apoiado no painel em frente a Ellie, e ela o empurrou para Graham. Ele abriu o aplicativo de mapas, esperando o sistema carregar, vendo a dança lenta dos pixels se reorganizando na tela. Um vento lhe soprou o cabelo para longe da testa, e ele semicerrou os olhos para fitar a torre da igreja que despontava por entre as árvores no litoral, a ideia de ter um futuro lar em algum lugar por ali ficando cada vez mais palpável no pensamento.

Graham estava prestes a dividir tal ideia com Ellie quando eles atravessaram o rastro de outro barco, pulando como um carro que encontra uma pedra no meio da estrada, e o solavanco fez o telefone voar em câmera lenta, o aparelho girando pelo ar até mergulhar na água sem fazer barulho. Com tanta espuma na superfície, mal houve uma ondulação para marcar o ponto exato da queda, e em poucos segundos o quadrado de metal tinha sido deixado para trás, provavelmente já a meio caminho da areia do fundo do mar.

— Ahn — fez ele, ainda de costas para Ellie.

— Que foi? — perguntou ela, sem notar o ocorrido.

— Seu celular...

— Eu prefiro não saber.

— Acho que ele foi nadar com os peixinhos — disse Graham, voltando para junto dela com uma expressão que ele torcia para que soasse como um pedido de desculpas suficientemente enfático. — Desculpe. Escorregou da minha mão.

Ela soltou um gemido.

— Compro um novo para você.

— Isso não vai nos ajudar muito no momento — falou. — Era ele que estava mostrando o caminho.

Graham deu uma olhada para além da proa. Havia alguns veleiros ao longe, e uma lanchinha rebocando um esquiador. Do lado esquerdo, mais perto da praia, boias salpicavam a região dos ancoradouros, e todas tinham uma gaivota descansando em cima. A cidade para onde ele tinha sentido o impulso tão desesperado de se mudar poucos instantes antes já havia sumido de vista, perdida para sempre até segunda ordem.

— Mas a gente pode ver para onde está indo, não pode?

Ellie deu de ombros.

— Não é como se fosse uma linha de trem — disse ela. — As cidades não têm etiquetas de identificação. E não sei se a gente vai conseguir saber qual é a certa olhando daqui.

— Vai ser a que tiver mais mansões.

— É... — disse ela. Mas os cantos da boca estavam tristonhos, e os olhos denunciavam a preocupação.

— A gente sempre pode perguntar a alguém.

— Perguntar como? Por sinal de fumaça?

— A gente acena para chamar atenção.

Ela deu uma olhada no relógio com um suspiro.

— São só 11 horas ainda — falou. — Provavelmente ainda vamos levar um tempinho.

— Tá certo — disse ele. — Então é só a gente ficar bem atento.

— Tá certo — repetiu Ellie, e uma gaivota lá no alto soltou um trinado demorado.

Graham virou a cabeça para olhar, e ficou imaginando como seria a vista lá do alto, com as dezenas de barcos espalhados pela água espelhando a imagem do céu pontilhado de pássaros. E, bem no meio de tudo, o *Go Fish,* passando por cidade após cidade, todas idênticas, levando-os para longe, deixando um rastro de espuma como se fossem as migalhas de pão que indicariam o caminho de volta.

— Você sabe alguma piada de marinheiro?
— Tem uma boa.
— Conta.
— Por que o mar é sempre de mão dupla?
— Por quê?
— Porque enquanto você vai, a gai-*volta*.

21

O sol os seguia como um holofote, intensificando tudo sob seu brilho. Ellie sentia o calor nos ombros, na nuca, na ponta do nariz, na linha muito pálida do couro cabeludo que as raízes avermelhadas do cabelo deixavam entrever. Já fazia mais de duas horas agora, e eles ainda estavam no mar.

Graham coçou a testa, que já estava começando a arder. Ele tinha se esquecido de pegar o protetor solar mais cedo, e a água que Ellie levara também já havia acabado. De tempos em tempos, os dois reduziam a velocidade ao passar por alguma outra embarcação, acenando para os ocupantes e gritando a pergunta no espaço azul entre eles. Às vezes, recebiam alguma resposta de volta — *Provavelmente mais meia hora no máximo* ou *Mais quatro cidades à frente, se tanto* —, mas, em outras, a única reação era um dar de ombros e um olhar de quem não estava entendendo nada.

Ellie tentava abafar a ansiedade inflando dentro de si como um paraquedas aberto. Tudo que ela queria era poder estar de volta a Henley e beber uma limonada geladinha num copo com estampa da bandeira americana. Mas se quisesse mesmo ir até o fim com aquilo — e ela *precisava* ir, não só por causa do dinheiro, mas por outras razões também, por todas as coisas não ditas ao longo daqueles anos todos —, aquela era a hora certa para isso.

Ouvindo o som de umas batidinhas atrás de si, Ellie virou o corpo e se deparou com Graham com apenas uma das mãos apoiada no leme. Ele olhava para os pequenos mostradores espalhados no painel com a testa franzida e, enquanto Ellie continuava observando, esticou a ponta do dedo para bater num deles mais uma vez. Sob seus pés, ela sentiu algo no coração do barco gemer em resistência, à medida que a velocidade ia diminuindo.

— Qual é o problema? — perguntou ela, indo para perto dele.

Colocando a mão na alavanca do acelerador, Ellie a empurrou para a frente, mas, em vez do arranque esperado, houve só um ronco fraco e uma trepidação alarmante. Aí o motor parou de funcionar por completo, e a agulha do mostrador que Graham estava observando tão atentamente antes — e que Ellie agora percebia ser do tanque de combustível — caiu, decidida, até o ponto mínimo.

Graham ergueu os olhos para ela, a boca formando um pequeno "o" de surpresa, e, por um instante muito breve e frágil, Ellie sentiu um bolo se formando na garganta. Seus olhos estavam ardendo por causa da maresia e um princípio de insolação já começava a se instalar no seu corpo, acompanhado de tremores. Ali estavam eles, flutuando litoral acima sem mais uma gota de combustível no tanque do barco que tinham roubado. Às suas costas, havia os repórteres, os fotógrafos e as consequências. Havia a mãe de Ellie, o empresário de Graham e todas as lembranças horríveis da noite da véspera. Mas a perspectiva para a situação atual também não era muito melhor, e agora eles estavam presos no meio do caminho. Ellie sentiu as lágrimas brotando nos olhos por causa do desespero.

Ao seu lado, Graham aguardava a reação dela, perfeitamente imóvel, como um cervo na mira do caçador. Mas, quando finalmente conseguiu se acalmar o suficiente para encará-lo, Ellie ficou espantada ao constatar que ele estava fazendo um esforço para não rir.

— Não tem graça nenhuma — censurou ela.

Ele tentou fazer uma expressão séria, mas não conseguiu se conter e deixou escapar uma risada. E ficou mesmo parecendo um astro de cinema naquela hora, com o azul dos olhos combinando com a cor do mar em volta, iluminado pelo sol forte que deixava sua imagem tão ondulada e indistinta quanto todo o restante da paisagem. De repente Ellie sentiu um impulso de ficar nas pontas dos pés e lhe dar um beijo, e sentiu o pânico se derreter sob o foco daquele olhar. Afinal de contas, os olhos dele pareciam lhe dizer: que pretexto melhor poderia haver para os dois ficarem ali sozinhos durante horas, embalados ao sabor das ondas?

— Tem um pouco de graça, sim — disse ele, e se aproximou para segurar as mãos dela.

— Tá, talvez só um pouquinho — admitiu, mas no instante em que ele baixou a cabeça, segundos antes de ela oferecer os lábios para o beijo, o ar foi cortado pelo som de uma sirene e os dois se viraram, flagrando o barco da guarda-costeira avançando a toda velocidade.

Graham soltou suas mãos, e Ellie cambaleou para se apoiar na amurada, os olhos se arregalando ao ver aquele barco chegando com a proa espetada para o alto, a água se agitando de um jeito alarmante ao redor.

— Será que tem alguma chance — começou Graham — de eles terem notado que ficamos sem combustível e estarem vindo para nos ajudar?

— Acho difícil — disse Ellie, sentindo o coração martelar com força.

Ela, que nunca tinha roubado, nem um chiclete, na vida, que nunca fumara escondido nem colara nas provas, agora estava ali prestes a ser pega pela polícia por ter fugido com um barco. O fato de não ter protagonizado o roubo pessoalmente não tinha importância. Ellie fora cúmplice do plano. Porque, afinal, Graham havia roubado o barco *para ela*, e a garota quase podia sentir fisicamente a onda de culpa se espalhando pelo rosto enquanto via a distância entre as duas embarcações diminuir. O outro barco era quase um navio, para falar a verdade, enorme e todo branco, cheio de ângulos elegantes, com a luz vermelha da sirene girando no alto da cabine. Depois que eles já estavam bem perto, um sujeito de óculos escuros vestindo uma japona alaranjada berrante ergueu o megafone.

— Por favor, fiquem onde estão! — disse ele, as palavras estalando no ar. — Não tentem mover a embarcação.

— A gente não conseguiria fazer isso nem se quisesse — murmurou Graham.

— Isso é mau sinal — falou Ellie, num sussurro. — Não é?

— Não parece muito bom — admitiu ele, mas, quando notou a expressão dela, forçou um tom mais alegre na voz. — Mas vai dar tudo certo. Foi só um mal-entendido. Nós vamos esclarecer a história.

Quando o navio da guarda-costeira emparelhou com o barco de pesca, o homem baixou o megafone.

— Recebemos um comunicado sobre o desaparecimento desse barco — gritou ele. — Vocês sabem de alguma coisa a respeito?

Graham ergueu as mãos em concha ao redor da boca para responder.

— A culpa é toda minha, policial — disse ele. — Eu só precisei pegar o barco emprestado.

O guarda tirou os óculos e semicerrou os olhos para Graham.

— Você é aquele cara — falou ele, perplexo. — Aquele do cinema.

— Isso mesmo — disse Graham, balançando a cabeça de maneira encorajadora. — Estou na cidade para uma filmagem, e nós estávamos usando este barco... Deve ter sido alguém da produção que procurou vocês, estou certo? Eu tive que sair com o barco e me esqueci de avisar à equipe.

Ellie ficou impressionada com a tranquilidade dele, com a maneira despreocupada como transformara tudo num simples mal-entendido, e se espantou também com a reação do sujeito da guarda-costeira, que parecia estar ponderando as informações que acabara de receber com um ar pensativo. Se estivesse no lugar de Graham, Ellie certamente teria gaguejado sem parar, com o rosto vermelho e toda nervosa. E mesmo que estivesse dizendo a verdade, de algum modo acabaria parecendo culpada.

— Só um instante — disse o policial, erguendo um dedo. — Preciso verificar algumas coisas.

O sujeito desapareceu dentro da cabine de seu barco, e Ellie se virou para Graham. Antes que ela pudesse dizer qualquer coisa, ele lhe apertou o ombro para reconfortá-la.

— Vai ficar tudo bem — disse. — De vez em quando essa coisa de as pessoas reconhecerem você *pode* ser útil.

Mesmo assim, eles ficaram esperando, mergulhados num silêncio tenso. Alguns jet-skis passaram zunindo ao lado, os coletes salva-vidas amarelos dos pilotos brilhando contra a água do mar, e um avião cortou o céu. Ellie não estava usando relógio de pulso, e a essa altura seu celular já deveria estar aninhado no leito do oceano Atlântico. Ela não fazia ideia de que horas poderiam ser, mas o sol já tinha passado do seu ponto mais alto no céu: provavelmente, passara do meio-dia.

Quando o sujeito voltou ao convés, ele tirou os óculos escuros e esfregou a nuca.

— Eu falei com o sujeito que fez a queixa — informou ele, e depois deu uma olhada no papel que trazia na mão. — Ele não sabia que tinha sido você que levou o barco. Falou que não tem problema, então, desde que o *Go Fish* apareça inteiro de volta no porto.

Graham abriu um sorriso e ergueu a mão num gesto de agradecimento.

— Obrigado, policial — falou. — Eu lamento por ter causado todo esse transtorno.

O guarda respondeu com um aceno de cabeça, e já estava prestes a lhes dar as costas quando Ellie o chamou de volta.

— Mas acontece que a gente ficou sem combustível — falou ela, depressa, e o homem ergueu as sobrancelhas diante da perspectiva de ter que enfrentar mais um problema envolvendo o astro de Hollywood e o barco emprestado. Ele não emitiu nenhum comentário, simplesmente ficou parado, olhando para Ellie. Então ela pigarreou e fez uma nova tentativa:

— O que o senhor sugere, nesse caso?

Quarenta e cinco minutos mais tarde, o pesqueiro tinha sido rebocado pela guarda-costeira até um posto de abastecimento marítimo na cidadezinha de Hamilton. Os dois policiais a bordo foram cordiais durante todo o tempo — embora Ellie desconfiasse que por baixo do verniz profissional de boas maneiras eles estivessem se perguntando que tipo de idiota sairia para navegar com o tanque vazio —, e Graham chegou até a dar um autógrafo para a filha de um deles.

Os policiais deixaram os dois aos cuidados de um sujeito bigodudo que tratou logo de começar a encher o tanque, e se despediram com um toque na aba dos seus quepes da guarda-costeira. Ellie ficou olhando enquanto eles voltavam para o mar, aliviada por estar em terra firme e ainda sentindo o estômago se contorcer como um peixe encalhado.

— Kennebunkport fica muito longe daqui? — indagou Graham, quando o homem deu a volta para examinar o ponteiro do mostrador, o rosto enrugado quase encostando no vidro do painel.

— São dez minutos de ônibus — disse ele, sem erguer os olhos.

— E por que a gente iria de ônibus?

— Porque esse mostrador está estragado — falou o homem, agora endireitando o corpo. — Eu enchi o tanque até a boca e o ponteiro continua lá embaixo. Vou ter que consertar. Não deve levar mais que uma hora.

Graham estendeu o cartão de crédito e combinou que retornaria mais tarde. Havia um ônibus regional que circulava a cada trinta minutos, parando em todas as cidadezinhas do litoral, e o sujeito apontou para uma estradinha cercada de árvores onde supostamente eles achariam o ponto, bem em frente ao centro de atendimento ao turista.

Sentindo as pernas ainda bambas depois de tantas horas navegando, eles atravessaram a rua com passos inseguros. Ellie ficou aliviada quando viu que o tal centro de atendimento ao turista não ficava longe — era um edifício estreito de madeira que se parecia mais com uma casa na árvore do que com uma repartição oficial — e de fato o ponto do ônibus ficava bem em frente e consistia em nada mais que um banco de plástico vermelho e uma tabela de horários quase ilegível pregada nas costas de uma placa com a palavra "pare".

Graham apertou os olhos para conferir o papel.

— Doze minutos — anunciou, e depois olhou na direção do centro turístico. — Vamos dar uma olhada.

Lá dentro, uma senhorinha usando o cabelo preso no alto da cabeça estava afundada na cadeira atrás do balcão, o rosto curvado sobre um livro grosso. Ellie começou a perambular junto às paredes do pequeno escritório, lotadas de folhetos anunciando desde passeios de veleiro a expedições de pesca a baleias, passando por caminhadas para colher mirtilos na floresta, mas Graham se dirigiu diretamente ao balcão principal.

— Feliz Dia da Independência — disse ele numa voz animada, e a mulher ergueu os olhos sem dar qualquer sinal de reconhecimento.

Se a descrição de seu cargo pedia "simpatia no trato com o público", aquela funcionária certamente não era muito adequada para a função. Sem qualquer tentativa de perguntar se os dois precisavam de ajuda, a senhorinha se limitou a franzir os lábios e fitar Graham por cima das lentes dos óculos.

Graham apontou para o computador que havia atrás do balcão.

— Nós tivemos uns contratempos agora de manhã, sabe — disse ele, a voz um pouco açucarada demais —, e eu estava pensando se poderia pedir seu computador emprestado para ver uma coisinha. Não vai demorar nem um minuto.

Do lugar onde estava, junto a um suporte cheio de folhetos de atividades ligadas a lagostas, Ellie abriu um sorrisinho. Ela não sabia por que Graham estaria querendo usar o computador àquela altura dos acontecimentos, mas era óbvio que a senhorinha do balcão — que continuava olhando tudo com uma expressão perplexa — não tinha a menor ideia de quem Graham era, e nem mesmo Ellie estava acreditando que ele seria capaz de convencê-la a ceder a máquina apenas usando seu charme natural.

Mas ele abriu aquele sorriso radiante, murmurou um "por favor" um tantinho encabulado e, de uma hora para outra, ainda sem dizer uma palavra, a mulher chegou a cadeira para o lado, guardou o livro debaixo do braço e deixou Graham sentar-se junto do balcão como se ele fosse o responsável por todo o atendimento aos turistas na cidade de Hamilton.

Mais tarde, quando estavam voltando para o ponto do ônibus, Ellie revirou os olhos.

— Que foi? — retrucou Graham. — Você não acreditou que fosse dar certo?

Ela respondeu, sacudindo a cabeça com um ar divertido.

— Mas o que você tanto queria ver naquele computador, afinal?

— Eu só queria ter certeza de que não tinham publicado nada de novo — explicou ele. — Antes de a gente falar com seu pai.

Ellie piscou, impressionada com o fato de ele ter pensado nisso.

— E então?

— Só o de sempre — disse ele. — "Graham Larkin é um brutamontes", "Graham Larkin ataca as pessoas". Nada que você já não tivesse notado sozinha — brincou ele, mas havia uma certa tensão na voz.

Ellie se lembrou de que Graham na verdade não havia lido as notícias antes de sair de Henley. E o fato de ter tomado coragem de fazê-lo agora só por causa dela — para que ela ficasse sabendo em que pé estariam as coisas quando fosse encontrar seu pai — a deixou profundamente comovida. Quando o ônibus dobrou a esquina com um rangido, ela pousou uma das mãos no braço de Graham.

— Obrigada — disse, e ele respondeu com um meneio de cabeça. Depois que entraram, Graham pagou e eles se sentaram perto da porta da frente, mantendo uma distância segura dos outros passageiros, que tinham os olhos perdidos nas janelas mais para trás.

— Então quer dizer que da próxima vez que aquela mulher usar o navegador dela, o histórico de busca vai mostrar algo como "Graham Larkin dá um soco em fotógrafo"...?

Ele riu.

— Na verdade, o certo seria: "Graham Larkin dá uma lição em idiota que chegou perto demais com sua câmera."

À medida que as curvas da estrada iam se afastando de Hamilton para chegar a Kennebunkport, as casas vistas pelas janelas aumentavam de tamanho e grau de imponência, transformando-se em imensas mansões à beira-mar, com varandas projetadas sobre a água, todas enfeitadas por bandeiras americanas tremulando no céu sem nuvens.

Ainda em casa, mais cedo, Ellie havia descoberto o endereço da propriedade onde o pai estava hospedado, uma façanha que no final das contas nem tinha se revelado tão difícil assim. A casa em questão era tradicionalmente alugada para políticos importantes, e sua imagem fora registrada inúmeras vezes pelos repórteres que costumavam ficar de plantão à espera de algum flagrante nos arredores. Ellie tinha visto tantas fotos que mesmo naquele momento, horas mais tarde, guardava na memória com perfeição o tom de cinza gasto da parede lateral e a varanda que contornava completamente a fachada. Ela só não conseguia visualizar a si mesma subindo pela alameda de pedra para bater nas portas duplas pintadas de vermelho. Só não conseguia se imaginar ficando frente a frente com Paul Whitman.

Ela se virou para Graham, que estava disfarçando um bocejo por trás da mão.

— Muito bem — disse, numa voz bem pragmática. — Preciso montar minha estratégia de ataque.

— Nós estamos em guerra, então?

— Não posso simplesmente caminhar alegremente até a porta da casa dele sem ter nem ideia de como vou agir — falou Ellie, virando mais o rosto para encarar Graham. — E se a esposa dele estiver lá? Ou os filhos?

— Seus meios-irmãos — observou Graham, e ela deu de ombros.

— É.

— Bem, você já pensou no que vai querer dizer a ele?

— Mais ou menos — respondeu Ellie, mas aquilo não era exatamente verdade.

Ela não fazia a menor ideia do que iria dizer ao pai. Como poderia, se não sabia nem como se sentia em relação a ele? Havia passado muitos anos olhando fotos e assistindo às entrevistas dele na TV, observando de longe a vida que ele havia construído, e imaginando como seria fazer parte dela também. Mas, agora que estava tão perto de fazer contato, a ideia de que o pai talvez não ficasse nem um pouco feliz por vê-la era angustiante demais para sequer ser levada em consideração.

Afinal, se era verdade que ele jamais tinha chegado a negar aquela paternidade — pelo menos não através de nenhum dos meios oficiais —, ao mesmo tempo Paul Whitman nunca a havia reconhecido como filha. E isso significava que, aos olhos do mundo, Ellie continuava sendo uma garota sem pai, e ele continuava não tendo filha nenhuma. E não havia como prever a reação que teria no momento em que a visse surgir à porta. Será que ele a reconheceria? E ela, veria nele mais do que a figura que estava habituada a identificar nos jornais? Ellie se perguntava se por acaso haveria alguma centelha de familiaridade, um senso de pertencimento, se eles sentiriam algo que indicaria que eram mais que dois desconhecidos de pé diante um do outro através de uma porta aberta. Que eram uma família.

Ela não tinha certeza quanto a isso. Estava grata por poder chegar lá munida da informação de que o pai ainda não estava a par do ocorrido na noite anterior, de que, pelo menos, ela ainda não tinha arrastado o nome dele para as manchetes de todos os jornais. Mas ainda havia muitos outros pontos cegos naquela história.

— Treine um pouco comigo — sugeriu Graham, esticando as costas contra o encosto do assento e estufando bem o peito. Ele baixou uma das sobrancelhas e contraiu a boca numa expressão exageradamente séria. — Muito bem, mocinha — falou, numa imitação tão impressionante de seu pai que Ellie teve o impulso de lhe dar um cutucão no braço.

— Não — disse ela. — Assim é muito esquisito.

Graham relaxou o corpo outra vez, sem se deixar abalar.

— Tá, então o que você vai fazer?

— Acho que só bater na porta e ver o que acontece.

— Pelo menos você vai ter o elemento surpresa a seu favor — observou Graham, cruzando os braços. — Vai conseguir pegá-lo desprevenido, e isso dará a você a oportunidade de decidir como conduzir a situação.

— Tomara — disse ela, voltando a fitar a janela.

Quando eles se aproximaram dos arredores da cidade, um cheiro de frutos do mar cozidos se espalhou, entrando pelas janelas abertas do ônibus. Mais à frente, eles viram muita gente nas ruas, e Ellie sentiu uma ponta de arrependimento por estar perdendo as comemorações em Henley. Havia fileira de bandeiras amarradas nas mesas compridas de armar, e arabescos de fumaça se contorciam acima das lojas.

Graham inspirou com vontade.

— Isto só pode ser um churrasco de praia — disse ele, quando o ônibus parou diante de um centro de turismo bem mais imponente que o de Hamilton, e que provavelmente tinha um atendente muito mais simpático do que a senhorinha do computador. Ellie não estava muito ansiosa para atravessar aquela multidão toda na companhia de Graham, que certamente atrairia mais atenção do que ela gostaria no momento, e, assim que saltou do ônibus atrás dele, lhe entregou os óculos escuros que tinham ficado esquecidos no banco.

— O bigode ainda teria sido bem melhor — disse ele, encaixando os óculos no rosto —, mas isso aqui vai ter que servir.

Pelo mapa que havia na parada do ônibus, Ellie viu que a casa aonde queria chegar, instalada numa pequena península logo ao norte do principal centro comercial, não ficava muito longe dali. Eles precisariam atravessar a cidade para chegar lá, mas depois que conseguissem passar pelas ruas movimentadas do centro provavelmente não demorariam muito mais. Enquanto caminhava atrás de Graham em direção à festa, Ellie foi visualizando mentalmente a porta vermelha da casa tal qual um jogador de futebol visualiza as traves do gol, tentando se manter concentrada apesar da barulheira, da música e do cheiro de comida.

— Eu bem que comeria um sanduíche de lagosta primeiro — disse Graham, quando eles entraram de vez na movimentação da festa, com seu mar de camisetas vermelhas, brancas e azuis. Dezenas de mesas de armar tinham sido arrumadas, ocupando toda a extensão da rua principal, e a festa se espalhava também pelas calçadas e para dentro das lojas. As crianças estavam por toda parte, instaladas em carrinhos de puxar ou montadas em bicicletas, carregando balões de água ou biscoitos, zanzando por conta própria enquanto os pais se ocupavam da comida ou bebericavam suas garrafas de cerveja, deliberadamente alheios à sua presença.

Ellie fez um esforço para se lembrar do horário em que ambos tinham feito a última refeição, e, quando se deu conta de que só tinha comido um bombom derretido ainda a bordo do pesqueiro, sentiu o estômago roncar também.

Graham parou quando eles chegaram perto da primeira mesa forrada com uma toalha xadrez.

— Isto só pode ser uma miragem — brincou ele. — Quanto tempo nós passamos perdidos no mar?

O tecido azul das toalhas estava quase inteiramente coberto pelas bandejas de comida: eram mariscos, ostras e camarões à vontade, mas também cachorros-quentes, hambúrgueres e batatas chips, salada de batata, espigas de milho e cupcakes de chocolate. Graham avançou, decidido, na direção de uma travessa imensa de sanduíches de lagosta, e o sujeito que estava atrás da mesa — usando um avental de lagosta igualzinho ao que Ellie e a mãe vendiam na loja — ergueu o par de pinças e o encarou interrogativamente.

— Vai querer um? — indagou ele, e Graham lançou um olhar de súplica para Ellie.

— Tudo bem — concordou ela. — Mas vamos pedir para viagem.

— Fique tranquila, acho que consigo caminhar e comer ao mesmo tempo — disse ele. E em seguida acrescentou: — Sou um cara muito talentoso.

— Disso eu tenho certeza — ironizou ela, mas já estava com a atenção voltada para a onda de cochichos que havia se espalhado num grupinho amontoado à esquerda. Ficando nas pontas dos pés para tentar descobrir o motivo da comoção, Ellie quase sentiu o coração pular para fora do peito quando se deu conta. Ela ainda lançou um olhar desesperado para Graham, mas ele continuava entretido na conversa com o sujeito de avental, que naquele momento lutava para separar os pratinhos de papel.

Ellie virou o corpo de volta, sentindo a boca seca. Ali, a menos de 3 metros de distância, estava seu pai. Com um sorriso estampado, ele apertava as mãos das pessoas, parecendo mais relaxado que de costume num conjunto de camisa polo vermelha e calça cáqui, o cabelo salpicado de grisalho desalinhado pela brisa do mar. A silhueta alta e magra se destacava da multidão à medida que ele ia avançando, e um fotógrafo seguia logo atrás, registrando os momentos em que ele parava para fazer festinha com algum bebê ou cumprimentar alguém com um sorriso sincero. Mas, fora isso, não havia mais ninguém: nenhum assessor nem repórter, nenhuma esposa e nenhum filho.

Os joelhos de Ellie foram travando à medida que o número de pessoas que os separava foi diminuindo. Claramente se tratava de uma breve aparição em público, uma passagem estudadamente casual, e ele não trocava mais que algumas amenidades com uma pessoa antes de dar atenção à seguinte. Vendo-o cada vez mais próximo, Ellie sentiu a cabeça girar freneticamente, tentando pegar no tranco. Mas, de repente, ela não conseguia se lembrar de mais nada: não fazia mais ideia de por que estava ali, do que deveria dizer ou de como deveria agir.

Ele agora estava a poucos passos de distância, e aquela proximidade parecia espantosa. Até então, o pai fora quase como uma criatura forjada em sua imaginação, talvez por conta do número de vezes que Ellie construíra em sua mente cenas exatamente como aquela. Mas, em seus devaneios, ela sempre caminhava decidida até ele, e os dois se encaravam, os olhos de ambos num idêntico tom de verde, e ele sempre sabia muito bem quem ela era.

Foi por isso, Ellie se deu conta de repente, que ela havia ido até ali.

Não pelo dinheiro. Nem para vê-lo de perto.

Ellie queria que *ele* pudesse *vê-la*.

Agora só havia mais uma pessoa entre os dois, um sujeito usando um boné do Red Sox que ficou abobado quando o senador bonitão lhe deu um tapinha amigável no ombro.

— Uma festa e tanto, hein? — comentou ele, com o que pareceu ser uma onda de entusiasmo genuíno, e o homem levantou a coxa de frango que segurava numa saudação desajeitada, a boca cheia demais para conseguir responder.

O senador riu, e então seus olhos passaram para Ellie. Ela sentiu os músculos se retesarem, o corpo todo se preparando... para o quê? Ela não fazia ideia. Aqueles olhos tão parecidos com os seus, de um verde-garrafa intenso, pousaram no rosto da garota com um ar de interesse afável, e ela notou um minúsculo leque de rugas no cantinho deles, tão pequeno que passava despercebido nas fotos das revistas.

— Feliz Dia da Independência — saudou ele, estendendo a mão para um cumprimento, e Ellie ficou olhando, sem reação. Ela levou um instante a mais que o necessário para erguer a própria mão em resposta, meio que esperando ser sacudida por alguma espécie de choque sobrenatural. Porém não aconteceu nada demais, só o contato morno da mão dele, que estava meio suada.

As palavras foram se extinguindo como bolhas estouradas na garganta de Ellie, uma depois da outra, junto com todas as diversas coisas que ela queria dizer. Por um instante, ela se esquecera da mãe, de Harvard; ela se esquecera da linda esposa do senador e dos dois meninos que ele levava para caçadas e pescarias; também se esquecera da política, do cargo que ele ocupava, de todos os motivos que tinham levado os dois a se separarem.

Ela só conseguia pensar numa coisa: *Você não está vendo?*

Mas, no rosto do senador, não havia nada além de um sorriso educado, estritamente profissional e quase inteiramente inexpressivo. Quando Ellie puxou a mão de volta, sentiu um aperto no estômago e baixou os olhos, vagamente surpresa por se encontrar ainda pisando em terra firme. Do nada, Graham apareceu ao lado dela, equilibrando um pratinho de papel. O sanduíche de lagosta adernou como um bote em miniatura quando ele estendeu a mão livre para aceitar o cumprimento do senador.

— Um feliz Dia da Independência para você também — disse, e Graham abriu um sorriso hesitante, procurando Ellie com o olhar. Mas a atenção dela ainda estava toda no pai.

O olhar que o senador lançou para Graham não fora exatamente de alguém que o reconhecia — estava mais para alguém que tinha encontrado um velho colega de escola que não via havia muitos anos e que não lembra exatamente de onde conhecia a pessoa —, mas, ainda assim, tinha mostrado algo além de um vazio.

Muito mais que o olhar neutro que ele dirigira a Ellie.

Ela piscou, atordoada, mas tudo o que ele fez foi abrir um sorriso um pouco esfuziante demais, já com os olhos nas pessoas seguintes de sua fileira interminável de apertos de mão e saudações.

— Aproveitem a festa — falou, mas já estava seguindo adiante.

O fotógrafo que vinha alguns passos atrás ergueu a câmera para fazer um registro deles — não só de Ellie e de Graham, mas também do homem com o boné do Red Sox, do vendedor com o avental de lagosta e das outras pessoas que estavam por ali. Graham se retesou na mesma hora e ergueu a mão para esconder o rosto. O fotógrafo deu de ombros, parecendo confuso, mas sem prestar muita importância àquilo, e depois tratou de acompanhar os passos do senador em meio àquele mar de eleitores em potencial.

— Sinto muito — falou Graham, virando-se para encarar Ellie. — Acho que ainda estou meio traumatizado depois de ontem.

Mas ela não respondeu. Simplesmente ficou parada, os olhos colados no pai, observando enquanto ele era engolido pela sua multidão de admiradores. Ela baixou os olhos para fitar a mão vazia, que ainda formigava com a lembrança do contato pele a pele, e, quando voltou a olhar, ele havia desaparecido.

— Adianta se eu contar outra piada?

— Acho que não.

— Tá bem, então.

— Mas... valeu a tentativa.

22

Eles decidiram voltar sem o barco.

O conserto sem dúvida já devia estar pronto àquela hora, mas nenhum dos dois estava com vontade de voltar navegando até Henley, e, embora já fizesse muito tempo que Graham não encarava uma viagem de ônibus, essa opção lhe pareceu muito melhor diante das circunstâncias. Não que ele estivesse se sentindo propriamente mareado — se é que isso sequer fosse possível estando com os pés em terra firme —, mas mesmo depois de já ter desembarcado havia muitas horas, Graham continuava sentindo o mar dentro de si, com as pernas meio bambas e desequilibradas. Só de ter que fazer o trajeto de volta até a parada do ônibus, ouvindo o barulho da festa ficar cada vez mais distante, ele sentiu como se o asfalto estivesse amolecendo debaixo de seus pés.

— Vai ficar tudo bem — falou ele para Ellie, que caminhava em silêncio, olhando para a frente. — Com certeza eles podem mandar alguém da produção vir buscar o *Go Fish* amanhã cedo. Até porque, se a ideia é mesmo ter o barco de volta inteiro, acho melhor a gente não chegar mais perto dele por hoje.

Ela assentiu do mesmo jeito frio que vinha fazendo nos últimos dez minutos, os olhos vidrados e turvos, sem coragem de encará-lo.

Sem saber direito como agir, Graham seguiu numa tagarelice que transbordava de nervosismo até mesmo aos próprios ouvidos.

— Isso sem falar que não sei como aquele sanduíche de lagosta cairia se fosse levado de volta para o mar agora — continuou ele, dando tapinhas na própria barriga. — Estava uma delícia, claro, mas com o balanço das ondas, nunca se sabe...

— Graham — chamou ela, e ele se virou para olhá-la.

— Hein?

— Dá pra gente não falar do sanduíche de lagosta? — pediu, embora não de um jeito ríspido.

Ele riu.

— Claro.

No ponto do ônibus, eles sentaram na fileira que ficava do lado oposto da rua onde tinham saltado mais cedo. A sensação era de que haviam passado um tempão ali, mas Graham sabia que não tinha sido mais do que uma hora, ou talvez até menos. Os dois continuavam cansados e desgastados de tanto pegar sol, e, enquanto a viagem de ida fora marcada por uma determinação obstinada, a volta não parecia oferecer nenhuma boa perspectiva em relação ao que aconteceria quando chegassem ao seu destino.

Graham estava com medo de encarar Harry, que tinha se mostrado tão paciente na noite anterior. E que agora certamente já teria sido informado sobre aquela história nova envolvendo o barco. Graham sabia bem que deveria ter ficado em Henley. Que deveria ter encarado as consequências de seus atos e ajudado pessoalmente a amenizar a situação. Mas, em vez disso, fizera o de sempre: dera um jeito de fugir.

Ele achava que estava mais para se esconder, coisa, aliás, que vinha se tornando sua especialidade ultimamente. Um tipo de mau hábito mesmo. Graham tinha começado a arrumar maneiras de se esquivar de quase tudo — de festas e encontros com a imprensa às pessoas de maneira geral —, sempre enfiado em casa, só na companhia de seu porco de estimação. A transformação pela qual sua vida passara trouxera consigo uma pressão externa enorme, e Graham reagira da única maneira que sabia: criando uma barreira para separá-lo de todo o restante, um distanciamento até mesmo dos próprios pais.

Jogar a culpa neles era fácil. Mas a verdade era que grande parte da responsabilidade tinha sido dele também. Graham convencera a si de que os pais não entendiam sua vida nova e então, em vez de dar um jeito de trazê-los para dentro dela, optara por se isolar de vez. Tinha confundido solidão com independência e acabara ficando tão bom na arte de se fechar para o mundo que fora preciso um e-mail de Ellie para fazê-lo se lembrar de como era ter uma conversa de verdade com alguém.

E ela havia se mostrado tão mais corajosa que ele, viajando até uma cidade que nem conhecia para confrontar o pai de quem não se lembrava, e que obviamente não se lembrava dela também. Os pais de Graham moravam a poucos minutos de carro da casa dele, mas ele precisara viajar para o outro lado do país para finalmente conseguir estender a mão para eles, e pelo visto deixara para fazê-lo tarde demais. A geografia da coisa não importava, claro; a questão não era onde eles estavam naquele momento, mas sim que ainda havia uma lacuna grande demais entre Graham e os dois.

No entanto, presenciar a cena entre Ellie e o pai mais cedo mexera profundamente com alguma coisa dentro de Graham, alguma coisa oca e imensa que ele nem sequer tinha noção de que estivesse lá. O ar esperançoso estampado no rosto de Ellie fora tão impossível de disfarçar, que ele desejara poder fazer alguma coisa para protegê-la, para defendê-la da cena que viria a seguir. Olhar nos olhos do pai ou da mãe e ser encarado de volta sem qualquer tipo de emoção era uma coisa inimaginável para Graham. Ele sabia que a culpa não era do senador — como ele poderia ter adivinhado que aquela garota qualquer no meio da multidão seria sua filha havia tanto tempo afastada? —, mas, mesmo assim, sentiu uma breve e repentina onda de raiva. Por maior que seja o tempo ou a distância, por mais que você tenha se tornado irreconhecível, existem pelo menos duas pessoas no mundo que sempre terão a missão de enxergar você, de encontrá-lo e reconhecê-lo e puxá-lo de volta para elas. Independentemente do que aconteça.

Ele tratou de se aproximar mais dela no banco. O silêncio entre os dois — geralmente tão carregado — naquele momento parecia vazio e duro, e Graham não sabia direito como consertar isso. Mais adiante, o ônibus surgiu na curva da rua, e parou diante dos dois com um silvo, abrindo as portas para deixá-los entrar. Ellie e Graham eram as únicas pessoas esperando no ponto. Eles subiram os degraus devagar, dois viajantes exaustos e então já quase no fim de sua longa jornada.

— Vai ver foi melhor assim — disse ele, depois que os dois já tinham se acomodado nos assentos e o ônibus tinha recomeçado a andar. O mar se estendia à esquerda agora que estavam voltando para o sul, e Ellie estava com a testa apoiada no vidro da janela. Graham queria estar sentado do outro lado, para que ela se apoiasse em seu ombro e não na janela, mas ele sabia também que ela estava precisando de um tempo para si. E isso ele era capaz de entender melhor do que qualquer outra pessoa.

— É, talvez você esteja certo — respondeu ela, embora claramente não estivesse falando aquilo de coração. — Só que foi meio estranho, você entende? Desde que era pequena, sempre imaginei minha vida como a filha de um senador. Mas acho que nunca cheguei a pensar de verdade em como seria ser a filha *dele*. — Ela hesitou e balançou a cabeça. — Não devo estar falando coisa com coisa.

— Está brincando? — retrucou Graham. — Você tem ideia de quantas garotas passam a vida sonhando comigo e... — Ele hesitou quando viu Ellie revirar os olhos. — Falando sério — disse, com um meio sorriso. — O que quero dizer é que não é comigo que elas sonham de verdade, entendeu? É com a ideia geral da coisa. E, aí, a comparação entre sonho e realidade é sempre muito decepcionante.

— No caso do meu pai, é exatamente isso — disse ela. — Já no seu caso...

— Só um pouquinho? — indagou ele, com um sorriso esperançoso, e ela sorriu.

— Só um pouquinho — falou Ellie, concordando. Mas acho que você está certo. Provavelmente era melhor assim. Até porque, se minha mãe ao menos desconfiar que eu pretendia pedir dinheiro a ele sem nem falar com ela antes...

— Você sabe — interveio Graham — que para mim seria um prazer poder...

— Não — cortou ela, meio ríspida, e, quando se deu conta do próprio tom, abrandou a postura. — Mas mesmo assim obrigada — disse de um jeito mais suave, abrindo um sorriso triste. — Na verdade, essa história não tinha a ver com o dinheiro em si.

— A questão era se encontrar com ele — falou Graham, e ela assentiu.

— Passei a vida imaginando como seria esse momento — explicou Ellie —, e as coisas aconteceram de um jeito muito diferente do que eu pensava.

— Sério? — indagou Graham. — Você nunca imaginou que ele viria apertar sua mão na rua, no meio de uma festa do feriado de Quatro de Julho?

Ellie deu uma risada, e, então, sem conseguir esperar mais, Graham ergueu o braço e a puxou para junto de si, acomodando a cabeça dela em seu ombro. Então os dois ficaram ali, apoiados na janela do ônibus, com o mar passando lá fora numa fita tremulante de azul contra o fundo mais claro do céu.

— Você acha que eu deveria ter pedido o dinheiro de qualquer jeito? — Quis saber ela, e Graham balançou a cabeça, fazendo o queixo roçar nos cabelos ruivos. — Ou que deveria ter contado quem eu era?

— Não era o momento certo para isso — disse ele. — Você fez o que qualquer pessoa teria feito.

— Ou seja, nada.

— Mas teve a coragem de ir até lá. Isso já foi alguma coisa.

— Não me pareceu um gesto tão significativo — falou ela, e deixou escapar um riso amargo. — Porque dessa vez acho que até eu mesma estava acreditando de verdade.

— Acreditando de verdade no quê?

— Na missão que assumi — falou. — De encontrar meu pai.

Os olhos de Graham procuraram a janela, o sol brilhando por entre árvores. Ele pensou outra vez no jeito como o pai tinha cumprimentado Ellie, na saudação impessoal e no sorriso vazio, e então visualizou a imagem do próprio pai assando hambúrgueres na churrasqueira de um vizinho lá na Califórnia. Será que as coisas seriam diferentes se ele estivesse empenhado na escolha de uma faculdade, se ocupado com fichas de inscrição em vez de roteiros e falas para decorar? Ou aquilo tudo era um ciclo natural do amadurecimento? Vai ver crescer na verdade significava simplesmente se afastar: se afastar de sua vida antiga, de quem você costumava ser, das coisas que costumavam manter você ancorado ao próprio passado.

— Sinto muito — disse ele, e sentiu o corpo de Ellie congelar contra seu peito.

— Sente muito pelo quê?

— Por tudo — explicou Graham. — E por causa de Harvard também.

— Está tudo bem — disse ela, com uma leveza forçada na voz. — Eu nem queria tanto assim estar lá.

— Tenho certeza de que sua mãe iria ajudar.

— É claro que iria — concordou Ellie —, só que eu não posso pedir isso.

Lá fora, a malha das árvores se abriu, e eles se viram diante apenas da água do mar, ainda salpicada de barcos.

— Você é uma garota de sorte. Por ter essa mãe fantástica.

— Eu tenho certeza de que a sua também é.

— Como você pode saber?

— Porque ela criou um filho fantástico — falou Ellie, e Graham abriu um sorriso. — Tirando o detalhe de que ele costuma socar fotógrafos, é claro. E de que rouba barcos de pesca de vez em quando.

— Sabe de uma coisa? — começou ele. — Antes de eu largar a escola, meus amigos sempre me zoavam dizendo que eu era o cara da turma com a menor probabilidade de ser preso, e agora quase acabei na cadeia duas vezes em menos de 24 horas.

— Sério que eles diziam isso? — provocou ela. — Eu poderia jurar que seu título era "cara mais popular da turma" ou "sorriso mais charmoso" ou qualquer coisa brega dessas.

Ele riu.

— E você, o que seria? A "garota com mais chance de mostrar sua rebeldia contra o Sistema roubando um barco de pesca por um dia"?

Ela refletiu por um instante.

— A "garota que nunca cairia na sedução de um galã de cinema".

— Caramba — disse Graham, puxando-a para si. — Eles estavam completamente errados então.

E os dois ficaram em silêncio por um tempo, com o ônibus parando aqui e ali para as pessoas desembarcarem. Dava para sentir a vibração dos pneus debaixo dos pés, e o balançar suave da carroceria de um lado a outro — movimento que fazia Graham se lembrar do barco outra vez — foi deixando as pálpebras dele pesadas. Ele já estava meio adormecido quando a voz de Ellie se embrenhou pelos seus pensamentos:

— Mas e agora? — E ele não entendeu do que ela estava falando. Aquela pergunta poderia se referir a um monte de coisas. Ela talvez estivesse querendo dizer: *O que a gente vai fazer quando chegar em Henley?* Ou: *Será que eu deveria tentar falar com meu pai de novo?*. Ou podia ser algo tipo: *Como vai ser quando você for embora daqui a dois dias?* Ou ainda: *Onde será que isso tudo vai dar?*. Ou então podia ser: *Aqui estamos nós, espremidos num ônibus nos confins do Maine, e, mesmo depois de um dia horrível logo após uma noite mais horrível ainda, não tem nenhum outro lugar do mundo onde eu gostaria de estar, então será que podemos ficar aqui para sempre?*

— Do que você está falando? — perguntou ele numa voz que soou rouca, e ela endireitou o corpo no assento, virando-se para encará-lo com uma expressão séria. Os olhos verdes estavam enormes, e o cabelo ruivo, todo embaraçado por causa do vento, mas, mesmo assim, ela estava linda. Linda a ponto de fazer o coração inflar no peito, tão leve que dava medo de sair voando com ele.

— De nós dois — explicou Ellie, e Graham sentiu o golpe das palavras como se fossem socos, pois ele não sabia a resposta. Ele não sabia o que iria acontecer e, mais que isso, não sabia o que podia prometer a ela. Dali a dois dias, estaria indo embora de Henley. Dali a duas semanas, teria encerrado o trabalho naquele filme. E em três semanas a última parte da sua trilogia estaria estrelando nos cinemas. E Graham seria arrastado mundo afora com um sorriso costurado no rosto para falar a mil microfones diferentes sobre sua experiência incrível de encarnar aquele personagem, desde Los Angeles, passando por Tóquio e Sydney, até

Londres, de um lugar a outro sem parar. E haveria noites em claro e multidões enormes, e programas de TV e coletivas de imprensa.

E nada mais de barcos pesqueiros ou caminhadas por praias com chão de cascalho.

E nada mais de Ellie.

— Eu não sei — disse ele, com toda sinceridade, porque não sabia mesmo. A questão parecia grande demais para uma resposta simples.

Naquele momento, ali sentado tão pertinho, ele não conseguia se imaginar longe dela. Mas incluí-la na realidade dele não parecia uma opção muito viável. Era como se existissem dois Graham Larkin diferentes, e, mesmo sabendo que um deles era mais verdadeiro e substancial — mesmo que esse fosse o mais *feliz* dos dois —, era o outro que ainda ocupava mais espaço, e isso não iria mudar.

Ele lançou um olhar de desamparo a ela.

— Eu não sei — repetiu, sem coragem de enfrentar os olhos verdes. Mas, quando finalmente o fez, Graham viu que ela estava assentindo. Ellie não parecia magoada ou ofendida, nem mesmo surpresa por ouvir aquilo. Ele notou uma expressão pensativa no rosto dela, talvez uma ponta de esperança, e sentiu a dúvida revirar seu estômago. Ellie assentiu mais uma vez.

— Bem, a gente ainda tem mais alguns dias — disse ela, por fim, e essa foi a vez de Graham assentir. — O que vamos fazer, então?

Ele sorriu.

— Vamos mergulhar a ponta dos dedos dos pés na água.

— Adoro fazer isso.

— Eu sei.

— E o que mais?

— Tomar sorvete num dia de calor — sugeriu ele, baixinho, fechando os olhos. — Ouvir o barulho das ondas. Fazer caminhadas noturnas. Nadar. Ler poesia. Passear com Bagel.

Ellie estava olhando para ele, impressionada.

— Eu escrevi tudo isso num e-mail — disse ela, sacudindo a cabeça. — Como é que você ainda se lembra?

— Como eu poderia esquecer?

Ela estava sorrindo agora, um brilho nos olhos.

— É muita coisa — falou. — Não vai dar tempo de fazer tudo da lista.

— A gente dá um jeito — prometeu ele, e teve a certeza de que dariam mesmo.

Mas, à medida que foram se aproximando de Henley, Graham sentiu uma tristeza profunda se apoderar dele. Toda vez que alguém descia do ônibus, ele ia ficando mais tenso, cada partida era um pequeno ensaio para a própria despedida em breve. O estofamento cheirava a mofo, as vidraças estavam turvas de maresia, e o sol forte deixava o interior do ônibus parecendo uma fornalha, e caso alguém tivesse lhe perguntado quais eram seus planos para o feriado, aquela viagem certamente teria aparecido lá no final da lista. Mesmo assim, ele estava detestando a ideia de ter que descer daquele ônibus e voltar para o mundo real.

Quando fizeram a curva para enfim deixar a estrada que os tinha levado litoral acima, o ronco do motor cada vez mais lento, Ellie endireitou as costas no assento e se espreguiçou.

— Ainda falta um tempinho até a hora dos fogos — disse ela. — Falei para Quinn que ia me encontrar com ela na festa. — Graham sentiu que ela estava tentando decidir alguma coisa enquanto mordiscava o lábio. Depois de lhe lançar um olhar demorado, Ellie pareceu enfim chegar a uma conclusão: — Você quer...

— Quero o quê?

— Quer ir comigo?

— Eu estou adorando o fato de você ter feito o convite — falou ele, sabendo bem o peso que aquilo tinha, sabendo o preço que poderia custar a ela. Os dois estavam cientes de que tinha sido mais que um simples convite. Era uma escolha de Ellie. E ela havia escolhido Graham.

Graham baixou a cabeça e deu um beijo na testa dela.

— Mas acho que não seria uma boa ideia.

Ela deu um sorriso triste.

— Por causa dos fotógrafos?

— Entre outras coisas — completou ele. — A gente já chegou até aqui. Não faz sentido estragar sua vida agora.

Ela concordou com a cabeça.

— Então é melhor eu continuar sendo sua "acompanhante desconhecida".

— Isso se a gente tiver essa sorte — disse, e depois sorriu. — Mas até que é um apelido legal, né?

O ônibus fez a curva para entrar na rua do porto, e eles viram a praça tomada pela multidão, que se espalhava também pelas ruas em frente às lojas. Graham ficou impressionado com a quantidade de gente, todos perambulando com cachorros-quentes, hambúrgueres e sanduíches de lagosta nas mãos, bebendo cerveja, dançando ao som da banda e acendendo os pavios dos fogos que saltavam do gramado e rodopiavam, brilhantes, no ar antes de se apagarem com um assovio. A festa não era muito diferente do churrasco que tinham visto na cidade mais ao norte, só que ali estava a mãe de Ellie em vez do pai. E provavelmente Harry também.

— Eu queria que você pudesse vir comigo — confessou ela, quando o ônibus parou perto do porto, em frente a um banco pintado de verde e a uma plaquinha com a tabela de horários.

— Preciso resolver a história do barco, de qualquer maneira, e é melhor eu também dar uma olhada na situação com o fotógrafo — falou ele. — Mas a gente pode se ver mais tarde, talvez?

Ellie sorriu.

— Na calada da noite.

Eles desceram, protegidos dos olhares do pessoal na festa pela carroceria corpulenta do ônibus, mas é lógico que o veículo logo ia arrancar de novo e deixar o casal exposto.

— A gente se vê — despediu-se Ellie, chegando mais perto para lhe dar um beijo no rosto, e, depois, foi caminhando em direção aos festejos, o queixo erguido enquanto seus olhos vasculhavam a multidão.

Graham sabia que precisava ir embora também e pretendia se enveredar pelas ruas laterais mais distantes da festa para chegar ao hotel. No entanto, ele levou um instante para sair do lugar. Estava entretido demais observando Ellie se afastar, e foi só quando a porta do ônibus se fechou com um estalo que Graham piscou, dando uma olhada ao redor, e então começou a andar.

Chegando ao hotel, ele viu os balões enfeitando a fachada em grandes feixes de vermelho, branco e azul, desabrochando como se fossem fogos de artifício. A poucos metros dali, a festa seguia animada, e Graham puxou o capuz do suéter antes de atravessar o saguão deserto sem ser notado.

Ele passou direto pelas poltronas vazias e pelas aquarelas que enfeitavam as paredes, caminhando depressa rumo ao elevador. Às suas costas, ouviu o chamado do funcionário da recepção e se fez de surdo, ajeitando o capuz e socando o botão impaciente. Não queria saber de recado nenhum naquele momento, nem de Harry nem do seu advogado nem de ninguém mais. Mas a voz continuava a insistir.

— Sr. Larkin?

Por fim, Graham virou o corpo para encarar o sujeito, demonstrando uma irritação óbvia. O homem tinha mais ou menos a mesma idade que ele, magrelo e com um ar nervoso, e estava com o corpo debruçado no balcão sacudindo um papelzinho. Graham tirou os óculos escuros com um suspiro, erguendo as sobrancelhas.

— Desculpe — falou o sujeito. — Mas o senhor recebeu alguns recados enquanto esteve fora. — Ele deu uma olhada de relance no papel e pigarreou. — Quarenta e três, na verdade.

Graham deixou escapar um gemido.

— Todos de Harry?

— Vinte e sete são dele, Sr. Larkin.

— Pode me chamar de Graham — pediu, caminhando para o balcão. — E os outros?

— Uma senhora, primeiro nome Rachel, e que não quis dizer o sobrenome...

— Minha relações-públicas.

— E um advogado chamado...

— Brian Ascher.

— Sim, senhor.

— É Graham.

O outro assentiu e lhe passou o papel, que continha uma lista dos nomes com uma coleção de tiques marcados ao lado de cada um. Graham leu tudo, depois ergueu os olhos com a testa franzida.

— Nenhuma ligação de meus pais? — perguntou, e o garoto balançou a cabeça.

— Lamento, senhor.

— Tudo bem — disse Graham, batucando com o punho. — Eles devem ter ligado para o celular. Acho que nem sabem o nome do hotel onde estou.

— Bem que eu queria viajar pra algum lugar sem meus pais saberem o endereço — disse o garoto, com um sorriso triste. — Isso deve ser muito irado... — Ele tossiu, as bochechas corando, e depois acrescentou: — Senhor.

— É — respondeu Graham, enfiando a lista de recados no bolso antes de se virar de novo para os elevadores. — É muito irado mesmo.

De: GDL824@yahoo.com
Data: Quinta-feira, 04 de julho de 2013 19:38
Para: EONeill22@hotmail.com
Assunto: (sem assunto)

Já tive o reencontro oficial com meu telefone. Falando nisso, me desculpe outra vez por ter mandado o seu para o fundo do mar. Vou providenciar um aparelho novo amanhã logo cedo. Ou então você pode ficar com o meu e virar a responsável por atender as ligações de Harry, agora que essa atividade passou a consumir todas as horas de meu dia...

23

A Quinn que estava esperando por Ellie no gramado da praça não era a mesma com quem ela havia se encontrado no ancoradouro mais cedo. E com toda a certeza não era a mesma que vinha lhe fazendo pisar em ovos ao longo das últimas semanas. Mesmo de longe, Ellie já notara a diferença na postura da outra, que revelava um misto de ansiedade e preocupação: Quinn estava meio que afastada do restante da multidão, os olhos colados à telinha do telefone, o corpo inteiro praticamente vibrando de impaciência.

O sol tinha começado a se pôr, tocando as copas das árvores no lado oposto da cidade, e a banda estava fazendo um intervalo, o som metálico dos instrumentos substituído pelo zunzunzum irregular das vozes de todos os presentes. Ellie já estava procurando por sua mãe havia um tempo. Com a cabeça ainda às voltas com todos os acontecimentos do dia, tudo o que ela mais queria era encher alguns pratinhos de papel na companhia dela e desabar sobre um cobertor estendido no gramado para passar a noite conversando — sobre qualquer assunto que não fosse seu pai, ou qualquer assunto que não fosse Graham —, comendo e rindo até o céu ficar escuro e os fogos tomarem o lugar das estrelas.

Mas então lá estava Quinn — aquela versão estranhamente perturbadora de sua amiga Quinn — zanzando nervosa e um pouco afastada da multidão, e, quando os olhares das amigas se encontraram, a movimentação toda parou.

E do nada, na mesma hora, Ellie soube.

— Quer dar uma volta? — perguntou Quinn, e ela fez que sim com a cabeça, se deixando guiar para longe dos grupinhos que conversavam ao redor do gazebo, para longe das lojas, da comida e do barulho.

Ellie estava tomada por um torpor estranho, os pensamentos lerdos e hesitantes enquanto tentava absorver o que já sabia ser verdade. Não precisava que Quinn lhe contasse coisa alguma: estava tudo escrito no rosto dela, na linha dura de tensão da boca, nos olhos cheios de preocupação.

Para sua surpresa, ela se viu chegando à Sprinkles, depois de terem feito o caminho mais longo, contornando os fundos das lojas que ficavam ao redor da praça. Quinn pescou a chave do bolso do short, e as duas entraram em silêncio. A loja ficava oficialmente fechada durante o feriado, embora contribuísse para a festa da cidade doando baldes enormes de sorvete, os quais ficavam arrumados junto a outras guloseimas nas mesas de piquenique. Mas, do lado de dentro da loja, tudo estava fresco e silencioso, o sol batendo de relance na vitrine e deixando carimbos retangulares nos ladrilhos do chão. Ellie seguiu Quinn até o depósito nos fundos, onde havia uma mesinha de armar com duas cadeiras cercadas por caixas de papelão que formavam um iglu precário, contendo coberturas variadas de sorvete e diversos tipos de balas e doces.

Depois que se sentaram, Ellie deixou o corpo desabar pesadamente sobre a mesa, tomada por uma onda de exaustão.

— Então a imprensa descobriu? — indagou. — Meu nome?

— É — confirmou Quinn, com um meneio seco de cabeça, e Ellie se deu conta do tamanho do alívio que estava sentindo por receber a notícia da boca da amiga.

Quinn sempre tinha sido de uma objetividade inabalável, e isso era uma das coisas que Ellie mais amava nela. Mesmo ali, depois de as duas terem passado semanas sem se falar, sendo que Quinn certamente devia ter mil outras coisas para lhe perguntar, mil outras coisas para lhe dizer, ela parecia ter dado um jeito de descobrir instintivamente qual parte da equação estava deixando Ellie mais preocupada, e partira para uma abordagem muito direta da situação.

— Eles também falaram de seu pai — acrescentou ela, com um olhar compreensivo, embora não tivesse condição nem de começar a entender aquela história. Quando as duas eram pequenas, Ellie tinha dito a Quinn que seus pais eram separados, o que de algum modo parecia soar melhor que a verdade, a qual ela era proibida de contar, em todo caso. "Ele saiu de cena", explicara ela na época, repetindo feito um papagaio as palavras que ouvira a mãe dizendo no café quando o assunto fora abordado por uma das mulheres da cidade. E, dali em diante, seu pai *de fato* saíra de cena, pelo menos entre Ellie e Quinn.

Ellie nunca chegou a saber se a mãe de Quinn tinha proibido a filha curiosa de fazer mais perguntas ou se a própria Quinn, mesmo sendo tão pequena na época, tinha notado o sinal de alerta nos olhos de Ellie sempre que o assunto era mencionado. Mas, fosse como fosse, as duas tinham passado os doze anos seguintes sem nunca falar diretamente da questão "pai". Mas, mesmo agora, Quinn exibia aquele ar de tolerância tranquila — sendo que tinha todo o direito de estar brava ou confusa depois de constatar aquele buraco enorme na amizade das duas, aquele segredo importantíssimo que existira entre elas. As duas já haviam brigado por motivos bem menores, e Ellie não culparia a amiga por ficar chateada numa situação como aquela. Mas é assim que as coisas funcionam entre melhores amigas: todas as pequenas mágoas e reclamações bobas são deixadas de lado no instante em que surge um problema mesmo importante, e Ellie ficou grata por isso.

— A coisa não foi tão grave quanto você deve estar achando. — Quinn estava dizendo. — Pode acreditar em mim.

Ainda assim, o coração de Ellie falhara só de ouvir a menção ao pai. Ela tratou de inspirar bem fundo e de tentar acalmar as mãos trêmulas. Estava claro que isso ia acabar acontecendo desde que saíra a primeira matéria na imprensa mais cedo, desde a noite da véspera, quando ela vira Graham erguer o punho fechado; ou talvez já desde o instante em que ele subira os degraus da varanda da casa dela naquela primeira noite. Mesmo assim, Ellie ainda não conseguia se sentir preparada.

Ela pensou no pai, com sua camisa polo impecável e o sorriso mais impecável ainda, na sensação ao apertar a mão dele, e de repente sentiu um alívio por ter lhe faltado coragem mais cedo. Era melhor assim. Afinal, ele não poderia ficar bravo com ela se não soubesse quem ela era. Caso as coisas tivessem corrido conforme Ellie planejara originalmente — se ela tivesse ido mesmo bater na porta da casa e ele a tivesse deixado entrar, se os dois tivessem se sentado para conversar e fazer desaparecer todos os anos perdidos e a distância, se ela tivesse saído de lá não só com um cheque na mão, mas com um número de telefone e a promessa de algo a mais no futuro —, então isso tudo se evaporaria agora, frágil e fugaz como uma bolha de sabão, por causa de um simples fator suficiente para fazer tudo desmoronar outra vez: o instante em que a acompanhante não identificada de repente ganhasse um nome.

Talvez futuramente — quem sabe ainda hoje, ou amanhã ou depois de amanhã — ele olhasse uma das fotos que sem dúvida acompanhariam as reportagens e lá no fundinho da mente ouvisse soar um leve estalo de reconhecimento. Intrigado, ele olharia para o rosto dela, o rosto da filha para quem nunca havia estendido a mão, se perguntando se ela lhe parecia familiar por causa do laço entre os dois, ou se era por algum outro motivo. Ele tentaria repassar mentalmente todos os sorrisos que vira e as mãos que apertara, virando as páginas da lembrança até encontrar a garota ruiva e sardenta que retribuíra seu olhar com uma urgência muda no dia da festa na cidade, desejando mais que tudo que ele fizesse as conexões necessárias, que descobrisse, que abrisse os olhos. Mas, mesmo agora, já depois de tudo, ele provavelmente não seria capaz disso.

— Passei o dia inteiro atrás de você — disse Quinn, se abaixando para abrir uma das caixas espalhadas ao redor. Ela franziu o nariz para o que viu lá dentro e decidiu passar para a caixa seguinte, de onde puxou um saquinho de caramelos. — Assim que vi a notícia, quis lhe avisar logo. Onde foi que você se meteu?

— Meu celular... quebrou — murmurou Ellie, aceitando o caramelo verde que Quinn lhe oferecera e então girando-o entre os dedos. — E minha mãe, está... ? — Ela queria dizer *brava*, ou *irritada*, ou *chateada*, mas tinha certeza de que a resposta para todas essas coisas seria "sim" e não conseguiu terminar a frase. Ellie sentia o estômago revirando só de tentar imaginar a cena: a mãe abrindo a página de um jornal, ou olhando a caixa de e-mails, ou sendo parada por alguém na rua da cidade. E aí talvez lhe perguntassem sobre a filha, sobre o sujeito com quem tivera um caso, ou simplesmente sobre Graham e os fotógrafos, o maior escândalo que aquela cidadezinha tranquila já vira. Naquele nomento havia tantas coisas dignas de enfurecer a mãe dela que era até difícil conseguir concentrar o foco numa só.

— Acho que ela só está preocupada com você — falou Quinn. — Eu também estava.

Ellie tinha fechado os olhos, mas nesse momento voltava a encarar a amiga.

— Obrigada — disse ela, mordendo o lábio. E sentiu seus ombros relaxarem pelo menos um pouquinho; dentre as muitas coisas que continuavam fazendo sua cabeça zunir... a notícia que tinha acabado de vazar e todas as consequências que ela teria para sua mãe, o aperto de mão educado do pai que ela nunca conheceria de fato, a frustração por ficar de fora do curso em Harvard, o momento iminente e inevitável da despedida de Graham (uma ideia que já fazia o coração de Ellie ficar apertado e seu fôlego sumir só de pensar)... era um alívio poder se ver livre de pelo menos um item da lista. Tudo o que havia criado um clima de estranhamento entre Quinn e ela desde o começo do verão, as mágoas, o ciúme e os mal-entendidos, agora já parecia esquecido. A amizade delas se parecia um pouco com os caramelos do pacote: você podia esticar, torcer e deformar o quanto quisesse, mas não era fácil de ser quebrada por completo.

— Me desculpe por nunca ter contado a você sobre meu pai — pediu Ellie. — Eu queria fazer isso. Você não faz ideia de como queria. Mas mamãe sempre temeu que algo assim acontecesse.

Quinn inclinou a cabeça de lado.

— Assim como?

— Que a notícia acabasse vazando e todo mundo ficasse sabendo da verdade — explicou Ellie. — Sobre quem nós somos. E quem ele é. E de onde nós viemos.

— Ellie, qual é? — zombou Quinn, com um sorrisinho. — Ninguém aqui na cidade está ligando pra isso. Vocês moram aqui há quanto tempo mesmo? Acha que as pessoas que conhecem vocês esse tempo todo vão se importar com um escândalo que aconteceu há um milhão de anos?

— Bom, agora elas vão — observou Ellie. — Você disse que a notícia vazou. E todas as manchetes...

Quinn riu.

— Esse caso é praticamente só uma notinha de rodapé — disse ela. — Falando sério. Todo mundo só quer saber de Graham.

Ellie arregalou os olhos.

— O quê?

— Você acha que as pessoas preferem ler fofocas sobre a filha de Paul Whitman ou sobre a namorada de Graham Larkin?

— Mas eu não sou a...

— Pode acreditar em mim — disse Quinn, enfiando um caramelo na boca. — Você é, sim.

Ellie se recostou na cadeira e sacudiu a cabeça, bestificada. O pai sempre tinha pairado nos bastidores de sua vida, e a ausência dele tão imponente que quase parecia ser uma presença. E agora essa ideia de Graham — que ela havia acabado de conhecer — ser capaz de ofuscar totalmente o pai parecia impressionante demais. Durante todo aquele tempo, Ellie ficara achando que a fama de Graham seria o ingrediente responsável por desandar a relação dos dois. Mas o fato era que ele conseguira evitar um desastre simplesmente por ser quem era. Para quase todas as pessoas do mundo, a importância dele era muito maior que a identidade do pai de Ellie. E ela levou um segundo para se igualar a todo mundo e se dar conta — com um pequeno sobressalto de choque — de que aquilo também valia para ela.

Quinn rolou outro caramelo pela mesa, e Ellie estendeu a mão para detê-lo.

— Mesmo assim, minha mãe vai me matar.

— Talvez — disse Quinn, numa voz alegre, já voltando a ser a mesma Quinn de sempre. — Mas depois que ela tiver matado, que tal se a gente levar umas bombinhas pra acender lá na praia? Você pode até levar seu namorado também, agora que o caso de vocês já virou domínio público.

— Só se você levar o seu — disse Ellie, e o sorriso de Quinn ficou ainda maior.

Elas guardaram o resto dos caramelos de volta na caixa, depois se levantaram e foram juntas para a parte da frente da loja. O céu tinha começado a ganhar um tom dourado, a luz de fim de tarde cintilando no metal dos instrumentos da banda. Ao lado do palanque, Ellie avistou Meg da delicatéssen servindo raspadinhas aos passantes, e, um pouco mais à frente, estava Joe do Lobster Pot, a postos diante de uma grelha enorme, com uma espátula na mão e um chapéu de chef de cozinha meio de lado equilibrado na cabeça.

A cidade toda parecia ter ido para as ruas, e, na praça, as fronteiras invisíveis de uma pista de dança já tinham se delineado, os primeiros casais se aventurando a rodopiar. Atrás do cenário havia o manto escuro e cintilante do mar, e, ao vê-lo, Ellie se lembrou do *Go Fish*, ainda ancorado em Hamilton e dos poucos momentos tranquilos que tivera com Graham na cabine, antes de tudo começar a dar errado.

Quando voltou a olhar para a festa, viu a mãe acenando de trás de uma fila de crianças perto da barraca dos sorvetes. Sentindo um aperto no peito ao avistá-la, Ellie se virou para avisar Quinn, que estava mergulhada num silêncio atípico.

— Eu tenho que ir falar com ela — disse. — Mas a gente se encontra mais tarde.

Quinn assentiu.

— A gente sempre se encontra.

Saindo da loja, Ellie se apressou para atravessar a rua antes que sua coragem fosse embora. E, enquanto caminhava, se deu conta de que tinha retesado o corpo para repelir os olhares que certamente viriam em sua direção. Ela já tivera a chance de ver o tamanho que a história da briga entre Graham e o fotógrafo tinha alcançado em tão pouco tempo, e, se era verdade que agora o nome dela fazia parte do caso também — além do nome de seu pai —, não havia motivos para achar que a cidade inteira não estaria sabendo de tudo.

E, pelo modo como os olhares acompanharam seus passos no gramado, logo ficou claro que estava mesmo. Mas também havia algo de estranho naqueles olhares: era como se o foco não fosse exatamente *nela* mas sim *ao redor* dela, como se todos estivessem vasculhando em volta, esperançosos. Eles estavam atrás de outra pessoa, Ellie percebeu. Estavam atrás de Graham.

Ela teve vontade de rir. Quinn tinha razão. Ninguém estava ligando para a identidade de seu pai ou para o motivo pelo qual ela e a mãe tinham ido morar ali. O que importava era que o astro de cinema que estava na cidade havia escolhido uma local. E todos queriam constatar isso por conta própria.

A mãe estava junto a uma das mesas, de costas para Ellie enquanto enchia um copo de limonada. Quando girou o corpo, a jarra que segurava estremeceu de leve, e, embora a garota estivesse esperando ter que lidar com um ataque de fúria — totalmente justificado, é claro —, tudo o que viu no rosto da mãe foi uma onda muito clara de alívio.

— Onde você se meteu? — Quis saber, colocando a limonada na mesa. — Procurei você por toda parte. — Os olhos pareciam esconder uma outra pergunta, que não chegou a ser verbalizada. Em vez disso, ela se virou para pegar um pratinho de papel com estampa da bandeira americana de uma pilha que estava na mesa. — Coma alguma coisa — falou, entregando-o para Ellie. — A gente tem muito o que conversar.

Ellie sentiu o estômago roncar enquanto enchia o prato com colheradas enormes de salada de batata e macarrão, equilibrando uma salsicha e um cupcake no topo de tudo antes de encaixar o copo de limonada na dobra do braço e seguir a mãe pelo gramado até o lugar onde ela havia estendido o mesmo cobertor xadrez que elas usavam todos os anos na festa.

— Cadê o Bagel? — indagou Ellie, sentando-se com as pernas cruzadas e espalhando a comida à sua frente.

— Resolvi que era hora dele ir para casa depois do segundo roubo de hambúrguer.

Ellie riu enquanto pegava seu cupcake, que tinha uma bandeirinha minúscula espetada no glacê branco.

— Você passou o dia inteiro aqui?

A mãe não respondeu. Ela se acomodou em frente a Ellie, segurando seu copo azul de limonada com as duas mãos.

— Você chegou a checar seu telefone alguma vez? — perguntou, com uma expressão séria.

Ellie sacudiu a cabeça.

— Eu perdi o celular. — Ela sabia o que viria em seguida, e sabia também o que deveria dizer em resposta, mas, de algum modo, um *Me desculpa* parecia insuficiente diante daquela situação. Por causa dela, o segredo ao redor do qual as duas haviam costurado uma vida inteira tinha se revelado. E agora a coisa toda estava se desenrolando exatamente como a mãe previra, e não havia nada que Ellie pudesse fazer para mudar isso. Talvez o fato de o foco da história parecer estar só sobre Graham acabasse sendo útil para elas, talvez não. Ellie sabia que, de qualquer maneira, a questão não era essa, e engoliu em seco esperando que a mãe continuasse o que tinha começado a dizer, ainda com o cupcake a meio caminho da boca.

— As coisas que aconteceram ontem à noite... — continuou, escolhendo as palavras com cuidado — ...entre Graham e aquele fotógrafo. Você sabe que a imprensa divulgou tudo, não sabe?

Ellie não conseguiu encará-la, mas fez que sim com a cabeça enquanto mantinha os olhos colados ao cupcake, à ponta da bandeirinha minúscula manchada de glacê. Mesmo sem saber exatamente como responder, uma onda de palavras lhe subiu pelo peito, e Ellie ficou exausta só com o esforço que precisou fazer para contê-las.

— Me desculpe, mãe — disse num sussurro, e depois sentiu a garganta fechar, fazendo com que o restante da palavras saísse num tom muito rouco e embargado. — A culpa foi minha. Você avisou que isso ia acontecer, só que eu... Eu não consegui evitar. A gente não ficou saindo escondido esse tempo todo. Eu me afastei. Mas foi horrível ter que ficar longe dele. Eu estava arrasada. E aí a gente começou a se ver de novo. Mas a história com o fotógrafo na verdade não foi culpa de Graham. Ele estava tentando me proteger, e eles foram horríveis. Bem como você avisou que seriam.

Ela estava meio que chorando a essa altura, tanto de cansaço quanto de emoção. A mãe observava a avalanche de palavras com uma expressão tensa, que Ellie não sabia identificar se era irritação ou preocupação, ou ainda outra coisa totalmente diferente. Ela inspirou antes de prosseguir.

— Foi um horror — contou. — Ele não teve escolha. E hoje de manhã, quando eles ainda não tinham descoberto que era eu que estava com ele, achei que fosse ficar tudo bem, só que agora está claro que não está nada bem, e sinto muito. Sei que tem uma confusão enorme armada por causa dessa história, e que provavelmente estraguei tudo pra gente, mas não fiz nada disso de propósito e queria mesmo pedir desculpas.

Por um instante, não houve qualquer reação. A mãe simplesmente permaneceu sentada, encarando Ellie por cima dos pratos intocados de comida espalhados entre elas. Depois inclinou o corpo para a frente.

— Você não estragou tudo — falou, numa voz baixa, e, quando Ellie já ia abrindo a boca para protestar, ela balançou a cabeça. — Se eu preferiria que essa história não tivesse vindo à tona? É claro que sim. Esse é um capítulo de minha vida que não me deixa exatamente cheia de orgulho, porque quando eu vim embora de Washington e deixei seu pai pra trás, tive a sensação de estar fugindo, o que nunca é uma coisa boa.

Ela hesitou, com um ar pensativo. O céu já estava bem mais escuro, e as lâmpadas alaranjadas dos postes ao redor da praça se acenderam.

— Mas veja só o que aconteceu — prosseguiu, abrindo o braço num gesto largo. — A gente veio parar aqui. E, o que é muito mais importante, eu tive *você*. Como é que eu poderia me arrepender disso?

Ellie mordeu o lábio. Tinha passado o dia todo atrás do pai como se fosse um Ahab na jornada em busca da baleia branca. Mas agora se dava conta de que estivera errada o tempo todo. De que, desde o início, ela estava mais para Dorothy. Que, no final, estava buscando uma coisa muito simples: seu lar.

Baixando os olhos, Ellie se perguntou se deveria confessar por onde andara o dia todo. Seria muito fácil fingir que aquilo jamais havia acontecido, bloquear completamente a lembrança do pai e pronto. Porque já estava sendo doloroso ter que se lembrar de tudo, e falar sobre o que acontecera — sendo obrigada a examinar os fatos, analisá-los e discuti-los — era a última coisa que ela queria fazer.

Mas a lista de mentiras já estava muito comprida — mentiras sobre Graham, sobre Harvard, sobre o barco — e essa lhe parecia um pouco grandiosa demais para ser escondida, importante demais para não ser mencionada. Ellie tombou a cabeça, deixando os olhos colados à comida esquecida no prato.

— Eu o vi hoje — confessou, baixinho. E já estava prestes a continuar, a dizer *quem* exatamente tinha visto, quando a expressão da mãe deixou claro que isso não seria necessário. Ela estava com as pernas cruzadas em frente a Ellie, e a espiga de milho num pratinho de papel em seu colo rolou para o cobertor assim que ela aprumou as costas, o corpo inteiro repentinamente tomado pela tensão. Vendo-a inerte, Ellie estendeu a mão e resgatou a espiga, limpando os pelinhos do cobertor antes de devolvê-la ao prato da mãe com um dar de ombros a título de desculpas.

— Você viu? — repetiu ela, com os olhos vidrados.

— Era lá que eu estava o dia todo.

— Em Kennebunkport?

Ellie se sobressaltou, em choque. Ela nunca havia imaginado que a mãe tivesse o hábito de acompanhar as notícias sobre o paradeiro dele da mesma forma que ela fazia. Sempre presumira que as duas não falavam do pai porque a mãe não queria fazer isso. Mas nesse momento, pela primeira vez, começava a perceber que talvez tivesse se enganado. Talvez fosse justamente porque ela *queria* falar a respeito; talvez aquele silêncio fosse só como um esparadrapo tentando estancar a torrente de lembranças da mãe.

Talvez ela tivesse se afastado dele naquela época remota não porque o odiasse, mas porque o amava.

Depois de um instante, Ellie assentiu.

— Graham foi até lá comigo — falou, optando por não citar a parte sobre o barco por enquanto. — Não sei o que deu em mim. Só fiquei com vontade de estar com ele.

O rosto da mãe continuava estranhamente inexpressivo.

— E você esteve com ele?

Ellie assentiu outra vez.

— Ele estava na cidade, cumprimentando as pessoas para a campanha — falou, e então, para sua surpresa, sentiu a voz falhar. — Ele não sabia que era eu. Não me reconheceu.

— Ah, El — lamentou a mãe, se aproximando até as duas ficarem lado a lado. — Eu não sabia. Não fazia ideia de que você tinha vontade de encontrá-lo.

— Eu também não — disse Ellie, sentindo uma tristeza enorme de repente. — Não tinha ideia. E acho que foi meio idiota pensar que ele talvez fosse me reconhecer.

Do outro lado do gramado, a banda encerrou a música com um crescendo arrepiante, para depois ficar em silêncio. Havia um clima de expectativa enquanto as pessoas iam começando a se acomodar em seus cobertores. Todos ali presentes já tinham ido à festa vezes suficientes para saber que, depois que o céu ganhava um tom de azul-escuro, que a banda encerrava a última apresentação do dia e que o som das palmas morria no ar cálido da noite, o espetáculo dos fogos não tardaria a começar.

— Você sabe como foi que comecei a falar com ele, naquela época? — perguntou a mãe, e Ellie assentiu.

— Você era a garçonete.

— Isso. E eu sempre anotava o pedido dele sem dizer mais nada — continuou ela. — Mas houve uma semana em que chovera todos os dias. E todos os dias ele entrava com o casaco pingando, os cabelos ensopados, e se encaixava na baia com bancos acolchoados que sempre parecia pequena demais para acomodar aquelas pernas compridas. Até que, numa certa manhã, simplesmente parou.

— De chover?

Ela concordou.

— Enquanto anotava o pedido, dei uma olhada pela vidraça e comentei que aquilo parecia mesmo um milagre. E você sabe o que foi que ele disse?

Ellie sacudiu a cabeça negando.

— Ele disse: "Aqui não é lugar de milagres." E eu lembro que nós dois corremos os olhos em volta, e que eu pensei que ele devia ter mesmo razão. Afinal, aquilo ali era só uma lanchonete, e das mais vagabundas. Tudo o que havia à nossa volta eram ovos muito cozidos, manchas de umidade, estofamentos de plástico rasgados e fatias de torta morando nas vitrines há tempo demais. Mas, quando perguntei o que ele estava querendo dizer com aquela frase, ele me contou a história de uma cidadezinha francesa no século XVII onde supostamente diversos milagres tinham começado a acontecer. E falou que, quando as multidões começaram a invadir o lugar, tomadas de esperança, as autoridades mandaram erguer uma placa dizendo: AQUI NÃO É LUGAR PARA MILAGRES.

Lá no alto, o primeiro dos fogos passou do telhado do hotel com um assovio, como uma miçanguinha de luz, e rasgou o céu noturno. À medida que foi subindo, ele ficou silencioso, e Ellie o perdeu completamente de vista. Mas um instante depois ele explodiu num chiado, com montes de arcos dourados caindo.

— Mas aí é que estava a questão — continuou a mãe, a voz soando mansa em meio ao barulho ao redor. — *Havia* um milagre em curso ali. Nós só não sabíamos disso ainda. — Ela sorriu. — E o milagre era você.

— Mãe... — começou Ellie, mas logo foi interrompida.

— Ele pode não ter reconhecido você hoje mais cedo — disse a mãe, sacudindo a cabeça. — Mas ele a ama. Eu via o jeito como ele a olhava quando você era pequena. Ele sempre quis ter uma filha, uma menina. — Ela estendeu a mão para pegar a de Ellie e a apertou de leve. — E ter ficado de fora de nossas vidas? Isso não foi fácil para ele também. Você precisa saber dessa parte. A decisão foi minha, fui eu que cortei os laços. Ele estava disposto a falar publicamente sobre sua existência, mesmo que isso pudesse acabar com a carreira dele. Fui eu que não o deixei fazer isso.

— Por que não?

— Porque não era o que eu queria para nós — esclareceu ela. — Ele continuando com a sua esposa e os filhos em Delaware, mandando os cheques enquanto nós duas enfrentávamos a imprensa na capital. Eu queria que você tivesse uma vida de verdade. Uma vida como esta aqui. — Ela fez um gesto com o braço para mostrar todos os amigos e vizinhos aplaudindo os fogos, e Ellie sentiu o peito transbordar de emoção pela cidade que amava e que jamais trocaria por nada no mundo, principalmente por uma vida de filha de senador.

Durante aquele tempo todo, ela sempre havia se perguntado se as coisas teriam sido melhores caso ela fizesse parte da família dele, mas nesse momento entendia que a verdade era justamente o contrário. Não era ela que estava perdendo algo. Podia ser que Ellie não tivesse dinheiro para frequentar acampamentos de férias, fazer viagens à Europa ou comprar um carro novo a cada ano. Mas o pai dela jamais havia visto o sol se pôr na prainha da enseada perto da casa delas. Jamais havia passado uma manhã de inverno na Happy Thoughts estendendo os pés para esquentar as meias perto do aquecedor. Ele jamais havia jantado no Lobster Pot, nem provado o *sorbet* de laranja da Sprinkles. Jamais vira a filha vencer uma partida de futebol, nem um campeonato de soletrar, e jamais conhecera Bagel. E ele jamais havia experimentado nenhum jantar no Chez O'Neill.

— Ele não nos abandonou — disse a mãe. — Ele nos deu um presente.

— Ele nos deixou livres — falou Ellie, baixinho.

A mãe assentiu.

— E tudo acabou se acertando. Mas pode acreditar no que eu digo: seu pai ainda ama você. E eu não preciso estar em contato com ele para saber disso.

Estava ficando cada vez mais difícil de enxergar ao redor, e as pessoas que ainda passavam à procura de lugares para se sentar agora eram silhuetas contra a luz dos postes. Um grupo de crianças com colares fluorescentes passou rindo, e Ellie semicerrou os olhos para distinguir a figura solitária que estava se acomodando no gramado, não muito longe do cobertor das duas. Seu coração pulou de leve quando ela o reconheceu.

Era Graham.

Ele se sentou sozinho na grama, as pernas encolhidas sob o corpo, e ficou olhando para o céu. Ela notou que ele estava com o celular colado à orelha. Ellie torceu para que a pessoa do outro lado da linha não fosse o empresário, nem o advogado, nem a relações-públicas. Algo na postura e na expressão relaxada dele dava a entender que ela estava certa. Ele estava sozinho como de costume; Graham tinha essa capacidade de ficar no meio de um monte de gente e de algum modo conseguir se isolar das pessoas, e, naquela noite, não era diferente.

À medida que acontecia cada explosão dos fogos, que depois sumia, Ellie fechava os olhos para gravar no verso das pálpebras a memória de seus rastros brilhantes. E, ao mesmo tempo, pensava naquele dia, na lembrança da mão do pai em contato com a dela, no conforto que era ter a presença da mãe ali e, acima de tudo — acima de tudo — no garoto que estava sentado a menos de 3 metros de distância, com os olhos fitando o mesmo céu.

Ellie pensou nas palavras que seu pai tinha dito havia tantos anos: *Aqui não é lugar de milagres.*

Ele estava errado, pensou ela, as palavras chegando com uma força que a pegou de surpresa. Devia haver alguma possibilidade pairando até mesmo naquela lanchonete decadente. Bastava saber onde procurar. Mesmo uma vitrine suja ou uma fatia de torta velha de maçã podiam guardar algum tipo de milagre.

— Mas, então, o que vai ser agora? — Quis saber Ellie. — Se a notícia já vazou, ele deve saber que nós estamos aqui. Você acha que ele vai tentar nos procurar?

— Você quer que ele faça isso?

— Eu não sei — respondeu, com sinceridade. — Um dia, talvez. Ou talvez não. Eu não sei.

— Está tudo bem — falou a mãe. — A gente tem tempo para pensar nesse assunto.

— Mas eu sinto muito, de verdade — falou Ellie outra vez. Agora ela não sabia exatamente por que estava se desculpando. Havia tantos motivos.

— Ei — fez a mãe, estendendo a mão para pegar no seu queixo. — Vai ficar tudo bem.

— De que jeito? — perguntou ela, num fiozinho de voz.

— Nós temos sorte — disse a mãe. — Parece que todo mundo está mais interessado no outro lado da história. Pelo visto Graham Larkin é uma figura muito mais fascinante que Paul Whitman. — Ela sacudiu a cabeça, sorrindo. — Por essa eu definitivamente não esperava.

O olhar de Ellie procurou as costas de Graham outra vez. Ele tinha largado o telefone, e agora o rosto estava totalmente voltado para o céu.

— Isso é bom — disse Ellie. — Porque afasta o foco.

— Não enquanto ele continuar na cidade — respondeu a mãe, inclinando o corpo para trás. — Daqui a alguns dias, ele vai embora mesmo, e então essa história vai acabar.

Outro rojão explodiu no céu, agora em anéis de luz verde e roxa, mas esse Ellie acabou perdendo. Ela estava ocupada demais observando Graham, e, quando ele girou o corpo, os olhares de ambos se encontraram imediatamente. Os dois ficaram daquele jeito por um longo instante enquanto chovia fagulhas coloridas. Outra explosão de cores aconteceu, e essa Ellie sentiu reverberar até os dedos dos pés, puro calor e chamas; feito uma vela, feito uma febre, feito fogo.

E então essa história vai acabar, ela estava pensando, mas os olhos não desgrudavam de Graham.

— Oi — articulou ele do lugar onde estava no gramado.
— Oi — respondeu ela na mesma hora.

24

De manhã, era como se nada tivesse acontecido: nem banda, nem fogos, nem comida, nem brincadeiras. Quando Graham saiu sob um céu alaranjado para chegar ao set de filmagem, a praça estava com a aparência de sempre: um quadrado de grama no meio da cidade, vazio, silencioso e coberto de orvalho. Não havia restado um copo de papel para ser soprado pelo vento, nenhum resto de rojão ou haste de vela-faísca esquecido na calçada, nem mesmo pedaços de grama amassados nos lugares onde os cobertores tinham sido estendidos formando uma gigante colcha de retalhos.

Graham bebericou um gole do café que tinha conseguido no saguão do hotel, com cuidado para não deixar pingar nem um pouco na calçada que levava para a praia. Mais adiante, ele viu Mick atravessando a rua com um ar cansado, a barba por fazer e um copo de café que tinha o dobro do tamanho do seu na mão.

— Ora, se não é nosso campeão dos ringues — disse ele, parando um pouco para esperar por Graham, que já foi se preparando para o que viria. Mas, para sua surpresa, Mick não pareceu irritado. Em vez disso, ele estava se esforçando para segurar o riso. — São sempre os mais quietos — falou, sacudindo a cabeça. — E, pelo que eu li, você derrubou o vilão *e* pegou a mocinha de um só golpe, hein?

— Eu sinto muito, Mick — desculpou-se Graham. — Não era mesmo minha intenção estragar as coisas para...

Mick abanou a mão enquanto os dois iam descendo a ladeira.

— Está tudo certo — falou. — Já conversei com Harry hoje cedo. O cara é um mágico. Fez um truque e tanto de desaparecimento com a história toda.

Graham o encarou.

— Mas como?

— Foi isso mesmo que eu disse — confirmou Mick, dando de ombros. — Um passe de mágica. Ele conseguiu inverter a história toda. E acho que nem precisou dos serviços dos advogados.

Pela primeira vez em dois dias Graham sentiu os músculos de seu maxilar se destravarem, e então expirou um sopro demorado e sacudiu a cabeça, cheio de alívio.

— Mas e todas as notícias que saíram? — Quis saber. — Isso não pode ser bom para...

— É sempre bom para alguma coisa — interrompeu Mick. — Essa é a primeira regra do ramo. Além do mais, ganhar a imagem de um cara durão pode ser legal para o galã da história.

Graham baixou os olhos para a própria mão, que ainda estava dolorida.

— Pode ser — falou. — Mas eu sinto muito, *mesmo* assim. De verdade.

Mick soltou um gemido.

— Dois minutos na sua companhia, Larkin.

— Hein?

— Foi o que bastou para mandar sua nova imagem para o espaço.

— Foi mal — desculpou-se ele de novo, e Mick revirou os olhos.

— Olhe, desde que você mostre aquele mesmo fogo na filmagem de hoje outra vez, está tudo certo — retrucou o diretor, dando um tapinha no ombro de Graham antes de seguir para o trailer do bufê.

No set, um assistente de produção já estava acenando na tentativa de direcionar Graham para o trailer da maquiagem. Havia um senso de urgência no ar, com todos querendo finalizar aquele trecho de cenas no tempo certo, e a atmosfera frenética criava uma sensação parecida com a do último dia num acampamento de férias. Na segunda-feira, todos voltariam a se encontrar em Los Angeles para mais duas semanas de produção por lá. Mas isso não tirava o clima de encerramento daquele dia. E, como sempre acontece em todos os finais, esse incluía uma mistura estranha de exuberância e tristeza.

Graham já estava sentado numa cadeira de lona com uma mulher empunhando um pompom de pó compacto debruçada em cima dele — e ostentando uma expressão de desagrado por causa do nariz queimado de sol do garoto — quando ele viu Harry cruzando o set. O empresário estava falando ao telefone, gesticulando com a mão livre, e vestia sua exaustão como se fosse um casaco pesado que deixava os ombros curvados e fazia os pés se arrastarem ao caminhar. Mas, quando correu os olhos em volta e avistou Graham, seu rosto se abriu num sorriso. Ele fez uma pausa só para erguer o polegar num sinal de OK, e quando

Graham já ia se levantando da cadeira, Harry o dispensou abanando a mão e apontou para o telefonema em curso. Daí ficou parado onde estava por mais um instante, com um sorriso largo, então ergueu o polegar mais uma vez e seguiu caminhando.

Olivia tinha ido se acomodar na cadeira ao lado da de Graham, que agora espirrava enquanto seu rosto era atacado pelo pompom empoado da maquiadora. A moça se afastou por um instante, o cenho franzido, depois voltou a trabalhar com uma sacudida de cabeça contrariada.

— Eu soube que ele limpou sua barra — disse Olivia, acenando para o lado onde o corpanzil de Harry desaparecera, junto à lateral de um trailer. — E devo admitir que foi uma manobra impressionante. Ele fez você sair da história como o herói que defendeu o amor de sua vida dos paparazzi malvados. — Ela ergueu as sobrancelhas. — Incrível.

— É para isso que eu pago uma grana alta para ele — retrucou Graham, dando um sorriso.

— Será que tem um espacinho na agência dele para mim?

— Arrumar espaço para acomodar você não é uma coisa simples — provocou ele.

— Bem, de qualquer maneira, você atraiu um monte da atenção da imprensa — disse ela, revirando os olhos, mas com uma pontinha de admiração bem clara na voz. — E sua namorada também. Parece até que este lugar é uma espécie de realidade paralela onde você é o foco das atenções.

— Fique tranquila — disse Graham, com uma risadinha. — Faltam poucos dias para você voltar às festas, que são seu hábitat.

— E você vai voltar para seu porco e para sua casa.

— Pois é. E, bom, se nesse meio-tempo você precisar de alguma dica para atrair a atenção da mídia... — provocou ele outra vez, erguendo as mãos. — Estarei à disposição.

— Sua técnica deixa um pouco a desejar — comentou ela, mas com um ar divertido no rosto.

Quando a maquiadora se afastou para admirar o resultado de seu trabalho, Graham inspirou fundo. Ao redor deles, a equipe de produção cuidava dos preparativos para a cena, e o zunzunzum de atividade criava um clima promissor para o dia que estava começando. Em momentos como aquele, longe dos fãs e antes de as câmeras serem apontadas na sua direção, Graham sempre sentia uma corrente estranha de energia atravessar seu corpo, e se enchia com a certeza inabalável de que seu trabalho seria um sucesso.

Enquanto caminhava do trailer de maquiagem para o lugar onde Mick o aguardava, Graham ergueu os olhos para fitar o céu que, desbotado e pontilhado de pássaros, parecia um negativo do espetáculo de fogos da véspera. Quando baixou o olhar para a fachada do hotel, ele se flagrou pensando na noite anterior, quando tinha ficado naquele mesmo lugar observando os grupos de crianças serpenteando pela multidão com suas velas-faísca em punho como se fossem varinhas mágicas.

Era exatamente como ele imaginara que seria o Quatro de Julho ali, exatamente como era na cidade onde ele fora criado, mas, ainda assim, parte de Graham escolhera simplesmente deixar aquilo tudo para trás, sair andando para ver onde iria parar. O dia tinha sido repleto de jornadas, com direito a viagens de barco e de ônibus, e caminhar sem destino pelas ruas, andar sem rumo até se perder lhe parecia um belo desfecho para aquilo tudo.

Uma calmaria se espalhou depois que os músicos da banda baixaram seus instrumentos, e a multidão logo começou a se alvoroçar, tomada pela expectativa. Dali de onde estava, Graham virou o rosto para fitar o céu, mas só viu o brilho fraco das primeiras estrelas. Sentindo o telefone vibrar na mão, voltou a baixar o olhar. Ele tinha se lembrado de pegar o aparelho quando estava saindo do hotel, mas não conseguira reunir ânimo para retornar nenhuma das ligações perdidas. Simplesmente não estava no clima para conversar com nenhum dos advogados, empresários e relações-públicas. Todos eles faziam parte da vida em Los Angeles. E, naquele momento, pelo menos, ele ainda estava em Henley.

Quando já ia apertar o botão para desligar o celular totalmente, ele percebeu que era sua mãe ligando.

— Oi — falou, levando o aparelho ao ouvido. E só depois que já tinha atendido se dera conta de que talvez ela tivesse ligado por causa do que vira nos noticiários. Essa possibilidade nem tinha passado pela cabeça dele. A mãe e sua carreira de ator eram duas instâncias de sua vida tão completamente antagônicas que querer agrupar as duas num mesmo pensamento era como tentar enxergar definição nos contornos de uma imagem borrada.

— Oi — cumprimentou ela, e depois houve um som de cochichos. — Espere aí — disse ela a Graham, que tinha começado a avançar pelo mar de cobertores quadriculando o gramado. Estava escuro demais para a maior parte das pessoas conseguir reconhecê-lo, embora houvesse alguns pares de olhos espremidos acompanhando seus movimentos. Pelo telefone, ele ouviu um riso e uma batidinha, e depois tudo se amplificou quando a mãe ligou o viva-voz do outro lado. — Seu pai está aqui também.

Graham levou a mão em concha até a orelha livre para conseguir ouvir melhor, deixando o corpo mergulhar na grama fresca da beirada da praça.

— Está tudo bem aí? — perguntou, sem ter certeza se queria ouvir a resposta. Mas, para sua surpresa, a mãe só riu outra vez.

— Tem queima de fogos? — Quis saber, meio que gritando para se fazer ouvir por cima do som ambiente do churrasco na casa do vizinho. Graham conseguia imaginar os dois lá, o pai trajando a tradicional camisa polo azul e a mãe com uma camiseta listrada de vermelho e branco, os dois aglomerados ao redor do telefone.

— Onde? — perguntou Graham, confuso. — Aí para vocês?

— Não — disse o pai. — Aí para você. Nós consultamos o fuso horário para saber a que horas o sol estaria se pondo no Maine. Já começaram a soltar os fogos?

— Ainda não — disse ele, mas imediatamente o primeiro rojão zuniu acima de sua cabeça como uma estrela cadente. — Ou melhor, já, sim. O primeiro acabou de subir.

— Aqui ainda falta um bom tempo para começar — disse a mãe. — Mas nós queríamos aproveitar o espetáculo com você.

Graham sorriu, sem saber bem o que dizer. A ideia de os dois terem ido pesquisar o fuso horário, aguardarem até ter certeza de que já estava escuro no Maine, saírem escondidos da festa onde estavam e dar aquele telefonema era tão inusitada que ele ficou sem reação.

— Você se lembra daquele ano quando fomos ver os fogos no parque? — perguntou o pai. — E você acabou queimando o dedo numa daquelas velas de espantar mosquitos?

Graham riu.

— E na vez em que a gente viu da praia?

— E seu pai deixou nossa melancia cair de cima das pedras? — lembrou a mãe, com um tom divertido na voz.

— Ei! — protestou o pai, mas ele estava rindo. — Foi aquela gaivota que me deu um susto.

No céu, mais dois fogos estouraram com um estalo, com fagulhas de diferentes cores.

— Eu queria que vocês estivessem aqui — confessou Graham, baixinho, mas até mesmo aquilo, até o som abafado da respiração dos dois do outro lado da linha já era um conforto. Ele ficou vendo os fogos estourarem um depois do outro, cada um diferente do anterior, mas também cada um como uma espécie de eco, uma lembrança de todos os fogos do passado, das muitas vezes em que eles tinham assistido à celebração em família. Graham pigarreou antes de voltar a falar: — Nesses últimos dias, as coisas...

— Nós sabemos — disse a mãe. — Tentamos ligar mais cedo quando vimos os jornais.

— Desculpe — Graham disse. — Eu só...

— Esses caras são uns abutres — falou o pai no mesmo tom de voz que usava para falar de republicanos ou de times de beisebol rivais. — Eles devem ter feito por merecer.

— Obrigado — disse Graham. — Mas estou me sentindo mal mesmo assim.

— Você anda trabalhando demais — interveio a mãe. — Com todas essas viagens, e tendo que filmar as cenas de estúdio assim que volta delas, e depois as turnês de divulgação dos filmes...

Graham riu.

— Como é que você está sabendo dessas coisas?

— Nós assinamos a *Variety* — disse ela, uma ponta de orgulho na voz. — E a *Hollywood Reporter* também.

— Sério? — Graham não conseguia visualizar a cena da mãe lendo as últimas novidades da indústria do entretenimento.

— É claro — confirmou ela, como se fosse a coisa mais natural do mundo. — Nós queremos acompanhar o que você anda fazendo.

— E é sempre bom saber o que acontece no mundo dos filmes em cores — brincou o pai, e Graham deu uma risada.

— Geralmente a gente chama só de filmes.

— Filmes em cores, pois então — insistiu o pai. — E seu nome anda sendo cogitado para muitos deles, não é? Um monte de papéis interessantes...

— Não acreditem nessa parte — falou Graham. — Eu ainda não decidi o que vou fazer depois deste.

— Bem, acho que você vai se sair muito bem, seja qual for a escolha — apoiou a mãe. — Você se lembra de como ele interpretou bem aquela montagem de *Garotos e garotas*? — Essa pergunta tinha sido dirigida ao pai, que grunhiu uma resposta afirmativa. — Nós morremos de orgulho de você.

Graham engoliu em seco.

— Valeu, mãe.

— Quando é mesmo que você volta?

— Depois de amanhã — respondeu ele, os olhos pregados no céu. — A temporada aqui passou depressa.

— Mas valeu a pena?

Ele fez que sim com a cabeça, sabendo que os pais não poderiam ver. Mas percebeu com um susto que a ideia de ir embora o deixava com um bolo na garganta. Ele começou a piscar depressa.

— Sim — falou. — Valeu, sim.

— Eu fiz uma torta de limão para hoje — disse a mãe. — E vou guardar um pedaço para você, então é melhor passar lá em casa quando voltar.

— Tá — concordou Graham. — Vou passar.

— Parece que está precisando de uma folga — emendou o pai. — A gente podia fazer alguma coisa no fim de semana. Tem filmagem no domingo? A gente podia jogar boliche ou dar umas tacadas no simulador de beisebol...

Um dos fogos desabrochou em formato de estrela, e o desenho ficou carimbado lá por um bom tempo depois de as fagulhas terem se apagado.

— Ou a gente podia pescar — disse Graham, e o pai riu de leve.

— Acho que tem um tempo que a gente não faz isso — comentou ele. — E faltou sorte da última vez.

— Faltou nada — respondeu Graham, e sentiu a nuca formigar. Meio que virando o corpo, ele semicerrou os olhos para tentar distinguir duas silhuetas num cobertor próximo, e ficou surpreso quando viu Ellie. Depois de ajeitar o aparelho na mão, continuou falando, distraído: — A gente fisgou um montão, você lembra?

Ao lado de Ellie, a mãe dela falava fazendo gestos amplos, e a voz do pai continuava a desfiar lembranças da pescaria enquanto os fogos estouravam no céu.

Mas era para Ellie que Graham continuava olhando, e foi como se um grande silêncio tivesse envolvido os dois, como se não houvesse mais nada nem ninguém ao redor.

— A gente quase desistiu mesmo — dizia seu pai. — E só conseguimos fisgar alguma coisa no último dia.

Graham tinha aberto um sorriso.

— Esse — disse ele, o olhar ainda focado em Ellie — é o único que importa.

De: GDL824@yahoo.com
Data: Sexta-feira, 05 de julho de 2013 08:18
Para: EONeill22@hotmail.com
Assunto: de novo

Vamos tentar outra vez...

Você topa jantar comigo no Lobster Pot hoje à noite?

25

Quando ela chegou, ele já estava lá, aguardando debaixo do letreiro de madeira. A noite estava inesperadamente fresca para o início de julho, e ele estava usando uma camisa social de mangas compridas e calça cáqui, o cabelo ainda úmido do banho. Ainda sem ser vista, Ellie tratou de desacelerar o passo, tentando guardar na memória cada detalhe da visão dele, como se isso pudesse fazê-la durar mais.

A equipe já estava desmontando o set da filmagem do dia. Atrás do pessoal, os barcos pesqueiros chegavam ao ancoradouro para passar a noite, e o bater das armadilhas das lagostas umas contra as outras se misturava ao som metálico dos equipamentos sendo guardados nos trailers. Ainda haveria mais um dia de filmagens, porém Graham iria encerrar sua parte pela manhã, e tanto Ellie quanto ele sabiam que logo depois disso ele voaria de volta para Los Angeles. A essa hora, na noite seguinte, a rua estaria livre, sem os cercadinhos de metal e sem os caminhões, e seria como se aquilo tudo nunca tivesse acontecido.

Mais cedo, ela havia caminhado até a beira d'água para ver as gravações no ancoradouro. A coisa foi menos emocionante do que Ellie imaginava, basicamente só uma série de gritos "Vai!" e "Corta!" enquanto eles repetiam as cenas um monte de vezes, cada uma parecendo idêntica à anterior. Graham tinha que dizer alguma coisa a Olivia com as palmas das mãos erguidas num gesto conciliatório, e então ela curvava a cabeça, dava meia-volta e se afastava, deixando "Jasper" parado na beirada da doca repetidas vezes.

Ellie estava longe demais para escutar os diálogos, mas, mesmo a distância, tinha ficado impressionada com o foco e intensidade que emanavam de Graham. A sensação a fez se lembrar do dia na praia, quando saíra do meio das árvores para enxergá-lo com um novo olhar, quando o Graham Larkin dos filmes desaparecera e deixara em seu lugar só o garoto com o sorriso que parecia talhado exclusivamente para ela.

Porque era assim que ele estava ali naquele momento também: despido de uma parte de si para se transformar em outra pessoa totalmente diferente, ainda que por um momento muito breve. E, pela primeira vez, Ellie conseguiu enxergar o que aquela história de ser ator significava, que era mais que festas de gala e paparazzi, que era um tipo de arte. E que Graham tinha talento para a coisa.

Ela passou um longo tempo ali, sem conseguir se afastar. Um dos assistentes de produção a reconhecera dos jornais e acenara para convidá-la a passar para o outro lado dos cercadinhos de metal, mas Ellie apenas sorrira e balançara a cabeça. Ela não se incomodava de ficar observando de longe e, aliás, já estava se preparando para ter que fazer justamente isso. No dia seguinte, Graham já não estaria mais na cidade, e sua única alternativa seria vê-lo do mesmo jeito que todas as outras pessoas viam: na tela dos cinemas e nas revistas, na internet e nas fotos dos jornais.

Ali, misturada aos outros fãs, ela foi sentindo algo inflar em seu peito, e percebeu que estava se despedindo. Haveria outras oportunidades para fazer isso, claro, no jantar mais tarde e quem sabe até antes de ele viajar no dia seguinte; um adeus de fato onde os dois diriam todas as coisas que se costuma dizer nessas horas, como *A gente se fala* e *Vou sentir saudades* e *Obrigada por tudo.*

Mas Ellie estava tendo sua versão particular da despedida, e ela ficou parada ali até bem depois do início de seu turno na Sprinkles, sabendo que Quinn daria um jeito de cobrir sua ausência. Na noite anterior, depois da queima de fogos, as duas seguiram juntas para a praia a fim de esvaziar a caixa de bombinhas na areia, acendendo uma por uma, olhando enquanto elas estouravam por cima da água escura.

Tinha sido tudo igual ao que era em todos os anos. Tinha sido melhor.

Agora ela estava chegando ao Lobster Pot, e Graham se virou. Ellie sentiu o coração acelerar e percebeu que na verdade ainda não estava pronta para se despedir dele. Nem um pouquinho. Ela se lembrou do que tinha escrito logo na primeira troca de e-mails entre os dois. *Nem sei direito se já terminei de dar "oi".* Ela estava se sentindo desse mesmo jeito outra vez, mais do que pensava que seria possível.

— Você está bonita — disse ele, e ela deu uma olhadinha para o vestido verde que usava.

— É o mesmo que eu us...

— Eu sei — falou ele, interrompendo-a para lhe dar um beijo no rosto. Com a barba recém-feita, a pele roçou macia na dela. — E você está ainda mais bonita com ele hoje.

— Obrigada — disse, gesticulando para a camisa dele. — Você também está muito bem.

Um ar de constrangimento se instalou enquanto eles se olhavam. Depois de tantas horas juntos, essa era a primeira vez que tinham alguma coisa parecida com um encontro de fato, e, de repente, se viram soterrados por amenidades, pelas coisas que as pessoas devem dizer umas às outras quando saem para jantar, em vez das coisas que dizem quando estão salvando umas às outras de fotógrafos enxeridos, ou roubando barcos de pesca, ou simplesmente caminhando por uma praia deserta.

A porta do Lobster Pot se abriu de dentro para fora, e Joe apareceu.

— Está tudo pronto — disse a Graham, e depois deu uma olhada para a rua atrás deles, para as pessoas que passeavam ao entardecer. — Não tem ninguém para eu expulsar?

Graham deu de ombros.

— Parece que não.

— Eles devem ter aprendido a não brincar com você — comentou Joe, com um prazer maldisfarçado na voz antes de conduzi-los para dentro com um gesto amplo.

Graham entrou primeiro, seguido por Ellie, mas os dois estacaram ao lado do gancho de pendurar casacos em formato de anzol gigante. Todos os olhos dos presentes se voltaram para ver a entrada deles; garfos foram baixados, e lagostas, esquecidas nos pratos enquanto as pessoas fitavam o casal. O primeiro impulso de Ellie foi se agachar atrás do balcãozinho da recepcionista, ou então dar meia-volta e sair novamente. Depois de tanto tempo se preocupando com a possibilidade de um momento exatamente como aquele, era estranho ficar ali diante daquele mar de rostos

— alguns conhecidos, outros não — e se deixar ser vista ao lado de Graham. Mas o que estava acontecendo entre os dois já não era segredo, portanto não havia motivo nenhum para se esconder.

Joe estava indicando o caminho para a mesa que tinha reservado para eles, arrumada num canto propositalmente isolado onde poderiam ter privacidade para conversar à vontade. Mas foi só quando Graham a pegou pela mão que Ellie sentiu seu corpo descongelar, então ela o seguiu pelo salão, o olhar pregado no chão. Chegando no lugar reservado, Graham puxou a cadeira para Ellie e depois foi se acomodar de frente para ela. Joe sacou uma caixa de fósforos para acender as velas e deu uma piscadinha para Ellie antes de deixar os dois a sós.

— E então... — começou Graham, debruçando o corpo para a frente, e Ellie não conseguiu evitar sorrir.

— E então.

— Você ainda está lidando bem com a história toda?

Na noite anterior, assim que a queima de fogos terminara, Ellie fora até Graham. Em volta deles, as famílias começavam a recolher seus cobertores e crianças sonolentas. Ela sentou-se ao lado dele na grama, e os dois ficaram assim por um bom tempo, sem dizer nada.

— Você está sabendo, né? — perguntou ela, por fim, e ele assentiu. — Acho que a notícia sobre nós dois já se espalhou.

Ao seu lado, um sorriso desabrochou lentamente no rosto de Graham, e ele ergueu um dedo no meio da escuridão.

— Até aquele cara ali? — perguntou, apontando para um sujeito qualquer que arrastava um menininho pela grama. Depois vasculhou a multidão, procurando por mais. — E ela também? — falou, meneando a cabeça para uma grávida antes de pousar os olhos num senhor com uma bengala.

— E ele?

Ellie riu.

— É — falou, com um ar de exasperação fingida. — Eu acho que ele também.

Graham inclinou o corpo, fazendo com que os rostos dos dois ficassem a poucos centímetros de distância um do outro. — Então quer dizer que isso agora está liberado? — perguntou ele antes de beijá-la, e o beijo pareceu durar para sempre.

Ela estava sorrindo quando os dois enfim se afastaram.

— Acho que sim.

— Então não pode ser tão ruim assim.

— É, olhando por esse ângulo, não pode mesmo.

— Desde que esteja tudo certo para você — acrescentou ele, e ela fez que sim com a cabeça.

— Para mim, está. E para você?

— Tudo ótimo — disse ele. — Estranho isso, né?

Ela sorriu.

— Nem um pouquinho.

Agora ele estava debruçado na mesa do Lobster Pot, o rosto emoldurado pelo mapa náutico que havia na parede às suas costas, lançando um olhar de preocupação a ela.

— Eu estou legal — disse Ellie. — De verdade. Embora ainda não tenha lido nenhuma das matérias que saíram. Resolvi que vou simplesmente presumir que todas as adolescentes do país devem estar querendo me matar nesse momento. Mas a verdade é que poderia ter sido bem pior.

— Como assim?

— O escândalo que você armou conseguiu ofuscar a parte da história sobre meu pai — explicou ela, pegando o cardápio e abrindo um sorriso por acima da borda. — Quem diria.

— Então a coisa toda ficou legal para sua mãe também?

— Vai ficar — disse Ellie. — Nós duas vamos ficar bem.

Graham assentiu.

— Que bom.

— Ela reagiu melhor do que eu esperava. Se você tivesse me perguntado ontem, meu palpite seria que a essa hora eu iria estar trancada no quarto de castigo.

Ele dispensou essa ideia com um aceno ligeiro.

— Eu teria ido resgatar você — falou. — Posso não ter um cavalo branco, mas sou dono de um porco muito distinto.

— Que romântico — brincou Ellie, e Graham pegou seu cardápio.

— Mas o que se come de bom por aqui? — indagou ele. — Acabei não ficando para jantar da última vez, você sabe. Porque precisava encontrar uma certa garota...

— Então é um novo *take* da cena do jantar?

— Não — disse ele, o rosto ganhando um ar sério de repente. — Esta cena é única.

Ellie colou o olhar no cardápio, mas estava sentindo um buraco no estômago. Eles se conheciam havia poucas semanas, mas parecia que já tinham passado por despedidas demais, e ela não sabia se seria capaz de aguentar mais uma.

Ela deixou o cardápio de lado.

— Eu sei que isso vai parecer horrível — falou —, mas a verdade é que não estou com tanta fome assim.

Para sua surpresa, Graham respaldou sua opinião, assentindo.

— Eu meio que estava torcendo para você dizer isso.

— Mesmo?

Ele fez que sim outra vez.

— Acho melhor a gente pular direto para a sobremesa, sabe — falou, com um sorriso enorme, desses que começam no olhar e iluminam o rosto inteiro. — Vou querer uma *whoopie pie*.

Ellie revirou os olhos.

— Muito engraçado.

— Estou falando sério.

— Eu venho comer aqui desde que era pequena — disse ela, estendendo a mão para o cardápio. — E posso garantir que eles não têm essa sobremesa.

Graham estava recostado na cadeira, todo cheio de si.

— Você está achando que conhece este lugar melhor que eu?

— Eu *tenho certeza* de que conheço — desafiou ela, olhando desconfiadamente para ele. — A menos que...

Já fazia muito tempo que ela não lia o cardápio de verdade antes de pedir a comida no Lobster Pot, mas fez questão de abri-lo nessa hora e viu as letrinhas miúdas dançando diante dos seus olhos na iluminação difusa do salão. Ao puxar uma das velas mais para perto para tentar enxergar, o movimento fez a poça de cera se agitar no fundo do suporte de vidro.

— A menos que o quê?

— A menos que você tenha feito alguma coisa — falou ela —, o que explicaria por que está agindo desse jeito tão esquisito. — Ela recostou o corpo na cadeira e cruzou os braços. — Estou achando que pode ter aprontado alguma coisa em conchavo com Joe...

— Eu? — perguntou ele na voz mais inocente que conseguiu fazer. — Você acha mesmo que entre o trabalho no set de filmagens e minhas andanças ao seu lado pelo estado do Maine eu teria tempo para descobrir onde conseguir uma *whoopie pie* e providenciar para que estivesse aqui justamente hoje, considerando a rara hipótese de você ainda estar olhando na minha cara depois de tudo o que aconteceu, e de ainda por cima aceitar sair para jantar comigo?

Ellie o fitou calmamente.

— Eu acho.

— Quer apostar?

— Com certeza — disse ela. — Mas minha aposta é em você.

Ele ergueu as sobrancelhas.

— Em mim?

— Eu acho que você *fez sim* essas coisas todas — falou ela. — E acho também que eu estou prestes a experimentar a primeira *whoopie pie* de minha vida.

— Mesmo que não tenham *whoopie pies* no cardápio daqui?

Ela assentiu, embora um pouco menos segura.

— Mesmo que não tenham no cardápio.

— Tudo bem — concordou ele, apoiando os cotovelos na mesa e cravando um olhar demorado bem nos olhos dela. — Então eu aposto mil dólares com você.

Por um instante, Ellie não se mexeu. Só ficou encarando Graham, os olhos arregalados.

— Fechado?

— Não — disse ela, a voz rouca. E pousou o cardápio de volta na mesa, balançando a cabeça. — Graham...

Ele continuava sorrindo.

— É só uma aposta.

— Eu não posso.

— Pode, sim — disse ele, baixinho, a luz das velas tremulando contra o rosto.

Ela sabia o que ele estava fazendo; era claro que sabia. E de repente se deu conta de que aquilo tudo tinha *mesmo* acontecido, tudinho: ele provavelmente encontrara mesmo as tais *whoopie pies* e mandara entregá-las no Lobster Pot. E provavelmente combinara tudo com Joe com antecedência, orquestrando a coisa toda para que Ellie fizesse a aposta certa. E ele tivera aquele trabalho todo só por causa dela.

O coração dela estava batendo alto dentro dos ouvidos quando ela o encarou, tanto que só foi reparar que Joe estava ao lado deles quando ele pigarreou de leve.

— E qual vai ser o pedido? — indagou ele, o bloquinho e a caneta a postos. Mas nenhum dos dois respondeu. Graham continuava concentrado em Ellie.

— Fechado? — repetiu ele, e ela descobriu que seu *não* tinha ficado entalado na garganta, então não conseguiu fazer nada além de piscar. Tomando aquilo como um sinal, Graham se virou para Joe, exultante: — Acho que vamos passar direto para a sobremesa.

— Perfeitamente — fez Joe, e Ellie viu o bigode dele tremelicar de leve. — E vão querer alguma coisa em especial?

Graham mal estava conseguindo conter o entusiasmo.

— Duas *whoopie pies,* por favor — pediu, um pouco alto demais, e só o que Ellie pôde fazer foi ficar observando, os olhos ligeiramente arregalados enquanto Joe balançava a cabeça positivamente, fechava o bloquinho e levava os cardápios embora.

Depois que ele saiu, Graham voltou a encarar Ellie.

— Essa, não — falou, com uma expressão de desespero fingido. — Acho que perdi a aposta.

Ela balançou a cabeça.

— Péssima cena.

— Ei — protestou ele, embora tivesse um sorriso no rosto. — Eu só estava tentando ser um bom perdedor.

— Graham — disse Ellie, os olhos fixos no prato à sua frente. — Eu não posso.

— Não pode provar a *whoopie pie*?

— Você sabe o que quero dizer.

— Na verdade, não sei, não — falou ele. — Eu tenho o dinheiro. Você precisa dele. É bem simples.

— Não posso deixar você fazer isso — insistiu ela, sacudindo a cabeça.

— Tenho uma ideia, então — disse Graham. — Eu compro um poema seu.

Ela o encarou, sem reação.

— No final do curso, quero um de seus poemas.

— Eu não *escrevo* poesia — falou Ellie. — Só gosto de ler poemas.

— Tudo bem — retrucou ele, num tom alegre. — Então aceito um poema de um desses poetas mortos. Num porta-retratos daqueles. Que tal?

— Graham — censurou ela, a voz falhando. — Essa história não é problema seu.

— Mas é uma história sua — disse ele, com um sorrisinho, como se esse motivo bastasse; como se isso explicasse tudo.

E ela sentiu uma onda de gratidão varrendo seu corpo, amolecendo lentamente suas partes mais turronas. Por mais que se esforçasse para pensar em outras coisas, a mente sempre voltava para as fotografias que tinha visto de Harvard, dos prédios com fachadas de tijolos e das calçadas forradas de folhas secas, das salas de aula onde aprenderia mais sobre seus poetas favoritos. De certa forma, era fácil se imaginar fazendo parte de tais cenários, e Ellie podia sentir sua resistência fraquejando aos poucos.

— Além do mais, aposta é aposta — Graham estava dizendo. — E você ganhou essa.

Mais uma vez, Joe se aproximou da mesa, mas agora ele vinha trazendo dois pratos. Em cada um deles, havia três *whoopie pies* empilhadas numa composição elegante, e Ellie endireitou o corpo na cadeira para ver melhor. Elas se pareciam com biscoitos recheados gigantes, formadas por dois *cookies* de chocolate formando um sanduíche, o recheio era uma camada de creme branco espesso. Quando Joe pôs os pratos diante dos dois, Ellie tentou imaginar o que Graham devia ter enfrentado para fazer os doces chegarem ali. Ele havia prometido isso a ela e naquele momento estava cumprindo. Exatamente como prometera.

— E então — quis saber Joe —, quem ganhou a aposta?

— Foi ela — contou Graham, e Joe apertou o ombro de Ellie de leve antes de se dirigir para a cozinha. Depois que ele se afastou, ela voltou a erguer os olhos.

— Graham — falou, e o olhar que ele lhe retribuiu foi de uma intensidade que lhe roubou o fôlego na hora.

— Já está tudo acertado — disse ele. — Cuidei disso hoje de manhã.

— Cuidou?

— Cuidei — respondeu ele. — Você vai para Harvard.

Ela sorriu.

— Pelo menos por algumas semanas.

— Já é um começo.

— Obrigada — agradeceu, sentindo que a palavra não era suficiente para abarcar tudo que queria exprimir. Mas tinha a impressão de que ele estava entendendo, e que, de alguma forma, aquilo bastava naquela hora.

— Agora vamos comer — falou ele, pegando uma das *whoopie pies* do prato. — Você não pode dizer que é uma garota do Maine antes de ter provado o doce-símbolo do estado.

Mais tarde, os dois saíram para a rua já escura. Ainda não eram nove da noite, mas as calçadas estavam praticamente desertas, com todos na cidade ainda cansados depois da festa da véspera. Mesmo assim, o fato de eles estarem juntos num lugar público pareceu inesperadamente emocionante, e Ellie segurou a mão de Graham antes de os dois começarem a caminhar.

— Aposto que você vai ficar feliz por voltar para o umbigo-do-mundo da Califórnia — disse ela, perambulando com ele pelo gramado da praça.

— Talvez um pouquinho — respondeu ele. — Mas vou sentir saudades de um certo fim-de-mundo do Maine também.

— Talvez você acabe voltando qualquer dia — falou Ellie, olhando de soslaio para ele. Ela meio que estava esperando que ele fosse responder com uma piada, mas Graham pareceu pensar no assunto por um instante antes de assentir, a expressão séria.

— Talvez — disse ele. Eles passaram pelo lugar onde tinham ficado sentados lado a lado na noite anterior, olhando um para o outro como se não existisse mais nada ao redor, nem fogos de artifício nem música alta. — Ou talvez a gente se encontre em algum outro lugar.

— Tem alguma chance de a turnê mundial de lançamento de seu filme passar por Boston?

— Eu poderia responder melhor se me desse ao trabalho de ler a programação — argumentou ele. — Mas é bem possível que sim.

— Eu tenho certeza que lá deve ter bastante confusão para a gente arrumar também.

Graham abriu um sorriso.

— Eu sempre quis roubar um pedalinho em formato de cisne.

— E a gente tem os e-mails — disse Ellie sem olhar para ele.

— A gente tem os e-mails — concordou Graham.

— Só não vá escrever meu endereço errado.

— Isso — disse ele, ainda sorrindo — é uma coisa que eu não faço nunca.

Eles continuaram caminhando, passando pelos lugares já conhecidos como se numa retrospectiva daquelas últimas semanas: o local perto do gazebo para onde Graham tinha corrido até Ellie, vestindo só o short de surfe, a vitrine agora fechada da delicatéssen onde ela derrubara as balas, o lugar onde ela estava quando o vira pela primeira vez com aquele ar distante e surpreendentemente triste, de uma tristeza tão profunda que pareceu segurá-la no lugar, mantendo os olhos pregados nele.

Mas agora o ar de tristeza no olhar de Graham tinha desaparecido.

Ele fora trocado por alguma coisa mais leve, por algo mais tranquilo.

Os dois não chegaram a dizer para onde estavam indo, mas, mesmo assim, parecia haver um entendimento tácito que independia de uma combinação verbal. E, então, quando se aproximaram da trilha por entre as árvores que levava até a praia — não uma praia qualquer, mas a praia *deles* —, os dois seguiram juntos até lá. Na beira do caminho, Graham hesitou. Mas só por um instante, e então Ellie puxou a mão dele de leve, guiando-o para passar pelo lugar onde a rua dava lugar ao bosque, e o bosque dava lugar às pedras, e finalmente até o lugar onde as pedras eram engolidas pela água.

Ellie sentiu o coração inflar dentro do peito quando avistou o mar, com o reflexo da lua estendido sobre as ondas como se fosse o rastro de algum barco. A brisa trazia o cheiro salgado da maresia, e as estrelas estavam muito brilhantes. Eles tiraram os sapatos e foram para junto da água, para perto das ondas que chegavam pretas como o céu.

— Eu adoro isso — comenou Ellie, remexendo os dedos dos pés, e Graham abriu um sorriso.

— Eu sei — disse ele. — Estava na sua lista.

No escuro, foi difícil encontrar a pedra onde eles tinham se sentado no outro dia, aquela que se projetava bem reta e achatada acima das ondas, como se tivesse sido criada só para aquele fim. Eles se sentaram na borda, as pernas penduradas e os respingos das ondas batendo nas solas dos pés, os olhos fitando a lua e a imensidão azul-marinho do mar, as estrelas salpicadas no céu escuro.

— E agora? — perguntou Ellie, e Graham virou o rosto para encará-la. Prendendo a respiração, ela ficou esperando a verdade fatídica e já conhecida: que no dia seguinte ele iria embora. Que os dois teriam que se despedir.

— Agora — disse ele, segurando a mão dela. — Agora nós vamos esperar.

— Esperar o quê?

— Amanhã chegar.

Ela o olhou de soslaio, e Graham sorriu.

— As coisas deixam de ser tão assustadoras assim se você consegue ver quando elas estão chegando.

— Isso é verdade — concordou Ellie, com um sorriso. Os dois ficaram em silêncio de novo, e, depois de um instante, ela se virou para olhar para ele. — Nós vamos mesmo ficar esperando aqui até amanhã?

Graham não tirou os olhos da água. Exibia um ar completamente tranquilo, sentado ali com a brisa soprando as mechas de cabelo da testa.

— Você falou que sempre está dormindo na hora em que o sol nasce — lembrou ele. — Desse jeito não vai ter como perder o espetáculo.

Ela riu.

— Você tá falando sério?

Ele fez que sim com a cabeça.

— Mas você tem que trabalhar de manhã.

— Você também tem — retrucou ele.

— Tá, mas eu não preciso estar bonita.

— Você vai estar bonita de qualquer maneira — disse ele, puxando-a para si. O ar tinha ficado frio agora, e Ellie gostou de se encaixar naquele abraço, ouvindo o ritmo tranquilo da respiração dele.

— Ainda falta muito tempo — disse ela. — Até o sol nascer.

— Umas oito horas.

— Falando dessa maneira, parece que não vai dar tempo para nada.

— Você acha que consegue ficar acordada?

Ela balançou positivamente a cabeça encostada no peito dele.

— E você?

— Consigo — prometeu ele.

Mas Ellie já estava sentindo as pálpebras pesarem, embalada pelo ritmo das ondas como se fosse uma canção de ninar. Ela piscou algumas vezes, pensando nas horas que eles ainda teriam pela frente, ali naquela pedra, quase uma ilha só deles, pequena o suficiente para acomodar os dois, mas grande o bastante para deixar o restante do mundo bem longe.

Quando Ellie bocejou, Graham lhe deu um cutucão de leve para os olhos voltarem a se abrir.

— Eu estou acordada — murmurou ela, embora não fosse propriamente verdade.

E juntos eles esperaram até o céu mudar como se fosse uma página virada, até a lua cor de marfim dar lugar a um sol muito reluzente e à promessa de um novo dia, e Ellie ficou surpresa ao se flagrar pensando numa cidadezinha da França, a tal onde aconteciam todos os milagres. Ela ficou torcendo para que, mesmo num lugar com tantas maravilhas, ainda fosse possível admirar algo tão impressionante e tão corriqueiro quanto tudo aquilo.

— Saudações — disse ele, e ela sorriu.

— Bom dia.

— É — fez ele. — Já está sendo bom mesmo.

AGRADECIMENTOS

Muito obrigada a Jennifer Joel, Elizabeth Bewley, Stephanie Thwaites, Hannah Sheppard, Binky Urban, Megan Tingley, Pam Gruber, Liz Casal, Sam Eades, Josie Freedman, Catherine Saunders, Clay Ezell, Jennifer Hershey, Ryan Doherty, e obrigada a todos na LBYR, ICM, Headlline, Curtis Brown e na Random House. E também, é claro, obrigada à minha família: Mãe, Pai, Kelly e Errol.

Este livro foi composto na tipologia Adobe Caslon Pro,
em corpo 11,5/15,3, e impresso em papel off-white,
no Sistema Cameron da Divisão Gráfica
da Distribuidora Record.